ED McBAIN

경찰혐오자

에드 맥베인 / 최운권 옮김

해문출판사

경찰혐오자

이 소설은 가공의 도시를 배경으로 하고 있습니다.
등장인물과 장소도 가공입니다.
그러나 경찰 활동은 실제의 수사방법에 기초했습니다.

I

도시의 북쪽을 가로지르는 강에서는 하늘로 향해 우뚝 솟아 있는 거대한 건물들의 윤곽밖에 보이지 않았다. 올려다보기만 해도 왠지 두려움 같은 것이 느껴져, 어떤 때는 그 웅장함에 숨이 막힐 지경이었다. 파란 하늘에 빨려들듯이 솟아 있는 건물들의 윤곽은 나지막한 것도 있고 높다랗게 솟아 있는 것도 있었다. 직사각형으로 된 지붕과 뾰족한 모양의 피뢰침들이 복잡하게 어우러져 파란 하늘에 기하학적인 조화를 이루고 있었다.

밤이 되면 강변 고속도로는 현기증이 날 정도로 휘황찬란한 헤드라이트 불빛들이 실타래같이 줄지어 있다. 저편 화려한 불빛에 싸여 있는, 마치 환상과도 같은 도시를 향해 달리고 있는 자동차들을 보고 있으면 어느새 자기의 존재를 잊어버리게 된다. 고속도로의 가로등은 멀리 도시의 북쪽까지 비추고 있으며, 어두운 강 수면에 그림자를 드리우고 있었다. 빌딩의 투명한 창문들은 네모진 발광체 같았다. 별에라도 닿을 듯이 반짝이는 빨강, 파랑, 노랑, 주황, 갖가지 색의 네온사인으로 인해 이 도시는 불야성을 이룬다. 오가는 자동차는 커다란 눈동자를 반짝이고, 대로(大路)를 따라 빛나는 가로등이 눈이 아플 정도로 홍수를 이루며 온갖 색채가 서로 엉켜 반짝이고 있다.

도시는 마치 반짝이는 보석상자 같았다. 온갖 발광체들이 몇 겹이고 서로 엉켜 알 수 없는 색으로 반짝이고 있는 것이다.

솟아 있는 빌딩들은 마치 무대 세트와도 같았다. 강 맞은편의 빌딩들은 인공(人工)의 화려함으로 빛나고, 이를 지켜보는 사람들은 두려움으로 숨을 죽인다.

하지만, 그 빛나는 빌딩의 그늘 밑에는 언제나 어두운 거리가 있기 마련이다. 거기에는 쓰레기도 있다.

자명종 시계가 오후 11시를 알렸다.

어둠 속에서 팔을 뻗어 시계 뒤쪽에 있는 스위치를 눌렀다. 벨소리는 멈췄다. 방안이 갑자기 조용해졌다. 옆에서 자고 있는 메이의 평온한 숨소리가 들려온다. 창문은 활짝 열려 있었지만 무덥기만 했다. 그는 문득 초여름부터 사고 싶었던 냉방장치 생각이 떠올랐다. 마지못해 일어나서 망치같이 큰 주먹으로 눈을 비볐다.

그는 몸집이 큰 남자였다. 머리카락은 마구 헝클어져 있었지만 완벽한 금발이었다. 그의 눈은 평소에는 회색빛이었지만 지금은 자다 일어나 부석부석하고, 게다가 어두운 방안이라서 그 색을 전혀 알아볼 수가 없었다. 그는 일어나 기지개를 켰다. 파자마만 입고 잤기 때문에, 머리

위로 손을 뻗자 헐렁한 파자마가 아랫배 밑으로 흘러내렸다. 그는 흥하고 콧바람을 내며 바지를 올리고는 다시 메이를 쳐다보았다.

시트는 침대 아래쪽으로 밀려 땀에 젖은 채 빳빳이 뭉쳐 있었다. 메이는 ㄱ자 모양으로 웅크리고 잠들어 있었다. 잠옷이 허벅지 위까지 말려올라가 있었다. 그는 침대로 가서 그 허벅지에 손을 갖다 댔다. 메이는 뭐라고 중얼거리며 몸을 뒤척였다. 어둠 속에서 그는 싱긋 웃으며 면도하러 욕실로 갔다.

그는 몸치장을 하는 것에도 일일이 시간을 재기 때문에 면도하는 데 몇 분, 옷을 입는 데 몇 분, 서둘러 커피를 한잔하는 데 몇 분 걸리는지를 모두 계산한다. 면도를 하기 전에도 시계를 세면대 위에 풀어놓고, 가끔 시계를 보아 가면서 준비를 하는 것이다.

11시 10분에 그는 옷을 입기 시작했다. 동생이 하와이에서 보내온 알로하 셔츠를 입고, 다갈색의 개버딘 바지와 얇은 포플린 점퍼를 입었다. 손수건을 왼쪽 뒷주머니에 넣고 장롱 위에서 지갑과 동전을 그러모았다.

장롱 맨 윗서랍을 열고는 메이의 보석함 옆에 있는 38구경 권총을 집어들었다. 빳빳한 권총집 가죽을 엄지손가락으로 어루만진 뒤, 포플린 점퍼 소매를 걷어올리고는 오른쪽 뒷주머니에 권총을 꽂았다. 담배에 불을 붙이고 부엌에 가서 커피 물을 올려놓고는 자고 있는 아이들의 모습을 바라보았다.

미키는 잘 자고 있었다. 언제나처럼 엄지손가락을 입에 물고 있었다. 아들의 머리를 쓰다듬어 보았다. 아니, 이놈은 돼지처럼 땀을 흘리고 있잖아. 메이와 한번 더 냉방장치에 대해 이야기를 해봐야겠군. 목욕탕 같은 방에서 자고 있는 아이들이 너무 불쌍했다. 그는 캐시의 침대로 가보았다. 캐시는 오빠만큼 땀을 흘리지는 않았다. 확실히 여자아이들은 남자아이들보다 땀이 적다. 부엌에서 주전자 물 끓는 소리가 크게 들려왔다. 손목시계를 보고 다시 그는 싱긋 웃었다.

부엌에 가서 큰 찻잔에 인스턴트 커피 두 스푼을 넣고 그 위에 뜨거운 물을 부었다. 설탕도 넣지 않고 블랙으로 마셨다. 이제야 겨우 정신이 드는 듯했다. 그는 출근하기 전에 이런 것을 몇 번이나 반복했는지 알 수 없었지만, 야근하기 전에 한잠 자는 것은 이젠 그만두어야겠다고 맹세했다. 정말 바보 같은 짓이다. 돌아와서 느긋하게 잠자면 좋을 텐데. 대체 이런 식으로 하루에 평균 몇 시간이나 잘 수 있을까? 한두 시간 정도? 이제는 나가 봐야할 시간이 되었다. 이젠 정말 이런 바보 같은 짓은 그만두어야겠다. 이것도 메이와 의논해 봐야지. 그는 커피를 마시고 다시 침실로 들어갔다.

메이가 자는 모습을 보는 것이 그는 좋았다. 갑자기 자고 있는 메이를 덮치고 싶은 충동이 생겼다. 약간 비굴하

고 음탕한 생각도 들었다. 잠이라는 것은 개인의 비밀과
도 같은 것이어서, 인간이 아주 깊은 잠에 빠져 있는 것
을 보는 것은 부끄러운 일이다. 하지만, 자는 모습이 예쁘
다고 해서 별로 나쁠 것도 없겠지. 한참 동안 메이가 자
는 모습을 바라보았다. 베개 위에는 메이의 까만 머리카
락이 흩어져 있고, 풍만한 허리와 허벅지, 그리고 하얀 피
부가 섹시함이 넘친다. 그는 침대 옆으로 가서 머리카락
을 뒤로 쓸어올려 주었다. 아주 살짝 입을 맞추었는데 그
녀는 몸을 뒤척이더니, "당신?" 하고 중얼거렸다.

"잘 자."

"출근하는 거예요?" 약간 쉰 듯한 목소리로 메이가 중
얼거렸다.

"그래."

"조심하세요, 마이크."

"응, 알았어." 그는 싱긋 웃었다. "당신도 어른스러울
때가 다 있군."

"흐응." 메이는 코방귀를 뀌고는 몸을 뒤척이다가 베개
에 얼굴을 묻었다. 그는 문 앞에서 한번 더 메이를 돌아
다보고는 현관을 지나 집을 나섰다. 시계를 보니 11시 반
을 가리키고 있었다. 여느때와 마찬가지로 밖은 시원해서
좋았다.

11시 41분, 마이크 리어던이 근무처 3구역 바로 앞에

왔을 때 갑자기 총알 두 발이 그의 뒤통수로 날아들었다. 총알은 얼굴의 반 정도를 날려 버렸다. 그가 느낀 것은 순간적인 충격과 참을 수 없는 고통이었다. 그는 총소리를 들은 듯싶었는데, 눈앞이 캄캄해지면서 그대로 보도 위로 쓰러지고 말았다.

땅에 쓰러지기 전에 그는 이미 죽어 있었다.

이 도시의 떳떳한 시민이었던 그의 박살난 머리에서는 피가 솟구치고, 보도 위로는 그 끈적끈적한 피가 흘러내리고 있었다.

11시 56분, 어떤 시민 한 사람이 그를 발견하고는 경찰에 신고하기 위해 전화 박스로 달려갔다. 그 또한 도로상에 피를 흘리며 쓰러져 있는 마이크 리어던과 조금도 다를 바 없는 이 도시의 한 시민이었다.

다만 한 가지 다른 점이 있다면, 마이크 리어던은 경찰이었다는 것이다.

2

보도 위에 쓰러져 있는 시체를 강력계 형사들이 내려다보고 있었다. 무더운 밤이어서 끈끈한 핏자국 위로 파리가 모여들고 있었다. 검시관이 시체 옆에서 의례적으로 시체를 조사하고 있었고, 과학수사연구소의 카메라맨은 바쁘게 플래시를 터뜨리고 있었다. 길 건너편에는 순찰차 23호와 24호가 불빛을 깜박거리고 있었고, 경찰들이 침울하게 구경꾼들을 해산시키고 있었다.

최초의 전화는 시경 본부의 교환대 두 대 중 한 곳으로 걸려왔다. 그곳에는 조는 듯한 경관이 언제나 귀찮다는 듯이 정보를 받고 있었다. 이윽고 메모가 압착공기 전송관을 통해 무전실로 보내졌다. 무전실의 순찰차 상황반은 뒤에 걸려 있는 큰 관할지도를 보고 순찰차 23호에게 길거리에 피투성이가 되어 쓰러져 있는 남자를 조사해서 보고하라고 명령을 내렸다. 23호에서 살인사건이라는 보고가 오자 24호를 불러 현장으로 지원을 보냈다. 동시에 교환대의 경관은 시경 북부 본부 강력계와, 시체가 발견된 지역을 관할하는 87분서에 전화를 걸었다.

시체는 판자로 둘러쳐진 빈 극장 앞에 있었다. 이 극장도 처음에는 개봉관이었다. 그것은 이 주변이 번창했었던 몇 년 전의 이야기이고, 이곳이 점차 쇠퇴해 감에 따라 2류 극장에서 결국에는 옛날 영화만 상영하는 아주 초라한 극장으로 전락하고 말았다. 극장 왼편에 문이 하나 있었다. 전에는 판자로 막았었는데, 지금은 그것마저 잡아 떼어냈다. 안쪽 계단에는 담배 꽁초와 위스키 빈병, 콘돔 같은 것들이 흩어져 있었다. 보도 위로 나와 있는 차양은 구멍투성이였다. 돌과 빈 파이프 조각 외에도 갖가지 잡동사니가 팽개쳐져 있었다.

극장 맞은편 역시 빈터이다. 전에는 그곳에 아파트가 세워져 있었다. 임대료가 비싼 고급 아파트여서, 당시엔 대리석 현관에서 밍크 코트를 입은 여인들이 오가는 것을 쉽게 볼 수 있었다. 그러나 잡초처럼 번져 가는 빈민가의 덩굴이 점점 이곳까지 뻗어와 별수없이 빈민가의 덩굴 속으로 잠식된 것이다. 지금은 이곳이 그 옛날 고상했던 아파트였다는 사실조차 기억해 주는 사람이 없다. 낡은 건물로 낙인찍혀서 철거 명령 하나로 무너져 버린 것이다. 지금은 군데군데 악착같이 남아 있는 벽돌 더미 외에는 아무것도 없다. 소문에는 새로운 시주택건설계획에 이 부지도 포함되어 있다고 한다. 지금까지는 동네 아이들의 놀이터로 이용되어 왔고, 그것도 생리적인 용도로 주로 사용되어 빈터에는 항상 이상한 냄새가 진동하고 있었다.

무더운 여름날 밤이면 그 냄새가 더욱 심해져서 건너편 극장에까지 난다. 지금은 길거리에 있는 그 시체 냄새와 서로 뒤엉켜 묘한 냄새를 내고 있었다.

강력계의 한 형사가 시체 주변을 조사하기 시작했다. 또다른 형사가 주머니에 양손을 넣은 채 일어섰다. 검시관이 이미 죽은 시체에 새삼 사망확인수속을 하고 있었다. 길바닥을 조사하던 형사가 돌아왔다.

"이것 봐."

"뭔데?"

"탄피 두 개가 있는데."

"그래?"

"레밍턴 총알이야. 45구경."

"봉투에 집어넣고 꼬리표를 붙여! 검시관, 이젠 끝났습니까?"

"곧 끝납니다."

플래시가 여전히 번쩍였다. 카메라맨은 인기 있는 뮤지컬을 촬영하는 신문사 기자처럼 신이 나서 돌아다니고 있었다. 뮤지컬 스타를 여러 각도에서 촬영하듯 무표정하게 촬영에 몰두해 있다. 등에서는 땀이 흐르고, 셔츠는 살갗에 달라붙어 있었다. 검시관이 손으로 이마의 땀을 훔친다.

"87분서 친구들은 왜 아직 안 오지?"

한 형사가 말했다.

"포커라도 하고 있나 보지. 그런 친구들은 안 오는 편이 더 좋지 뭐." 그리고 그는 검시관을 향해서, "검시관, 어떻습니까?" 하고 물었다.

"끝났소." 검시관은 힘없이 일어섰다.

"뭐 좀 알아내셨습니까?"

"보시다시피 뒤통수에 두 발 맞고 즉사했는데요."

"시간은?"

"상처만 보고? 농담 말아요."

"검시하는 분들은 기적을 일으킨다고 생각했는데."

"그렇기도 하죠. 하지만, 여름에는 무리요."

"짐작으로도 안됩니까?"

"그야 짐작은 자유니까. 아직 사후경직이 안 나타난 걸로 보아서 한 30분쯤 전에 당한 것 같소. 그러나 더위 때문에 살아 있을 때의 체온이 몇 시간씩 유지되는 경우도 있어요. 일단은 해부를 해봐야겠는데……."

"좋아요, 알겠습니다. 신원을 조사해도 괜찮겠습니까?"

"과학수사연구소 친구들이 곤란하지 않도록 시체에 너무 손대지 말아요. 그럼, 우린 철수할까?" 검시관은 시계를 보았다.

"시간을 기록해요. 12시 19분이오."

"오늘은 바쁘구나." 강력계 형사는 그렇게 말하고는 현장에 도착했을 때부터 가지고 있었던 시간표에 시간을 기입했다.

또 한 형사는 시체 옆에 무릎을 꿇고 있다가 급히 얼굴을 들면서 말했다.

"무기를 가지고 있는데."

"그래!"

검시관은 이마의 땀을 닦으면서 걸어갔다.

"38구경 같은데." 형사는 총집에 넣어진 권총을 더 자세히 조사했다.

"그래! 이건 형사용 권총이야. 여기에도 꼬리표를 달아둘까?"

"물론이지." 서 있던 형사가 길 건너편에서 나는 자동차 브레이크 소리를 들었다. 앞문이 열리고 두 남자가 시체 쪽으로 달려왔다.

"87분서 친구들이 왔군."

"차 마시는 시간은 제대로 지키는 녀석들이……." 무릎을 꿇고 있던 형사가 차갑게 쏘아붙였다. "누구를 보냈지?"

"캐레라와 부시 같은데." 서 있던 형사는 윗도리 오른쪽 주머니에서 고무 밴드로 묶은 꼬리표를 꺼냈다. 한 장을 빼고는 다시 주머니 속에 집어넣었다. 오트밀 색으로 된 가로 3인치 세로 5인치 크기(약 7.5×12.5cm)의 꼬리표였다. 한쪽 끝에는 구멍이 뚫려 있고, 가느다란 철사가 달려 있었다. 꼬리표에는 '시경 본부'라고 쓰여 있고, 그 밑에는 보다 굵은 글씨로 '증거품'이라고 적혀 있다.

87분서에서 온 캐레라와 부시는 천천히 옆으로 다가왔다. 강력계 형사는 의아한 표정으로 그 둘을 쳐다보고는 일지의 '발견 장소'란을 꺼내어 적기 시작했다. 캐레라는 감색 양복을 입고, 하얀 와이셔츠에 회색 넥타이를 단정히 매고 있었고, 부시는 오렌지 색 셔츠에 카키 색 바지를 입고 있었다.

"이것이 뺑소니 사고가 아니라 살인자의 짓이란 걸 알았더라면 당신들도 허겁지겁 달려왔겠지?" 쪼그리고 앉아 있던 강력계 형사가 말했다. "이렇게 늦어서야, 시한폭탄이라도 장치해 놓고 협박한다면 자네들은 대체 어찌하겠나?"

"폭탄이라면 폭발물 처리반에 맡기지." 캐레라가 쌀쌀맞게 대답했다. "자네들이라면 어떻게 하겠나?"

"재미있는 친구들이군." 강력계 형사가 말했다.

"나올 수가 없었어."

"알았네."

"연락을 받았을 때 아무도 없었거든." 캐레라가 말했다. "부시와 포스터는 술집에서 난동사건이 생겨서 나갔고, 리어던은 오지 않았고." 캐레라는 여기서 말을 끊었다. "부시, 그렇지?" 부시는 고개를 끄덕였다.

"그렇게 바쁘다면 뭐하러 여기까지 왔지?" 강력계 형사가 물었다.

캐레라는 싱긋 웃었다. 몸집이 큰 남자였지만, 그리 무거워 보이지는 않았다. 힘은 세어 보였는데, 피둥피둥한 근육이 아니라 잘 단련된 근육에서 나오는 힘 같았다. 갈색 머리는 짧았다. 눈도 갈색이었으며, 눈꼬리 끝이 묘하게 올라간 것이 수염 없는 동양인처럼 보였다. 어깨는 딱 벌어지고 허리는 가늘어서, 상당히 맵시가 있었다. 부두 인부들이 걸치는 가죽 점퍼를 입혀도 스타일이 좋을 남자였다. 손목도 굵고 손도 컸다. 바로 그 손을 벌리며 캐레라는, "살인사건이 일어났는데 전화 당번만 하고 있을 수가 있어야지!" 하고 호탕하게 웃었다. "우리 분서는 포스터에게 맡기고 왔지. 그놈은 아직 신참이거든."

"요즘 부수입은 어때?" 또 다른 강력계 형사가 물었다.

"재미없어." 캐레라는 쌀쌀하게 대답했다.

"맛있는 것은 벌써 누가 다 먹어치웠나 봐. 시체에서는 아무것도 나오지 않던데."

"츠올레(腹)만 빼고." 한 형사가 말했다.

"영어로 이야기해 주지 그래." 부시가 애교 있게 말했다. 키가 6피트 4인치(약 193cm)에 220파운드(약 100kg)나 되는 거구가 이렇게 부드러운 말씨에 조용한 목소리를 내자 거기 있는 사람들은 놀랐다. 그의 머리는 텁수룩하고 헝클어져 있었다. 마치 현명한 조물주가 그의 이름 부시(덤불이라는 뜻)에 어울리게 그의 머리를 아무렇게나 덤불처럼 만들어 놓은 듯했다. 더구나 그의 머리칼은 빨간색이었다. 지금 그가 입고 있는 오렌지 색 셔츠와는 전혀 어울리지 않는 것이었다. 셔츠 소매에서 툭 튀어나온 팔은 굵고 튼튼해 보였다. 오른쪽 팔에는 위에서부터 울퉁불퉁할 정도로 칼자국이 크게 나 있었다.

형사들이 이야기하는 곳으로 카메라맨이 다가왔다. "뭐하고 있어요?" 그가 화난 듯이 물었다.

"이 양반의 신원을 조사하려는 거요." 강력계 형사가 말했다. "왜 그러시오?"

"아직 사진을 다 찍었다고 말하지도 않았잖소."

"오, 아직 끝나지 않았다고요?"

"끝나긴 했지만, 한마디쯤 물어보고 시작할 수도 있는 거 아뇨?"

"당신은 누구를 위해 일하는 거요? 검시관인가?"

"정말 강력계 형사들은 질리겠네."

카메라맨은 시계를 보고는 홍하고 코방귀를 뀌고 일부러 시계를 감추었다. 형사가 시간표에 촬영 종료시간을 기록하기 위해서는 자기 시계를 보지 않으면 안 되었다. 그는 4~5분 전의 시간을 적어놓고, 캐레라와 부시가 도착한 시간도 그대로 적었다.

캐레라는 살해당한 남자의 뒤통수를 살펴보았다. 그의 얼굴은 항상 무표정이다. 그는 다만 약간 괴로운 표정을 지었으나 금세 지워 버렸다.

"무엇으로 당했지? 대포인가?" 그가 물었다.

"45구경." 강력계 형사가 대답했다. "탄피도 찾았어."

"몇 개?"

"두 개."

"저런! 어째서 시체를 반듯이 눕히지 않았지?"

"구급차는 안 오나?" 부시가 조용히 물었다.

"하 참! 오늘은 왜 이렇게들 전부 늦기만 하지."

"오늘밤엔 온몸이 땀으로 목욕한 것 같구먼." 캐레라가 말했다.

강력계 형사가 캐레라의 도움을 받아 시체를 똑바로 눕히자, 갑자기 파리들이 날아올랐다가 또다시 보도에 내려앉았다. 원래는 얼굴이었을 부서진 핏덩이에도 파리들이 날아다녔다. 어둠 속에서 캐레라는 시체의 왼쪽 눈언저리에 구멍이 뚫려 있는 것을 볼 수 있었다. 오른쪽 눈밑에도 구멍이 또 하나 뚫려 있었다. 그리고 광대뼈가 박살나 피부를 뚫고 밖으로 튀어나와 있었다.

"안됐군." 캐레라가 말했다. 그는 아무래도 죽음에 대해 무감각해질 수가 없었다. 경찰 생활 벌써 12년. 그의 위장도 이젠 이런 시체에서 별다른 충격을 받지 않을 때도 되었건만, 좀처럼 이런 상황에 익숙해지지 않았다. 죽은 사람의 비밀을 캐내는 것과, 살아 숨쉬고 있었던 사람이 이렇게 핏덩어리가 되어버렸다는 사실에 그는 좀처럼 마음을 가라앉힐 수가 없었다.

"누구, 플래시 갖고 있는 사람 없나?" 부시가 물었다.

강력계 형사가 왼쪽 바지 주머니에서 플래시를 꺼냈다.

버튼을 누르자 둥그런 불빛이 보도를 비췄다.

"얼굴에." 부시가 말했다.

빛이 얼굴 쪽으로 가자 부시는 숨을 죽였다. "이런, 리어던인데." 아주 조용한 목소리였다. 이어서, "제기랄, 마이크 리어던이야." 마치 속삭이는 듯한 목소리로 말했다.

3

87분서에는 형사 16명이 배속되어 있는데, 데이비드 포스터도 그 중 한 명이었다. 이 지역은 아무리 형사가 116명이 있다 해도 인원이 모자랄 지경이었다. 왜냐하면 이 구역은 강변 고속도로와, 지금도 도어맨과 엘리베이터 보이들의 입에 오르내리는 그 일대의 고층 빌딩들과, 그 남쪽으로 식료품점과 영화관이 있는 스템 대로(大路), 그리고 칼버 가(街)와 아일랜드 인들이 모여 사는 주택가를 지나, 더 남쪽으로 푸에르토리코 인들이 사는 지역에서 클로버 공원까지 이어지는 넓은 지역을 포괄하고 있기 때문이다. 그 클로버 공원은 강도와 치한들의 무대다. 이렇게 동서를 관통하는 36번 도로를 형사 16명이 관찰하고 있는 것이다. 남북으로 공원에서 강까지, 그리고 동서로 36번가 전 지역을 담당하는 이 구역에는 약 9만여 명의 주민들이 살고 있다.

데이비드 포스터도 그 주민들 중 한 사람이다. 데이비드 포스터는 흑인이다.

그는 이곳에서 태어나 내내 이곳에서 자랐다. 올해로 21살이 된 그는 정신과 육체 모두 건전하고, 키는 경찰

기준치인 5피트 8인치(약 173cm)보다 4인치(약 10cm)나 더 크고, 시력도 안경 없이 2.0이었다. 더욱이 전과 기록도 없었기 때문에 경쟁이 치열한 공무원 시험에 합격하여 경찰관으로 임명될 수 있었던 것이다.

처음 근무할 당시에는 연봉 3,725달러였다. 포스터는 그 봉급에 부끄럽지 않도록 열심히 책임을 다하였다. 성실히 근무한 끝에 그는 5년 만에 수사부에 배속되었다. 아직 그는 3급 형사에 불과하지만 봉급은 5,230달러였다. 그는 여전히 이 봉급에 부끄럽지 않게 열심히 근무하고 있었다.

7월 24일 새벽 1시, 그의 동료 마이크 리어던이 길바닥에 피를 흘리며 쓰러져 있는 시각에도 데이비드 포스터는 봉급에 부끄럽지 않게 열심히 근무하고 있었다. 술집에서 난동을 벌인 사내를 부시와 함께 잡아와 심문을 하고 있었던 것이다.

심문을 하는 곳은 분서 2층이었다. 1층 접수 창구 오른쪽에는 그다지 눈에 잘 띄지 않는 때문은 하얀 간판이 있다. 그곳에는 까만 글씨로 '수사계'라고 쓰여 있고, 손가락 표시로 방문객들에게 형사가 2층에 있음을 일러 주고 있었다.

계단은 좁고 쇠로 만들어진 것이었지만, 청소는 빈틈없이 되어 있었다. 16개의 계단을 올라가 다시 오른쪽으로 돌아 16개의 계단을 오르면 바로 2층이 된다.

그곳에는 어둡고 좁은 복도가 있다. 아무것도 없는 2층에는 오른쪽으로 '노크'라고 쓰인 종이 표시가 붙어 있는 두 개의 문이 있다. 복도를 왼쪽으로 돌면 그 왼쪽에 판자로 만든 긴 의자가 있고, 오른쪽에도 등받이 없는 긴 의자가 있다. 그런데 이 등받이 없는 긴 의자는 옛날에는 엘리베이터가 있었던 것 같은 폐쇄된 문 앞의 약간 들어간 곳에 놓여 있었다. 그리고 오른쪽에는 '화장실'이라고 쓰인 문이 있고, 왼쪽 문에는 '서무계'라고 적힌 작은 간판이 걸려 있었다.

복도 맨 끝이 형사실이었다.

우선 눈에 띄는 것은 판자로 만든 낮은 칸막이였다. 그 맞은편에는 책상과 전화, 그리고 여러 가지 사진이 붙어 있는 게시판이 있고, 천장에는 동그란 전등 하나가 매달려 있었다. 또 그 안쪽에는 책상 몇 개와 밖으로 열려 있는 쇠로 된 창문이 보였다. 칸막이 안쪽 오른편에는 커다란 금속제 서류함 두 개가 책상 앞에 버티고 있어서 눈에 잘 띄었다. 포스터가 그날 저녁에 잡아 온 남자를 심문하고 있는 곳이 바로 그곳이었다.

"이름은?" 포스터가 물었다.

"영어는 잘 몰라요." 남자가 스페인 어로 대답했다.

"이것 참!" 포스터는 혀를 찼다. 포스터는 짙은 초콜릿색 피부에 온화한 갈색 눈을 가진 남자였다. 하얀 와이셔츠를 입고 있는데, 피곤한 듯이 앞단추를 풀어헤쳤다. 소매를 말아올려서 우람한 팔뚝이 드러나 있었다.

"이름은?" 포스터는 마지못해 스페인 어로 다시 물었
다.

"토머스 페릴료."

"사는 곳은?" 포스터는 입을 다물고 생각하는 듯하다
가 다시 스페인 어로 물었다. "사는 곳은?"

"메이슨 가 334번지."

"나이는? 나이 말이야?"

페릴료는 어깨를 으쓱했다.

"그럼, 칼은 어디에 두었어? 아이고, 이렇게 해서는 오
늘밤 안으로 아무것도 알아내지 못하겠다. 이봐, 칼은 어
디다 숨겼냐니까?"

"없어요."

"뭐라고? 이 자식, 칼을 갖고 있었잖아."

"안 갖고 있었습니다."

"이 자식, 칼을 안 갖고 있었다고? 네가 칼을 가지고
있는 것을 본 사람이 한 다스도 넘어. 이거 어떻게 된 거
야!"

페릴료는 입을 다물고 말았다.

"칼을 썼잖아!" 포스터가 물었다.

"안 썼어요."

"이 거짓말쟁이야!" 포스터는 고함쳤다. "분명히 칼을
가지고 있었지? 술집에서 그 사람을 찌르고 누군가에게

준 거 아냐?"

"화장실 같은 곳에?" 페릴료가 물었다.

"화장실이든 어디든지 좋아." 포스터는 쌀쌀맞게 쏘아
붙였다. "똑바로 해, 이 자식. 여기가 무슨 당구장쯤 되는
줄 알아! 호주머니에서 손 빼."

페릴료는 호주머니에서 손을 뺐다.

"자, 칼은 어디 있나?"

"모릅니다."

"몰라, 모른다고?" 포스터는 페릴료의 흉내를 내며 말
했다.

"좋아. 나가서 밖에 있는 의자에 앉아 있어. 스페인 어
를 할 줄 아는 경찰을 데려올 테니까, 어서 나가 있어."

"화장실은 어디지요?" 페릴료가 물었다.

"복도로 나가서 왼쪽이야. 밤새 화장실에 가 있는 것은
아니겠지?"

페릴료는 나갔다. 포스터는 피곤한 표정을 지었다. 저
놈에게 찔린 남자는 그다지 대단한 상처를 입은 것은 아
니다. 저 정도 조무래기들까지 완전히 소탕하려면 형사들
은 아주 녹초가 되어버릴 것이다. 어차피 내가 근무하는
곳은 칠면조라도 찌르듯이 대수롭지 않게 사람을 찌르는
곳이니까. 그는 생각에 잠겨 있었다. 자신의 이 훌륭한 비
유에 만족한 듯이 싱긋 웃으면서 타이프를 끌어당겼다.
요즘 며칠 간에 걸쳐 일어난 밤도둑에 대한 보고서를 치

기 시작했다.

　캐레라와 부시가 돌아왔다. 둘 다 약간 흥분해 있는 듯
했다. 캐레라는 곧바로 전화기로 향했다. 그리고 수화기
옆에 있는 전화번호판을 보면서 다이얼을 돌리기 시작했
다.

　"무슨 일인가?" 포스터가 물었다.

　"살인사건이야." 캐레라가 대답했다.

　"그런데?"

　"마이크가 당했어."

　"무슨 말이야?"

　"마이크 리어던이 말이야!"

　"뭐라고?" 포스터가 말했다. "뭐라고?"

　"뒤통수에 두 발 맞았어. 본부에 전화해야 돼. 이번 일
은 하루라도 빨리 해결짓고 싶어할 테니까."

　"이봐, 농담이겠지?" 포스터는 부시 쪽으로 돌아서서
물었다. 하지만, 곧 부시의 얼굴을 보고는 거짓말이 아니
라는 것을 알았다.

　번스 경감은 87분서의 수사주임이다. 작고 단단한 체구
에 마치 쇠말뚝 같은 머리를 갖고 있었다. 작고 파란 눈
이지만 무엇이든지 잘 꿰뚫어볼 수가 있어, 그 눈으로는
주위의 모든 상황을 잘못 보는 경우가 좀처럼 없었다. 경
감은 이런 지역에 배치된 것을 운이 나쁜 탓이라 여기고

있었지만, 전적으로 그리 나쁘게만 생각하지는 않았다. 그는 입버릇처럼, "좋지 않은 환경이야말로 진짜로 경찰이 필요한 곳이다." 라고 말해 왔다. 이렇게 일할 가치가 있는 곳에서 근무하는 것을 그는 자랑으로 여겼다.

이 형사실에는 기존 16명의 멤버 중에서 한 명이 줄어든 15명의 형사가 소속되어 있으며, 그 15명 중의 10명은 지금 번스 경감 둘레에 모여 있고, 나머지 5명은 각자 담당 부서에 나가 있었다. 형사들은 책상과 의자에 앉아 있기도 하고, 창문 앞에 서 있기도 했다. 서류 캐비닛에 기대어 있는 사람도 있었다. 형사실은 지금 야간 근무를 마친 형사와 교대하러 나가는 형사들이 어울려 여느때와 다를 바 없었지만, 오늘만큼은 저질스런 농담을 하는 사람은 없었다. 마이크 리어던이 죽은 것을 모두가 알고 있는 듯했다.

린치 경감이 번스 경감 옆에 섰다. 번스 경감은 파이프에 담배를 채우고 있었다. 그의 손가락은 굵고 야무지게 생겼다. 엄지손가락으로 담배를 채워 넣으면서 그는 같이 앉아 있는 형사에게 얼굴도 돌리지 않았다.

캐레라는 가만히 번스 경감을 바라보고 있었다. 동료들 중에는 그를 '똥영감'이라 부르는 사람도 많았지만, 캐레라는 그에게 경외감 같은 것을 느끼고 있었다. 이곳 형사들이 그에게 혹사당하고 있다는 것은 캐레라도 잘 알고 있었다. 폭군에게 혹사당한다는 것은 분명히 즐거운 일은 아니다. 하지만, 번스 경감은 훌륭한 사람이며, 선량하고 번뜩이는 머리를 갖고 있다. 그래서 캐레라는 그가 입을 다물고 있을 때면 가만히 그가 입을 열기만을 기다리곤 했다.

경감은 성냥에 불을 붙여 파이프에 갖다댔다. 마치 저녁식사 후 포도주 잔을 드는 듯한 유연한 태도였다. 하지만, 그의 작은 두개골 내부는 휙휙 돌아가고 있고, 몸속의 심줄들은 부하가 살해당했다는 분노로 꿈틀거리고 있었다.

"구차하게 여러 말 하지 않겠다." 경감이 갑자기 입을 열었다. "어서 나가 범인을 잡아와!" 경감은 후 하고 구름같이 연기를 내뿜고는 그 통통한 손으로 다시 연기를 날려 버렸다.

"모두들 신문을 보고서 그 기사를 믿는다면, 경찰이 경찰 살해범을 미워한다는 것이 과연 어떤 것인지 그들에게 알려 줘야 해. 바로 정글의 법칙과 같은 거야. 약육강식의 법칙. 우리가 이번 살인사건이 어떤 복수심으로 인해 일어난 것이라고 억지쓴다면 오히려 신문사 기자들이 귀찮게 할 것이다. 우리들이 경관 살해를 용납할 수 없는 것은, 바로 경관이 법과 질서의 상징이기 때문이야. 이 상징이 없어지면 이 도시는 야수의 도시가 되어버리고 말아. 이 도시에 있는 야수들은 지금만으로도 족해.

그러니 어떻게 해서든지 리어던 살인범을 반드시 찾아

내 주기를 바란다. 그것은 리어던이 이곳 형사였기 때문
도 아니고, 리어던이 훌륭한 형사였기 때문만도 아니야.
다만, 리어던이 인간이었기 때문에, 그것도 너무 훌륭한
인간이었기 때문에 그 범인을 꼭 잡고 싶은 거야.

　방법은 각자 좋을 대로 선택하도록. 해야 할 일은 전부
잘 알고 있겠지? 기록이나, 거리에서 주워들은 것이 있으
면 빠짐없이 중간 보고를 해주기 바란다. 하지만, 목표는
범인을 잡는 것이야. 그것뿐이다."

　경감은 린치와 함께 형사실을 빠져나갔다. 형사 몇 명
이 범죄수법 기록철을 뒤지며 45구경을 사용한 살인자들
의 기록을 찾기 시작했다. 블랙 리스트라고 적혀 있는 서
류철을 조사하는 형사도 있었다. 이것은 이 지역에 있는
범죄자 명단에서 마이크 리어던이 담당했던 좀도둑을 찾
으려는 것이었다. 전과 기록표를 보는 형사도 있었다. 이
분서에서 검거한 범인들 중에서 유죄판결을 받은 자들의
기록 카드를 조사하고, 특히 마이크 리어던이 담당했던
사건을 주목해서 조사하는 것이다. 포스터는 복도로 나가
아까 심문했던 남자에게 집에 돌아가서 점잖게 있으라고
말했다. 그외의 다른 형사들은 모두 거리로 나갔다. 캐레
라와 부시도 그 속에 끼어 있었다.

　"사람을 바보 취급하고 있어." 부시가 말했다. "자기가
무슨 나폴레옹이라도 되는 줄 아는가 본데."

　"그래도 훌륭한 사람이야." 캐레라가 말했다.

"그래, 제딴에는 훌륭하다고 생각하겠지."

"자네는 무슨 말만 해도 화를 내는군. 제정신이 아닌 것 같아."

"나는 이 분서가 지긋지긋해. 지금까지는 별로 큰 실수 없이 해왔지만, 이 분서에 배속되고부터는 점점 이짓 하는 것도 싫어졌어. 자네는 어떤가?" 부시가 물었다.

부시는 불만스러웠던 일들을 사소한 것까지 말했지만, 대부분은 이 분서와 관계가 없는 것들이었다. 하지만, 캐레라는 지금 그러한 일로 말다툼하고 싶지 않았기 때문에 슬며시 딴전을 피웠다. 부시는 괴로운 표정을 지으며 고개를 끄덕였다. 그러다가 부시가 말했다. "마누라에게 전화해야겠군."

"새벽 2시에 말이야?"

캐레라가 의아한 표정으로 물었다.

"그게 뭐 잘못됐나?" 부시는 태도를 바꾸어 시비조로 말했다.

"아무것도 아니네. 어서 전화하게."

"그저 목소리가 듣고 싶을 뿐이야." 그리고 나서 부시는 한번 더, "그저 목소리만 듣는 것뿐이야." 하고 소리질렀다.

"좋구먼."

"쳇, 이번 일은 오래 걸릴지도 모르잖아."

"그럴지도 모르지."

"어떻든간에 마누라한테 전화해서 나쁠 거 있나?"

"이봐, 자네, 지금 나에게 시비걸려는 건가?" 캐레라가 웃으면서 말했다.

"그런 것은 아니야."

"어서 전화하고 와. 괜히 나한테 화풀이하지 말고."

부시는 머리를 끄덕였다. 칼버 가에 있는 빈 제과점 앞에 차를 세우고 부시는 전화를 하러 들어갔다. 캐레라는 차 밖으로 나와 가게 앞쪽의 카운터로 다가갔다.

도시는 기분나쁠 정도로 조용했다. 뿌옇게 보이는 밤하늘에 빈민 아파트가 을씨년스럽게 솟아 있었다. 검은 아파트 그림자의 군데군데에서는 욕실의 불빛이 깜박이고 있었다. 젊은 아일랜드계 여자 두 명이 제과점 앞을 하이힐 소리를 내며 걸어갔다. 캐레라는 물끄러미 그녀들의 다리와 속이 비치는 얇은 원피스를 바라보았다. 한 여자가 넉살좋게 그에게 윙크했다. 그리고는 둘이서 킥킥거렸다. 그는 갑자기 아일랜드 여자가 치마를 들어올린다던 말이 생각났다. 그것이 어느새 기억 밑바닥에서 어렴풋이 떠올랐다. 아마 어디에선가 읽었던 것 같았다. 아일랜드 여인——「율리시즈」에서였나? 너무 지루해서 다 읽기 어려운 책이었다. 귀여운 소녀와, 또 다른 것이 나오는 이야기였다. 참, 부시는 저래 가지고 조금씩이라도 책을 읽고 있나 모르겠네. 바빠서 책을 읽을 시간도 없겠지. 부시는 마누라 때문에 머리가 항상 복잡하니까. 정말로 어지간한 사람이야.

뒤를 돌아보았다. 부시는 여전히 전화 박스 안에서 무엇인가 열심히 이야기하고 있었다. 카운터 안쪽에 앉아 있는 남자는 턱을 받쳐들고 열심히 경마 신문을 보고 있었고, 저편의 젊은이는 카운터 끝에서 밀크 셰이크를 마시고 있었다. 캐레라는 제과점 안에서 풍겨나오는 냄새를 들이마셨다. 전화 박스가 열리고 부시가 이마의 땀을 닦으면서 나왔다. 그는 카운터를 보고 있는 남자에게 고개를 끄덕이고는 캐레라 쪽으로 나왔다.

"전화 박스는 지옥처럼 덥군."

"집에는 별일 없나?" 캐레라가 물었다.

"물론." 부시는 이렇게 말하고 이상한 얼굴로 캐레라를 보았다. "별일이 없어서 이상한가?"

"그런 뜻으로 말한 게 아니잖아. 어떻게 일을 시작해야할지 무슨 좋은 생각이라도 없나?"

"이번 일은 그렇게 간단한 것 같지가 않아." 부시가 말했다. "어떤 멍청한 놈들이 무슨 원한을 갖고 한 짓인지 알 수 없으니 말이야."

"그렇지 않으면 무슨 나쁜 짓을 하려다 들켜서 그랬는지도 모르고."

"이런 것은 그저 강력계에 맡겨두면 돼. 우리는 뒷전이야."

"아직 아무것도 한 게 없는데 뒷전으로 빠진단 말인

가? 도대체 어떻게 된 거야?"

"아무것도 아닐세." 부시가 말했다. "나는 그저 형사가 명탐정은 아니라는 걸 말하는 거야."

"형사가 좋은 말을 하는군."

"당연하지, 안 그런가? 형사 대기소는 쓰레기들을 모아두는 곳이니까. 그건 자네도 알고 있겠지. 형사가 되려면 튼튼한 두 다리와 고집이 있어야 하지 않나? 그 다리를 가지고 지시받은 대로 여러 쓰레기장을 헤매고 다녀야 해. 이 짓을 그만두지 못하는 것도 그 고집 때문이야. 기계처럼 단서를 찾아다녀도, 운이 좋으면 괜찮지만 운이 나쁘면 헛수고지. 남은 것은 다리와 고집뿐이야."

"그래서 머리를 쓸 여유가 없다는 건가?"

"약간은……. 하지만, 형사는 별로 머리가 필요없어."

"그만하지."

"뭘 그만둬?"

"그만하세. 말싸움하고 싶진 않으니까. 만일 리어던이 누군가가 범행을 저지르는 것을 보고 막으려 했다면……."

"그게 또 나를 화나게 하는 거야."

"정말 자네도 어지간한 경찰 혐오자로군. 그렇지?" 캐레라가 물었다.

"이 도시는 경찰을 미워하는 놈들로 가득 찼어. 경찰을 존경하는 사람이 있다고 생각하나? 법과 질서의 상징이라고? 웃기는 얘기지. 자네도 밖에 나가서 세상을 좀 보는 게 좋겠네. 주차위반 딱지라도 받게 되면 누구나 경찰 혐오자가 되어버리지. 그런 거야."

"아니야. 절대로 그런 것만은 아니야." 캐레라는 화가 잔뜩 났다.

부시는 어깨를 추스려 보였다. "다른 경찰들도 마찬가지겠지만, 내가 화를 내는 것은 놈들이 제대로 영어를 쓰지 않기 때문이야."

"뭐라고?"

"범행할 때 말이야!" 부시가 빈정거리며 말했다.

"경찰이 쓰는 말인데, 경찰이 범인을 잡았을 때 뭐라고 하는지 들은 적 있어? 없겠지? '체포시켰다'고 떠들어대는 거야."

"경찰이 '체포시켰다'고 떠드는 것을 들어 보지도 못했을 텐데?" 캐레라가 말했다.

"공식발표를 말하고 있는 거야." 부시가 말했다.

"그건 얘기가 달라. 공식발표를 할 때는 누구라도 묘한 표현을 쓰잖아."

"경찰은 특히 더하지."

"그런데 왜 배지를 반납하고 그만두지 않지? 택시 운전사라든가 그밖에 다른 것을 해도 괜찮잖아?"

"나도 생각중이야." 부시는 갑자기 히죽거리기 시작했다. 지금까지의 긴 얘기들이 언제나처럼 목소리를 죽인 채 오갔는데, 지금 부시는 히죽거리고만 있다. 지금까지 말한 것이 전부 거짓말 같았다.

"아무튼 나는 술집을 한번 조사하고 싶은데." 캐레라가 말했다. "이것이 원한관계에 의한 범행이라면 이 주위 인간들의 소행일지도 모르잖아, 그렇지 않나?"

"맥주도 한잔 할 수 있고." 부시도 한마디했다. "오늘 밤은 줄곧 맥주를 한잔 하고 싶었단 말이야."

섬록 술집은 전세계적으로 백만 개나 있을 아일랜드 국화(國花)를 술집 이름으로 하는 다른 술집들과 비슷했다. 칼버 가의 전당포와 중국인 세탁소 사이에 끼어 있는 술집이었다. 밤새 영업을 하는데, 칼버 가에 사는 아일랜드 인들이 주된 손님이었다. 푸에르토리코 인들도 가끔 이 섬록을 찾는 경우가 있는데, 이 낯선 손님들은 걸핏하면 싸움질이나 하려 들지만 주먹이 거친 이곳 아일랜드 단골들에게 금방 주눅이 들고 만다. 경찰도 간혹 들르기는 하지만, 결코 한잔 하러 오는 것은 아니다. 근무중 음주는 근무규칙에서 절대로 금하고 있기 때문이다. 다만 이 싸움꾼들이 과음하지 않나, 또는 난투극이라도 벌이지 않나 하는 염려로 들여다보는 것뿐이다. 화려한 벽으로 둘러쳐진 이 술집에서는 요즘에는 난투극 소동도 좀처럼 없었다. 아주 드문 일이 되어버린 것이다. 시적으로 표현하자면 푸에르토리코 파도의 위력에 이 일대가 굴복해서 좋은 시절, 좋은 추억은 멀어져 갔다는 것이다. 영어도 서툴고 간판도 읽을 수 없는 푸에르토리코 인이 이 셥록에 들어오기라도 하면, 자신들도 미국인을 위해 미국을 지키자고 떠드는 고집쟁이 푸에르토리코 인도 미국 인이라는 것을 잃어버린 채 며칠 밤씩 난동을 부리곤 했다. 흐르는 피로 술집을 화려하게 물들이는 일도 가끔 있었다. 하지만, 세상 사정이 좀 달라진 요즘에는 셥록에서 머리가 깨지는 일을 일주일에 한두 번 보기도 힘들게 되었다.

술집의 창문에는 '숙녀환영'이라고 적혀 있었는데, 이 초대에 응하는 숙녀는 좀처럼 없는 모양이다. 술을 마시고 있는 무리들은 대부분 이 부근의 싸구려 아파트에서 꼴 사나운 방을 피해 나온 남자들로, 그들은 자신과 동일한 처지에 있는 다른 남자들과 함께 신세 타령을 늘어놓으며 하루를 보내곤 하는 것이다. 이들의 처자들은 화요일에는 빙고를 하러 가고, 수요일에는 영화를 보고 돌아오는 길에 자질구레한 그릇들을 사온다. 목요일에는 옆동네에서 하는 자선 바느질회에 참석하여 이러쿵저러쿵 남의 이야기나 늘어놓는다. 그러니 그 남편들이 근처 싸구려 술집에 모여서 열을 올려도 나쁠 것 없다. 다만 술집에 경찰이 나타났다 하면 이야기는 달라진다.

이 근처에서는 경찰이라 하면 누구나 싫은 표정을 짓는다. 특히 형사는 더욱 싫어한다. 틀림없이, "어서오십시오, 형씨. 오늘은 어쩐 일로?" 하고 맞이하면서 버릇처럼 제일 좋은 자리로 데리고 간다. 하지만, 손님들은 무심코 돌아보다가 경찰과 정면으로 마주치면 반가워하지도 않고, 또 그날 꿈자리가 사나울 것이라고 생각한다. 그렇다고 해서 모두가 경찰에게 원한을 갖고 있는 것은 아니다. 다만, 그들은 경찰이 술집 안을 어슬렁거리면서 술 마시는 것을 방해하는 것이 싫은 것이다. 경찰은 호텔 주위를 어슬렁거리며 연인들의 사랑을 방해해서도 안되고, 여하튼 어디라도 어슬렁거려서는 안된다는 것이다.

그런데 이 몸집이 큰 바보들은 술집 구석에 가서 무엇을 하려는 것인가?

"맥주 한잔 주게, 해리." 부시가 주문했다.

"예, 금방 나옵니다." 바텐더인 해리가 대답했다. 맥주가 나오자 부시와 캐레라가 있는 곳으로 가지고 왔다. "이런 밤에는 맥주가 최고죠." 해리가 말했다.

"후텁지근한 저녁나절에 맥주를 장삿속 없이 갖다 주는 바텐더는 본 적이 없어." 부시가 조용히 말했다.

해리가 소리내어 웃었는데, 이는 손님들에게 경찰이라는 걸 알리고 싶기 때문이었다. 둥근 테이블에 앉아 있는 두 사람은 아일랜드의 자유에 대해서 토론하고 있었다. 텔레비전 심야방송에서는 제정 러시아 시대 여황제의 일대기를 다룬 영화를 방영하고 있었다.

"형씨, 무슨 볼일이라도?" 해리가 물었다.

"왜 그래?" 부시가 말했다. "우리에게 할말이 있나?"

"아뇨. 그저 신경이……저희 집에는……경찰은 별로

잘 들르지 않거든요." 해리가 대답했다.

"여기에 잘못된 것이 없기 때문이겠지." 부시가 말했다.

"칼버 가에서 이만큼 깨끗한 곳도 없지요."

"전화 박스를 빼앗겨 버리고 나서부터는 말이야." 부시가 말했다.

"예? 그거는……그때 이 가게에는 전화가 자주 걸려 왔었지요."

"도박에 손을 너무 댔었지." 부시의 목소리는 가라앉아 있었다. 그는 맥주잔을 잡고 거품을 입에 대더니 한숨에 들이켰다.

"농담이 아닙니다." 해리가 말했다. 그는 내내 마음에 걸렸던 이 가게의 전화 박스와, 주(州)심문위원회 생각은 정말 하기도 싫었다.

"형씨들은 누구를 찾고 있습니까?"

"오늘밤은 조용한 것 같은데?" 캐레라가 말했다.

해리는 금니를 들어내며 웃었다. "헤헤, 우리 가게는 언제나 조용하죠."

"흠, 그렇겠군." 캐레라가 머리를 끄덕이며 말했다. "절름발이 대니는 왔었나?"

"오늘은 안 보이는데. 왜요? 무슨 일이라도 있습니까?"

"이 맥주 정말 괜찮은데." 부시가 말했다.

"한잔 더 하시겠습니까?"

"아니, 됐어."

"정말 아무 일 아닙니까?" 해리가 물었다.

"왜 그러나, 해리! 누가 여기서 나쁜 짓이라도 하고 있는 거 아냐?" 캐레라가 물었다.

"예? 아무 일도 없어요. 자꾸 그런 식으로 얘기하지 마십시오. 단지 형씨들이 오신 게 이상해서……여기에는 아무런 문제도 없어요."

"오, 그런가!" 캐레라가 말했다.

"최근에 누가 권총을 가지고 다니는 거 본 적 없나?"

"권총을요?"

"그래."

"어떤 권총 말입니까?"

"어떤 것이든."

"아무것도 못 봤는데요." 해리는 땀을 흘리고 있었다. 자신의 몫으로도 맥주를 갖고 와서는 허둥지둥 마셨다.

"권총을 갖고 다니는 녀석들도 없나?" 부시가 조용히 물었다.

"아, 권총 말인가요?" 해리는 입가에 거품을 물고 말했다. "그런 것은 언제나 주위에 흔하죠."

"그런데 좀 큰 것은 못 봤어?"

"어느 정도요? 32구경이나 38구경 말입니까?"

"45구경 정도." 캐레라가 말했다.

"여기서 45구경을 본 것은." 해리는 생각에 잠기며 말했다. "꽤 오래 된 일이라서." 해리는 머리를 흔들었다.
"에이, 잘 모르겠어요. 도대체 무슨 일입니까? 누가 그
총에 맞았습니까?"

"얼마나 오래 된 일이지?" 부시는 계속 물고늘어졌다.

"1950년인가 1951년이죠. 육군에서 제대한 젊은 군인이
었어요. 45구경을 자랑스럽게 내보이면서 왔는데. 확실히
그 친구는 무슨 소동을 일으킬 것 같더라고요. 그런데 둘
리가 끌어냈어요. 둘리는 기억하고 있죠? 다른 지역으로
전속되었지만, 전에는 여기 담당의 순찰관이었어요. 좋은
사람이었죠. 항상 여기 들러서……."

"그 친구 지금도 이 근처에 살고 있나?"

부시가 물었다.

"예? 누구 말입니까?"

"여기서 45구경을 휘두른 놈 말이야."

"아, 그 사람?" 해리의 눈이 갑자기 휘둥그레졌다. "왜
그러시죠?"

"내가 하는 말에 대답이나 해!" 부시가 말했다. "있어,
없어?"

"예, 있겠죠. 왜 그러시죠?"

"어디에 살고 있어?"

"저는 아무에게도 피해를 주고 싶지 않습니다."

"누구에게 피해를 입히는 것은 아니야." 부시가 말했다.
"그 친구 아직도 45구경을 갖고 있나?"

"모르겠는데요."

"그날 밤은 어땠었지? 둘리가 왔다던 날 말이야."

"아무 일도 없었어요. 그 사람은 취해 있었죠. 막 군대에서 제대했을 때였으니까 눈에 보이는 게 없었던 모양입니다."

"어떻게 했냐고?"

"권총을 이렇게 휘둘러대더군요. 총알이 들어 있었는지는 잘 모르겠지만, 총구는 납덩이로 막혀 있었던 것 같습니다."

"확실해?"

"확실하다고는 할 수 없습니다만."

"둘리가 권총을 빼앗았나?"

"그것이……." 해리는 입을 다물고 이마의 땀을 닦았다. "그때 둘리가 권총을 보았던가?"

"갑자기 들이닥쳤다면……."

"그것이," 해리가 말했다. "손님 중 한 사람이 통로로 들어오는 둘리를 발견하고는, 사람들이 그 친구를 진정시켜서 내보냈거든요."

"둘리가 보기 전이었나?"

"예, 그런 셈이지요."

"그러면 그 녀석이 돌아갈 때 권총을 그대로 갖고 갔단 말이지?"

"예." 해리가 말했다. "저는 여기서 소동을 일으키고 싶지 않았거든요."

"그렇겠지. 그 녀석의 주소는?" 부시가 물었다.

해리는 눈을 껌벅였다. 그리고는 카운터 위를 물끄러미 쳐다보았다.

"어디지?" 부시가 반복해서 물었다.

"칼버 가."

"칼버 가의 어디야?"

"메이슨 가(街)와의 모퉁이 집입니다, 형씨."

"그 녀석이 경찰이 싫다든가 하는 말은 하지 않던가?" 캐레라가 물었다.

"아뇨. 그는 좋은 친구입니다." 해리가 말했다. "그 친구는 그날 밤 좀 흥분해 있었죠. 그뿐이에요."

"마이크 리어던을 알고 있지?"

"그야 알지요."

"그 녀석이 마이크를 알고 있을까?"

"글쎄요. 그 친구는 그날 밤 좀 취해 있었던 것뿐입니다."

"그 녀석의 이름은?"

"그저 가끔 술을 팔아 줘서……. 곤란한데요. 1950년에 일어난 오래 된 일이라서."

"이름은 뭐라 불렀지?"

"프랭크였어요. 프랭크 클라크."

"스티브, 어떻게 생각해?" 부시가 캐레라에게 물었다.

　캐레라는 어깨를 들썩였다. "맥이 빠지는군. 맥이 빠질
때는 일이 잘 안되던데."

　"하여튼 부딪쳐 보세." 부시가 말했다.

4

싸구려 아파트 안은 여러 가지 냄새로 가득 차 있었다. 양배추 냄새만이 아니었다. 양배추 냄새라면 좋아하는 사람도 많고, 게다가 양배추를 가난과 연결시키는 것을 반대하는 사람도 많다. 소위 싸구려 아파트 안의 냄새는 삶의 냄새라고나 할까, 인간 생활의 모든 행위에서 배어나오는 냄새였다. 땀을 흘리고, 요리를 하고, 배설을 하고, 애들을 키우는 그런 냄새. 그게 하나로 뭉쳐져서 특이한 냄새가 되어, 1층 현관에 들어서는 순간 코에 확 와 닿는다. 건물 내부에도 몇십 년에 걸쳐 그 냄새가 스며 있었기 때문일까? 냄새는 마루를 통해서 벽에 스며들어 있었던 것이다. 계단의 난간에도, 계단에 붙어 있는 리놀륨에도 냄새가 배어 있다. 구석구석까지 스며 있는 냄새는 계단 위에 매달려 있는 전구 위에도 스며 있다. 이 냄새는 낮이나 밤이나 항상 배어 있는 것이다. 이 생활의 악취는 햇빛을 쬐는 일도 없으며, 한없이 약한 별빛도 모르고 있다.

7월 24일 새벽 3시에도 그 냄새는 거기에 가득 배어 있었다. 전날의 무더위 속에서 냄새는 그대로 고여 있었기

때문에 밤중에도 여전했다. 부시와 함께 건물 안쪽으로
한 발자국 들여놓은 캐레라의 코에도 냄새가 들어왔다.
그는 코를 쿵쿵거리며 성냥을 그어 우편함을 비춰 보았
다.

"아! 여기다." 부시가 말했다. "3-B, 클라크."

캐레라는 성냥을 끄고, 둘이서 계단을 올라갔다. 밤이
라 쓰레기통이 안에 있으므로, 계단 뒤쪽 지하로 내려가
는 층계참에 쓰레기가 쌓여 있었다. 휴지통에서 올라오는
냄새가 다른 냄새와 섞여, 부패한 냄새가 쉴새없이 밀려
와 코를 찔렀다. 아파트는 완전히 정적에 싸여 있었지만,
냄새만은 진동했다. 2층에서 남자인지 여자인지 모를 코
고는 소리가 들렸다. 모든 문에는 바닥 바로 위에 우유넣
는 창구가 붙어 있었는데, 그곳에 둥그런 주머니가 우유
배달을 기다리며 축 늘어져 있다. 한 집의 문에는 조그만
푯말이 걸려 있었다. 푯말에는 '우리는 하나님을 믿음'이
라고 쓰여 있었다. 그러나 문 안쪽에는 유치장 문에서나
쓰임직한 커다란 철봉이 마루에 구멍을 내고 마치 문을
지키는 심장봉같이 걸려 있었다.

캐레라와 부시는 3층으로 올라갔다. 3층 층계참의 전구
는 꺼져 있었다. 부시가 성냥을 그었다.

"저쪽이 복도다."

"덤벙대지 마." 캐레라가 말했다.

"저쪽은 45구경 총을 갖고 있으니 조심해야겠지."

"그럼."

"어이, 어떡하나? 집사람은 아직 내 보험금을 욕심내지는 않는데." 부시가 말했다.

두 사람은 노리는 문 양옆에 가서 바짝 달라붙었다. 그리고는 침착하게 형사용 권총을 빼어들었다. 캐레라는 권총이 필요하다고는 생각지 않았지만, 조심해서 나쁠 것은 없었다. 왼손을 뻗어 손등으로 노크를 했다.

"자고 있겠지." 부시가 말했다.

"그건 불안하지 않다는 표시야." 하고 캐레라는 부시에게 말해 놓고 또 문을 두드렸다.

"누구세요?" 안에서 인기척이 나며 큰소리가 났다.

"경찰이오. 문 여시오!"

"아니, 도대체 무슨 일이지?" 안에 있는 남자가 투덜거리며 말했다. "금방 열 테니까 기다려요."

"이건 필요없겠지?" 부시는 그렇게 말하며, 권총을 집어넣었다.

방안에서 침대 삐걱거리는 소리와 함께 여자 목소리가 들려왔다. "무슨 일이에요?"

이윽고 문 쪽으로 다가오는 소리. 쇠사슬이 덜커덩 소리를 내며 문이 조금 열렸다.

"무슨 일입니까?"

"경찰이오. 물어 볼 게 좀 있어서."

"이런 한밤중에? 농담 마세요. 아침까지 기다리면 될

텐데, 왜 그러십니까?"

"그건 안돼."

"무슨 일이 생겼습니까? 이 아파트에 도둑이라도 들었나요?"

"그게 아니라, 잠깐 당신에게 물어 볼 게 있어. 혹시 프랭크 클라크 아닌가?"

클라크는 한숨을 돌리고 말했다. "경찰 배지를 보여 주시오."

캐레라는 주머니에 손을 넣어 방패 모양의 배지가 달린 가죽 케이스를 꺼내어 문틈으로 보여 주었다.

"아무것도 안 보이는데. 잠깐 기다려요." 클라크가 말했다.

"누구예요?" 여자가 물었다.

"경찰이야." 클라크는 중얼거리며 방안으로 들어가서 불을 켰다. 그가 문 쪽으로 돌아오자 캐레라는 다시 배지를 보여 주었다.

"아, 알겠어요. 무슨 일입니까?"

"클라크, 45구경 권총을 갖고 있나?"

"뭐라고요?"

"45구경 권총을 가지고 있냐고?"

"그걸 물으러 왔습니까? 그것 때문에 오밤중에 문을 두드리고 이 난리를 피웠단 말입니까? 생각 좀 해봐요! 난 아침에 일을 하러 나가야 될 몸인데……."

"45구경을 갖고 있는지 없는지 그것만 말해!"

"내가 총을 갖고 있다는 말은 누구한테 들었습니까?"

"그건 당신이 알 바 아니야."

"왜 그러세요? 난 오늘밤 죽 집에 있었는데."

"그걸 증명해 줄 수 있는 사람이 있어?"

클라크는 음성을 낮추고 대답했다. "그래요. 바로 당신들이잖소! 오늘밤은 이렇게 당신들과 얘기하고 있잖습니까? 아시겠어요? 무례하게 굴지 맙시다."

"권총은 어디에 있어?"

"여기에 갖고 있어요."

"45구경이지?"

"맞습니다."

"좀 볼 수 있겠지?"

"왜 그러죠? 난 허가증도 가지고 있다고요."

"하여튼 봤으면 싶은데."

"아니, 물어 볼 게 있다고 해놓고서 왜 이러십니까? 권총 허가증을 가지고 있다고 했잖아요. 내가 무슨 나쁜 짓이라도 저질렀소? 도대체 어쨌다는 겁니까?"

"권총을 보고 얘기하자고. 빨리 가져와!"

"수색영장은 가져 왔어요?" 클라크가 다시 물었다.

"쓸데없는 말 지껄이지 말고 빨리 권총이나 갖고 와!" 부시가 말했다.

"수색영장이 없으면 이 방에는 들어올 수 없어요. 더구나 권총을 빼앗을 수도 없고. 내가 권총을 갖고 싶어서 가진 것이니까, 아무리 소란을 피워도 소용없어요."

"거기 있는 여자는 몇 살이야?" 부시가 물었다.

"그건 왜?"

"잔소리 말고 대답해!"

"스물하나예요." 클라크가 말했다. "결혼 약속을 한 사이예요."

복도 끝에서 누군가가 소리쳤다. "어이, 조용히 해! 제기랄! 떠들고 싶으면 당구장이나 가서 떠들어!"

"클라크, 안에 좀 들어가면 안되겠나?" 캐레라가 부드럽게 말했다. "주위 사람들을 깨우지 않게 조용히 얘기하세."

"들어오려면 수색영장을 갖고 오시죠."

"클라크, 그 마음은 이해를 하겠지만 사실은 경찰 한 명이 살해당했는데 그게 45구경 총이야. 그 사건 수사 때문에 조사할 게 있어서 그래. 서로 시비하지 않는 게 좋잖아, 어때? 문을 열고 사실대로 얘기해 주면 좋겠어."

"경찰이 살해되었다고요? 아니, 정말이세요? 왜 진작 그 얘기를 하지 않았습니까? 잠깐만 기다리세요, 곧 열테니까." 그가 문을 열어 둔 채 안으로 걸어갔다. 여자에게 무엇인가 얘기를 하자 그 여자가 속삭이며 대답하는 소리가 캐레라의 귀에까지 들렸다. 클라크는 문 쪽으로 와서 조심스럽게 문을 열었다. "자, 들어오시지요."

부엌의 개수대에는 접시가 쌓여 있었다. 부엌은 6피트와 8피트(약 1.8×2.4m)의 네모난 방이며, 바로 옆이 침실로 되어 있었다. 여자는 침대 옆에 서 있었는데, 연한 금발에 작달막한 인상이었다. 남자용 잠옷을 입고 졸린 눈을 하고 있었으며, 화장기가 전혀 없는 얼굴이었다. 캐레라와 부시가 부엌에 들어가자, 그녀는 눈을 껌벅거리며 두 사람을 쳐다보았다.

클라크는 검고 밉살스런 얼굴에 갈색 눈을 가진 키가 작은 남자였다. 긴 코가 중간에서 굽어 있고, 입술은 두터웠으며, 턱수염이 상당히 길었다. 그는 부엌의 전등빛을 받으며 가슴을 드러낸 채 맨발로 서 있었다. 개수대의 접시 위에는 수돗물이 떨어져 마치 문신 같은 그림을 그리고 있었다.

"권총을 가져와 봐!" 부시가 말했다.

"권총 허가증은 가지고 있어요. 담배 한 대 피워도 괜찮겠죠?"

"당신 집이니까."

"글래디스!" 클라크가 그녀를 향해 말했다. "장롱 위에 담배가 있어. 성냥도 갖고 와." 여자가 어두운 침실로 사라지자 클라크가 소리를 낮춰 말했다. "남의 집을 찾아갈 때에는 꼭 싫어하는 시간에 맞춰 가나 보죠?" 클라크는 웃었지만, 캐레라와 부시가 재미없어하는 표정을 짓자 곧 농담을 그만두었다. 여자가 담배를 가져왔다. 한 개비를 꺼내어 입에 물고, 그녀는 클라크에게 담배를 건네주었다. 그가 담배에 불을 붙이고 나서 성냥을 그녀에게 주었다.

"어떤 허가증이지?" 캐레라가 물었다. "휴대허가증인가, 소유허가증인가?"

"휴대허가증입니다." 클라크가 말했다.

"어떻게 해서?"

"저, 전에는 단지 소유허가증만 갖고 있었는데, 군대에서 돌아와 곧 등록했거든요. 저 권총은 받은 거예요." 그는 빠른 어조로 말했다. "중대장에게 받은 겁니다."

"그래서?"

"제대할 때는 법률대로 소유허가증을 받았어요."

"이야기를 계속해 봐." 부시가 재촉했다.

"그런데 그렇게 해야 된다고 생각했죠. 그렇지 않으면 총구를 납으로 막아놓아야 한다고 하던가? 확실히 기억할 수는 없지만, 하여튼 허가증은 받았어요."

"총구를 납으로 막아놓지 않았잖아?"

"사용하지 않을 권총이라면 뭣 때문에 허가증이 필요하겠어요? 하여튼 소유허가증을 받고, 그 뒤에 보석상에 근무하게 되었어요. 금품을 갖고 다녀야 했기 때문에 권총 휴대허가증으로 바꾼 거예요."

"그게 언제쯤이야?"

"두 달 전이죠."

"어느 보석상에 근무하지?"

"그 일은 그만두었어요."

"좋아. 권총을 갖고 와 봐. 허가증도 가져오고."

"그러죠." 클라크는 개수대로 가서 담배를 물방울이 떨어지는 수도꼭지 밑으로 내밀었다. 젖은 꽁초를 접시 위에 버리고 여자 옆을 지나 침실로 갔다.

"밤늦은 이런 시간에 수사한답시고 캐묻고 난리야."

여자는 화가 잔뜩 나 있었다.

"기분 잡쳤나?"

"그래요."

"당신의 좋은 꿈에 귀신으로 나타날 생각은 없었어." 부시가 기분 나쁜 어조로 말했다.

여자는 한쪽 눈썹을 찡긋 올렸다. "왜 이런 무례한 짓을 하나요?" 여자는 갑자기 구름 모양을 만들어 담배 연기를 내뿜었다. 영화에 나오는 요부가 하는 짓을 배운 것이리라. 클라크는 45구경 권총을 손에 들고 왔다. 부시의 손이 슬며시 권총이 있는 오른쪽 허리춤으로 뻗는다.

"테이블 위에 놔." 캐레라가 말했다.

클라크는 권총을 테이블 위에 놓았다.

"탄환은 들어 있나?" 캐레라가 물었다.

"들어 있겠죠."

"확실히 모른단 말인가?"

"직장을 그만두고 나서는 이런 것엔 관심 없었으니까."

캐레라는 손가락을 벌려서 손수건을 펼치고 그 손으로 권총을 움켜잡았다. 탄창을 빼어 보았다. "확실히 탄환이 들어 있군." 그렇게 말하고 곧 총구에 코를 갖다 댔다.

"냄새 맡아 볼 필요까지는 없어요." 클라크가 말했다. "제대한 뒤로 한 번도 쏘지 않았으니까."

"쏠 뻔한 적은 있었잖아."

"예?"

"그날 밤 섬록 술집에서."

"아아! 그 일 말인가요?" 클라크가 말했다. "그날 밤, 어떻게 집까지 왔는지. 쳇, 난 취해 있었어요. 별다른 악의가 있었던 것은 아니에요."

캐레라는 탄창을 다시 넣었다.

"허가증은?"

"있긴 있는데, 어디 있는지 보이지 않는데요."

"확실히 있어?"

"틀림없어요. 다만 찾을 수 없을 뿐이죠."

"한번 더 찾아봐. 이번에는 잘 찾아보라고."

"아무리 찾아봐도 보이지 않아요. 허가증은 정말 갖고 있어요. 조사해 보시면 아실 텐데요. 거짓말은 안 해요. 그런데 살해된 경찰은 누구죠?"

"허가증을 다시 한번 찾아볼 생각은 없나?"

"말했잖아요. 찾을 수가 없다고. 분명히 어딘가에 있어요."

허가번호	날짜	경찰본부	년	휴대
	권총소지허가증 신청서			소지

(신청서는 두 통 작정할 것)

본인은 아래 주소에 살고 있으며, 권총소지허가증
교부를 신청합니다. _____

칼버 가 37-12

소지 이유 : 보석상 근무 때문

(성명)	(주소)
클라크 프란시스	D. 37-12 칼버 가

끌지는 못했다. 클라크는 확실히 권총 소지허가증을 가지고 있지만, 그것 때문에 그가 마이크 리어던을 쏘지 않았다고는 볼 수가 없다.

캐레라는 허가증을 책상 한쪽으로 밀어놓고는, 시계를 보고 기계적으로 수화기에 손을 뻗었다. 부시의 집 번호를 돌렸다. 수화기를 든 손이 땀에 젖어 있다. 벨이 여섯 번 울리더니, 여자의 음성이 들려왔다.

"여보세요."

"부인이세요?"

"누구시죠?"

"스티브 캐레라입니다."

"안녕하세요, 스티브?"

"주무시고 계셨나 봐요."

"예."

"행크가 아직 오지 않아서요. 별일 없지만요."

"조금 전에 나갔어요." 앨리스가 말했다. 목소리는 이미 잠에서 깨어 버린 듯하다. 앨리스 부시는 경찰의 아내이다. 항상 일정치 않은 생활이라 그녀 또한 남편이 잘 때 자고, 그야말로 생활 시간표를 자주 조정해야 했다. 캐레라는 아침이고 저녁이고간에 그녀에게 전화할 때가 많은데, 언제나 한두 마디 하는 사이에 그녀가 곧 잠에서 깨곤 한다는 점에 감동을 하고 있었다. 오늘도 그녀는 처음 수화기를 들었을 때는 빈사 상태의 사람이 입맛을 다

시는 소리를 냈으나, 이야기를 함에 따라 에어데일 테리
어종의 개와 같은 달콤한 콧소리를 내며 행크의 아내답
게 매력적인 목소리로 말했다. 캐레라도 행크의 아내를
한번 본 적이 있다. 행크와 함께 그녀를 부추겨 늦은 야
식을 먹으러 간 것이다. 때문에 캐레라도 그녀가 몸매가
예쁘고, 난생 처음 보는 것 같은 갈색눈을 가진 금발 미
녀라는 것을 알고 있다. 부시가 집안일을 속속들이 말하
기 때문에 캐레라는 앨리스가 얇고 검은 잠옷을 입고 자
는 것까지 알고 있었다. 그래서 그녀와 전화통화를 할 때
는 자연히 한번 만났던 이 금발의 풍만한 여자가 행크의
이야기대로 그런 모습을 하고 있다는 것이 떠올라 매우
거북해지곤 했다.

그 때문에 캐레라는 그녀에게 전화했을 때 자기 마음
속의 이 예술적인 성향으로 이상한 마음이 들어서 항상
서둘러 전화를 끊었다. 그런데 오늘 아침 앨리스는 좀더
이야기하고 싶은 것 같았다.

"동료분이 살해되었다면서요?" 그녀가 물었다.

침울한 이야기인데도 캐레라는 무심코 그렇다고 했다.
앨리스라는 여자는 때때로 정통 영어 속에 경찰 냄새가
풍기는 침울한 말을 섞어 쓰는 묘한 버릇이 있다.

"예."

"정말로 안됐어요." 그렇게 말하면서도 그녀의 기분과
어조는 아까와는 달랐다. "조심하세요. 그이도, 당신도.

불량배들이 길가에서 덤벼들기라도 한다면……."

"조심해야지요. 자, 그럼, 일이 있어서."

"당신처럼 믿음직한 사람이 옆에 있으면 행크도 걱정 없겠지요?" 앨리스는 인사말도 하지 않고 전화를 끊었다.

캐레라는 싱긋 웃으며 어깨를 으쓱하고는 수화기를 놓았다. 데이비드 포스터가 깨끗이 세수한 갈색 얼굴을 빛내며 느릿한 걸음걸이로 그의 책상 쪽으로 왔다.

"안녕, 스티브."

"어이, 데이비드, 웬일인가?"

"어젯밤의 그 45구경 총에 대한 발사 시험 결과가 나왔어."

"좋은 소식인가?"

"이 총이 발사된 것은 아주 오래 전이야."

"음, 그렇다면 수사 범위는 좁혀지는 거지." 캐레라가 말했다. "이것으로 그 녀석은 이 번잡한 도시의 평시민에서 벗어나게 되었구먼."

"아무래도 경찰이 살해되었다는 것은 기분이 나빠." 포스터가 말했다. 그가 험상궂게 눈살을 찌푸리자 마치 빨간 망토로 머리를 처박고 달려드는 투우장의 소처럼 험악한 얼굴이 되었다. "마이크는 내 단짝이었고, 좋은 친구였는데."

"알고 있어."

"누구의 짓인지 아무리 생각해 봐도……." 포스터가 말했다. "여기 나의 전용 기록부가 있어. 악당을 한 사람 한 사람씩 사진과 대조하면서 찾아보고 있는데……." 손으로 머리를 두드리며 포스터가 말했다. "차례대로 한 사람씩 조사해 나가며 찾아보고 있지만, 아직 알 수가 없어. 아마 그 중에 마이크를 살해한 놈이 틀림없이 있을 거야. 그놈이 누구인지 밝혀지기만 하면 알래스카의 혹한으로라도 달아나고 싶을 정도로 따끔한 맛을 보여 주겠어."

"실은 말이야," 캐레라가 말했다. "나도 지금 알래스카에 가고 싶은 심정이네."

"무더워서?" 포스터는 그제서야 무더위를 느낀 듯이 말했다.

"아니." 캐레라의 눈에 저쪽 복도에서 걸어오는 부시의 모습이 보였다. 부시는 칸막이 문을 통해 들어와서 출근부에 사인을 하고 캐레라의 책상 쪽으로 와서는, 회전의자를 빼내어 우울한 모습으로 앉는다.

"지독한 밤이었지, 어젯밤은?" 포스터가 웃으며 물었다.

"그렇게 힘들어서야." 부시가 조용히 말했다.

"클라크는 혐의가 없어." 캐레라가 말했다.

"그럴 것 같았어! 이제 무엇부터 어떻게 해야 되나?"

"글쎄, 그게 문제야."

"검시보고는 왔어?"

"아니."

"밑에 불량배 몇 녀석을 조사해 보려고 잡아왔어." 포스터가 말했다. "한 번 더 조사해 보면 어떨까?"

"어디에 있지? 밑에?" 캐레라가 물었다.

"'월도프 호텔방'에 모셔 놓았어." 포스터는 분서 1층의 유치장을 이렇게 표현하고 있다.

"자, 불러오는 게 좋겠지?"

"그럼." 포스터가 대답했다.

"대장은?"

"북부 본부의 강력계에 갔어. 이번 사건에 전력을 기울이는 것 같아. 기압이 잔뜩 들어갔어."

"오늘 아침 신문 봤어?" 부시가 물었다.

"아니."

"마이크가 제1면에 나왔어. 자, 봐!" 그는 신문을 캐레라의 책상 위에 놓았다. 캐레라는 전화를 걸고 있는 포스터에게도 보이게 신문을 펼쳤다.

"뒤쪽에서 총을 맞은 건가?" 포스터가 중얼거렸다. "개 같은 자식." 그는 전화에다 용건만 말하고 끊었다. 세 사람은 담배에 불을 당겼다. 부시가 전화를 걸어 커피를 주문했다. 세 사람이 담배를 피우고 있을 때 커피보다 먼저 아까 부른 불량배들이 끌려 들어왔다.

두 사람이었는데, 수염을 길게 길렀고 키가 컸으며, 둘 다 반소매 셔츠를 입고 있었다. 두 사람의 공통점은 그것뿐이었다. 한 사람은 윤곽이 없고 매끈한 미남자로, 잘 정돈된 눈과 코에 희고 가지런한 이빨을 가지고 있었고, 또한 사람은 마치 콘크리트를 섞어 놓은 것 같은 그런 얼굴을 하고 있었다. 캐레라는 곧 이 두 사람을 기억해 냈다. 머릿속으로 그는 두 사람의 전과기록을 더듬어 보았다.

"같이 잡혔나?" 그는 둘을 형사과로 데려온 순경에게 물었다.

"예."

"어디서?"

"30번가와 시피 가(街)의 모퉁이에서 차를 세워 놓고 그 안에 앉아 있었습니다."

"그게 뭐 법에 걸리나요?" 매끈하게 생긴 남자가 따져 물었다.

"새벽 3시였어요." 순경이 덧붙여 설명했다.

"좋아, 수고했어." 캐레라가 말했다.

"이름이 뭐지?" 부시가 미남자에게 물었다.

"우리 이름은 알고 계시잖아요."

"한번 더 말해 봐. 내 귀로 듣고 싶단 말이야."

"우리는 피곤해요."

"그러면 더 피곤해져. 웃기지 말고 묻는 말에나 대답해! 이름이 뭐야."

"테리."

"테리, 성은?"

"테리 매카시. 도대체 왜 이러는 겁니까, 농담합니까?

우리 이름은 잘 알고 있잖아요."

"옆에 있는 친구는."

"얘도 알고 있잖아요. 클래런스 케리지요."

"그 차 안에서 무얼 하고 있었어?" 캐레라가 물었다.

"에로 사진을 보고 있었어요." 매카시가 대답했다.

"외설사진 소지." 캐레라가 빈정대듯 말했다.

"행크, 그 잡지 가져다 주게."

"아네요, 잠깐만요." 매카시가 말했다.

"그냥 쓸데없는 신소리를 주고받았을 뿐이에요."

"너희들의 신소리를 듣고 있을 시간 없어." 캐레라가 쏘아붙였다.

"알았어요, 알았다고요. 그렇게 화가 났다면……."

"차 안에서 무얼 하고 있었어?"

"앉아 있었어요, 그냥."

"너희들은 새벽 3시에 차를 세우고 그냥 앉아 있는 일이 자주 있나 보지?" 포스터가 물었다.

"때에 따라서." 매카시가 대답했다.

"앉아서 뭘 했느냔 말이야?"

"얘기했어요."

"무슨 얘기."

"여러 가지요."

"고상한 철학을 얘기했어?" 부시가 물었다.

"그래요." 매카시가 대답했다.

"그래서 어떻게 됐어?"

"새벽 3시에 차를 세워 두고 앉아 있는 것을 보면 경찰들은 잘 만났다는 듯이 수첩에 적어 놓기 일쑤잖아요."

캐레라는 책상 위에 연필을 통통 치면서 애기를 재촉했다. "매카시, 우리가 자꾸 묻지 않도록 순순히 대답해. 우리는 6시간 눈 붙이고 이제 막 왔어. 너희들 말장난이나 듣고 싶은 기분이 전혀 아냐! 마이크 리어던 알고 있지?"

"누구죠?"

"마이크 리어던 말이야. 이 분서의 형사." 매카시는 어깨를 움츠리며 케리 쪽을 돌아보았다.

"클래런스, 알고 있어?"

"글쎄." 클래런스 케리가 대답했다. "리어던이라면 들은 적이 있는 것 같은데."

"어느 정도 알고 있나?" 포스터가 물었다.

"아주 조금밖에 몰라요." 그렇게 말하며 케리가 웃었다. 그러다가 형사들이 이런 태도를 좋아하지 않을 것 같은지 웃음을 멈췄다.

"어젯밤에 봤어?"

"아뇨."

"어떻게 알아?"

"어젯밤엔 경찰이 아무도 없던데요." 케리가 말했다.

"다른 날은 자주 경찰을 만났는가?"

"글쎄요, 가끔."

"경찰에게 잡혔을 때 흉기를 갖고 있었겠지?"

"뭐라고요?"

"어떻게 했지?" 포스터가 말했다.

"가지고 있지 않았어요."

"조사해 볼까?"

"좋아요." 매카시가 말했다. "우린 물총 하나도 갖고 있지 않았어요."

"차 안에서 무얼 하고 있었어, 그럼?"

"지금 얘기해야 되나요?"

"그 얘기가 궁금해. 빨리 말해." 캐레라가 말했다. 케리는 한숨을 푹 쉬었다. 매카시는 케리의 얼굴을 쳐다보았다.

"애인을 감시하고 있었어요." 케리가 말했다.

"확실해?" 부시가 다그쳤다.

"정말이에요. 거짓말이면 이 자리에서 벼락을 맞겠어요."

"애인을 왜 감시했지?" 부시가 물었다.

"알잖아요."

"아냐, 난 모르겠어. 말해 봐!"

"그녀가 나 몰래 어디로 놀러 다니는 줄 알았거든요."

"놀러 다닌다고? 누구와?" 부시가 계속 물었다.

"나도 그걸 알고 싶었던 거예요."

"그러면, 매카시, 자네는 거기서 무엇을 하고 있었지?"

"옆에서 같이 지켜봤지요." 매카시가 웃으며 말했다.

"애인이 나간 거야?" 부시가 따분하다는 표정으로 물었다.

"아뇨, 나가지 않은 것 같았어요."

"두번 다시 그런 짓 하지 마. 다음번에는 너희들이 잠입할 수 있는 도구를 찾아줄 테니까." 부시가 말했다.

"잠입할 수 있는 도구라뇨?" 매카시가 놀라서 물었다.

"농담 아니시죠, 부시 형사님?" 케리가 말했다. "이제서야 이해하시는군."

"썩 나가." 부시가 말했다.

"돌아가도 좋습니까?"

"지옥으로라도 사라져 버려. 여긴 상관 말고." 부시가 말했다.

"커피 왔어." 포스터가 말했다.

풀려난 두 사람은 신난다는 태도로 형사실을 빠져 나갔다. 세 사람은 커피 배달원에게 값을 지불하고 한 책상에 모여 앉았다.

"어젯밤에 재미있는 얘기를 들었어." 포스터가 말했다.

"한번 들어 보세." 캐레라가 재촉했다.

"그건 건축공사장의 직원 이야기인데, 좋아?"

"그래."

"지상 60층 정도의 높이에서 기초 공사를 하고 있는 사람이 있었어."

"그래서?"

"점심시간이 되어 그 사람은 일을 멈추고 공사하는 계단에 가서 허리를 굽혀 도시락 주머니를 무릎 위에 놓았대. 도시락을 열고 샌드위치를 하나 집어서 단숨에 종이를 벗겨내고 한입 먹다가, '쳇! 땅콩 버터군.' 하고는 샌드위치를 60층 아래로 버렸지."

"알겠어." 부시가 커피를 마시면서 말했다.

"아직 안 끝났어." 포스터는 웃음을 참지 못하고 계속 웃어댔다.

"끝까지 해봐." 캐레라가 재촉했다.

"그는 또 하나의 샌드위치를 꺼냈어. 포장지를 풀어 한입 먹더니, '쳇, 땅콩 버터네.' 또 그렇게 말하고는 두 번째 샌드위치도 60층 아래의 길에다 던져 버렸어."

"알겠어." 캐레라가 말했다.

"그는 세 번째 샌드위치를 꺼냈어." 포스터가 이야기를 계속했다. "이번에는 햄 샌드위치였어. 그것은 그가 좋아하는 빵이어서 그는 샌드위치를 깨끗이 먹어 치웠어."

"이 이야기는 밤새도록 걸리겠는데." 부시가 말했다. "포스터, 오늘밤은 잘 수 있겠지?"

"그래, 곧 끝나." 포스터가 말했다. "네 번째 샌드위치를 꺼내어 한입 먹어 보고는 또, '쳇, 땅콩 버터네.' 하고 말하며 60층 아래로 버리는 것이었어. 그런데 조금 위쪽 계단에 앉아 있던 다른 인부가 그것을 보고 소리를 질렀지. '어이, 형씨, 왜 샌드위치를 다 버리는 거요?' '그게 어째서?' 라고 밑에 있는 사람이 말했어. '형씨는 마누라가 있소?' 하고 위의 남자가 말했지. '그래, 있소.' 소리를 지른 그 인부는 머리를 흔들며, '결혼한 지 몇 년 지났소?' '10년이오.' '그런데도 형씨의 마누라는 남편이 무슨 샌드위치를 좋아하는지 몰라요?' 라고 하자 그 말을 들은 인부가 머리 위의 동료를 가리키며 고함쳤어. '바보같이. 마누라는 아무 죄가 없어. 이 샌드위치는 내가 직접 만든 거요.'"

캐레라는 커피가 흔들릴 정도로 크게 웃어댔다. 부시는 멍하니 포스터의 얼굴을 쳐다보았다.

"무슨 뜻인지 모르겠어." 부시가 말했다. "10년이 지나도록 남편이 좋아하는 샌드위치가 어떤 것인지 모르는 마누라와 결혼했다는 것이 어째서 그렇게 우습지? 그게 웃을 일이야? 얼마나 비극인데."

"샌드위치를 자신이 직접 만들었다고 하잖아." 포스터가 말했다.

"바보 같은 얘기는 내게는 흥미 없어. 자넨 바보 얘기가 재미있나 보지?"

"난 재미있어." 캐레라가 말했다.

"그래, 알았어."

"행크는 잠이 부족한가 봐." 캐레라가 포스터에게 그렇게 말하자 포스터가 윙크를 했다.

"잠은 충분히 잤어." 부시가 말했다.

"그럼, 그것으로 설명이 되는 거야."

"그게 무슨 뜻이지?" 부시가 멍청한 표정으로 물었다.

"아무것도 아니야. 커피 쏟아지겠어."

순경 한 명이 형사실로 들어왔다.

"당직 경위가 이것을 갖다 주라고 했습니다. 지금 시내에서 온 겁니다.

"검시보고서겠지." 캐레라가 서류 봉투를 받으면서 말했다. "고맙네."

순경은 목례를 하고 나갔다. 캐레라가 봉투를 열었다.

"정말인가?" 포스터가 물었다.

"그밖에도 다른 게 들어 있는데." 봉투에서 카드를 한 장 꺼낸다.

"아아, 극장 칸막이 판에서 파내 온 실탄 감정서야."

"보여 줘." 행크 부시가 말했다.

캐레라가 그 카드를 건네주었다.

"아니, 이것으로 무엇을 알 수 있단 말이야?" 부시는 아까 그 농담 덕분에 약간 신경질적이 되어 있었다.

"발사한 총을 직접 보지 않고서는 아무 도움도 안돼." 캐레라가 말했다.

"검시보고서는 어떻게 됐나?" 포스터가 물었다.

캐레라는 봉투에서 그것을 꺼냈다.

탄 환			
구경	중량	선회각도	나선 홈의 수
0.45	230g	좌 16도	6개
나선 홈 간의 간격		나선 홈의 폭	
0.071		0.158	
금속의 재질		준금속 부분	연질 탄두
순동			없음
피해자		날짜	
마이크 리어던		7월 24일	
비고 : 마이크 리어던 시체 뒤의 목제 칸막이 판에서			
빼낸 레밍턴 탄환			

검시해부보고서
마이크 리어던

남자. 외모상 나이 42세. 실제 나이 38세. 추정 체중 210 파운드(약 95kg). 키 208.9cm.

〈대략적인 관찰 소견〉

머리——후두부에서 왼쪽 겨드랑이 쪽으로 3.1cm 부분에 1.0×1.25cm의 구멍이 났음(탄환 흔적). 상처의 구멍이 약간 안쪽으로 굽어 들어갔음. 두개골에 상당량의 탄소 가루가 있음을 확인. 정밀조사에 의하면, 상처는 후두부를 거쳐 두개골 내부를 관통하여 나 있고, 우측 눈이 찢어져 있음. 총알이 들어간 지점은 직경 3.7cm인 후두부.

몸통——시체 몸통의 대략적인 관찰로는 증명하기 어려운 상태.

비고——두개골 내부 감식에 의하면, 탄도에 따라 내출혈의 징후가 있음. 두개골 파편이 뇌에 박혀 있음.

현미경 검사——뇌의 정밀검사 결과, 소량의 뇌출혈과 골 파편이 뇌에서 발견됨. 뇌 현미경 검사로는 알아볼 수 없었음.

"개새끼, 솜씨 좋게 기막힌 살해 방법을 썼군."

"그래." 부시도 맞장구를 쳤다.

캐레라는 한숨을 쉬고 시계를 보면서 말했다. "오늘밤은 모두 바쁠 테지."

6

마이크가 살해되고 나서부터 캐레라는 테디 프랭클린 과는 한 번도 만나지 못했다.

여느때 같으면 무슨 사건을 맡고 있을 때라도 테디한 테 들러서 잠시라도 활력을 얻어 돌아오곤 했을 것이다. 더욱이 시간이 빌 때는 물론 그녀와 함께 지낸다. 그녀를 사랑하기 때문에…….

그가 테디와 만난 지는 아직 반 년도 안되었다. 당시 테디는 이 분서 지역 내의 변두리에 있는 작은 회사에서 편지 발송에 관한 일을 맡아 보고 있었다. 그리고 그 회 사에 도둑이 들었을 때, 캐레라가 그 사건을 담당했었다. 캐레라는 첫눈에 테디의 환한 아름다움에 반했다. 사랑이 시작된 것이다. 그는 그 사건의 도둑을 잡았지만, 그때 두 사람 사이에는 도둑을 잡고 안 잡고는 문제가 아니었다. 그에게 있어서 가장 중요한 것은 오직 테디뿐이었으니 까! 그녀의 회사도 흔히 중소기업들이 그렇듯이 동업자 손에 넘어가고 말았다. 그녀는 직장을 잃고 당분간 거리 를 전전해야 할 신세가 된 것이다. 당분간은 먹고 살 수 있을 만큼의 돈이 저축되어 있었지만, 그는 그녀가 그런

상태로 오래 견디 내기를 바라지 않았다. 아니, 아주 짧을
수록 좋다는 생각을 했다. 그는 그녀와 하루 빨리 결혼하
고 싶었고, 어떻게 해서든지 자기 여자로 만들고 싶었다.

　그녀를 생각하면 한시라도 빨리 그녀에게로 달려가고
싶어졌다. 교통신호 바뀌는 것도 지겹고, 탄환 감정서와
검시 보고서마저 원망스러웠다. 경찰의 머리를 뒤에서 쏜
그 범인도 미웠다. 테디 같은 여자에게는 아무 도움도 되
지 않을 전화같이 시시한 문명의 이기도 원망스러웠다.
시계를 보니 12시, 깊은 밤이다. 테디는 그가 찾아가는 것
을 모르겠지만, 어쨌든 그는 갈 생각이다. 테디가 보고 싶
었다.

　리버헤드의 아파트에 도착하여 차를 세우고 문을 잠
갔다. 통로는 조용했다. 아파트는 고전적인 분위기에 한
쪽으로는 무성한 풀이 자라 있는 그런 곳에 자리잡고 있
었다. 무더운 여름 밤이라서 열어젖힌 창이 몇 군데 보였
으나, 대부분의 사람들은 잠자리에 든 것 같았다. 그는 테
디의 방을 올려다보았다. 아직 불이 켜져 있는 것을 확인
하고 그는 기뻐서 곧장 계단을 올라가 그녀의 문 앞에 멈
춰섰다.

　노크는 하지 않았다.

　테디에게는 노크가 필요없었다.

　그는 손잡이를 잡고 좌우로 돌렸다. 곧 그녀의 발소리
가 들리고 문이 열렸다. 그녀는 의아해 하면서 그를 반겼

다. 그녀는 죄수복 같은 희고 검은 무늬의 잠옷을 입고
있었다. 칠흑같이 검은 머리는 현관의 불빛을 받아 반짝
였다. 그는 안으로 들어가면서 문을 잠갔다. 테디는 그의
품속으로 뛰어들었다가 잠시 뒤 살며시 빠져나왔다. 캐레
라는 그녀가 반가워하는 모습에 놀랐다. 그녀의 눈에는
순수하고 격렬한 기쁨이 넘쳐 흐르고 있었다. 약간 벌어
진 입술 사이로 하얗고 예쁜 이빨이 보였다. 이윽고 그녀
는 고개를 들어 캐레라의 입술에 키스를 했다. 캐레라는
잠옷을 통해 그녀의 따뜻한 체온을 느낄 수 있었다.

"아." 하는 그의 말을 테디는 입술로 막았다. 그리고 나
서 그의 손을 잡고 밝은 응접실로 갔다.

그녀는 왼쪽 손가락을 얼굴에 대고 무슨 할말이 있는
듯한 시늉을 했다.

"왜 그러지?" 하고 그가 물었다. 그녀는 아무것도 아니
라는 듯이 고개를 저으며 그를 앉히려 했다. 테디는 방석
을 그에게 권하고 자신은 안락의자에 앉아 머리를 갸웃
거리며 조금 전과 같은 모습을 되풀이했다.

"말해 봐." 그는 재촉했다.

그녀는 그의 입술을 물끄러미 쳐다보고 있다가 살짝
웃으며 손을 내렸다. 그녀가 자기 왼쪽 가슴에 붙어 있는
하얀 천 조각을 만지작거리는 것을 본 캐레라는 천천히
그것을 살펴보았다.

"당신의 사소한 일까지 간섭할 생각은 없소." 하고 그

는 웃으면서 말했다. 테디는 캐레라의 말을 듣고는, 그런
뜻이 아니라는 듯 고개를 저었다. 꼭 죄수복에 붙어 있는
죄수 번호와도 같이, 그녀의 왼쪽 가슴에 붙어 있는 하얀
천에도 잉크로 무슨 번호가 쓰여 있었다. 그는 자세히 그
번호를 살펴보았다.

"어! 이것은 내 경찰 배지의 번호잖아." 라고 말하자
그녀가 미소를 지었다. "똑같은데." 그가 말했다. 테디가
머리를 좌우로 흔들었다. "그게 아닌가?"

그녀는 또 머리를 흔들었다.

"왜 그러지?"

그러자 그녀는 오른손을 폈다.

"무슨 할말이 있어?" 하고 그가 묻자 그녀는 고개를
끄덕였다.

"무슨 얘기지?"

그녀는 갑자기 의자에서 일어나 테이블로 걸어갔다. 캐
레라는 작고 통통한 그녀의 엉덩이를 물끄러미 바라보았
다. 그녀는 구석의 테이블로 가서 신문을 들고, 다시 그가
있는 쪽으로 갖고 와서는 제1면의 마이크 리어던 사진을
손으로 가리켰다. 총에 맞아 피투성이가 된 마이크 리어
던의 머리가 보도된 사진이다.

"아아." 그가 무슨 말인지 알겠다는 듯이 소리를 질렀
다.

테디의 얼굴에 슬픔이 가득했다. 테디는 말로 할 수 없

는 심정을 과장된 슬픈 표정으로 나타냈다. 테디는 다른 사람의 이야기를 귀로 들을 수 없는 몸이다. 그래서 그녀는 입을 여는 대신 표정으로 말을 했다. 캐레라를 향한 그녀의 표정은 과장되어 있었으며, 한마디 한마디 말로 하는 대신 감정만을 전하는 것이었다. 캐레라는 그녀의 눈이나 입이나 표정의 어떤 묘한 느낌도 읽어 낼 수가 있었는데, 오늘 그녀의 과장된 표정은 분명 거짓은 아니었다. 그녀가 느끼고 있는 그 슬픔은 솔직하고 너무나 진지해 보였기 때문이다. 마이크 리어던과는 만난 적이 없었지만, 캐레라에게 많은 것을 들어서 그녀는 꼭 자신이 잘 알고 있는 사람처럼 느껴졌던 것이다.

그녀는 양손을 벌리고 눈을 크게 뜨며, "대체 누구의 짓이지요?" 하고 캐레라에게 물었다.

"아직 모르겠어. 그 때문에 그 동안 당신을 못 만난 거야. 이번 수사 때문에." 하고 대답했다.

그러자 그녀는 이상한 표정을 지었다.

"내 말이 너무 빨랐나?" 하고 또 그가 물었다.

테디가 머리를 흔들었다.

"그럼, 무엇 때문에 그러지? 왜 그래?"

그녀는 캐레라의 품속에 와락 안기며 갑자기 소리내어 울기 시작했다.

"아니, 왜 그래? 어떻게 된 거야?" 하고 물었지만 그녀는 그의 어깨에 얼굴을 파묻고 있었기 때문에 그 말을 듣지 못했다. 그는 테디의 턱을 가만히 들어 올렸다.

"옷이 다 젖겠어."

테디가 눈물을 닦으며 고개를 끄덕였다.

그녀는 천천히 손을 들어 그의 볼을 쓰다듬었다. 미풍이 스치는 듯한 부드러운 감촉이었다. 그리고는 그 손으로 그의 입술을 다시 쓰다듬었다.

"내 걱정 많이 했지?"

테디가 그 말에 고개를 끄덕였다.

"걱정할 것 하나도 없어."

그녀는 또 한번 신문에 눈을 돌리며 자신의 머리를 움찔하는 것이었다.

"저건 어쩌다 재수없게 생긴 일이야." 캐레라가 말했다.

테디는 얼굴을 들어 눈물에 젖은 갈색 눈을 동그랗게 뜨고서 똑바로 그의 눈을 보았다.

"몸조심해! 나를 사랑하는 거지?"

테디는 고개를 끄덕이고는 얼굴을 숙였다.

"왜?"

그녀는 얼굴을 들어 미소를 지었다. 빛을 받아 눈부신 듯한 그 부끄러운 미소를.

"나와 떨어져 있으면 외롭고 보고 싶지?"

그녀는 또 고개를 끄덕였다.

"나도 마찬가지야."

그녀는 이번에는 전혀 다른 표정으로 자기 마음을 알

아달라는 듯이 고개를 들었다. 그녀는 내가 없으면 못살 것 같은데, 내가 아직 그런 그녀의 마음을 몰라 주고 있다고 생각하기 때문일까? 그가 그녀의 눈을 자세히 보니, 그녀가 하고 싶은 말이 무엇인가를 알 것 같았다.

그녀는 캐레라가 자기의 마음과 통했다고 느꼈는지 한 쪽 눈썹을 찡긋 치켜 올렸다. 그리고는 천천히 머리를 끄덕이며 입술을 오므려서 그의 흉내를 냈다.

"당신은 아주 예쁜 여자야." 캐레라가 상기된 채 말했다.

테디가 고개를 끄덕였다.

"내가 순진하고 건강한 몸을 가졌으니 됐지?"

테디가 고개를 끄덕였다.

"나와 결혼할 거지?"

그녀는 고개를 또 끄덕였다.

"이렇게 물어 본 것이 아직 12번 정도밖에 안될걸."

그녀는 어깨를 움츠리고 재미있는 듯이 고개를 끄덕였다.

"언제 결혼할까?"

테디는 그를 쳐다보았다.

"좋아, 날짜는 내가 정하지. 8월쯤 휴가를 얻을 생각인데, 그때 결혼하자. 뭐, 괜찮지?"

그녀는 몸을 꼼짝 않고 캐레라를 뚫어져라 쳐다보았다.

"진심이야."

그녀는 아까와 같이 와락 울음을 터뜨릴 것 같은 얼굴이 되었다. 캐레라는 그녀를 꼭 안아주었다. "테디, 난 진심이야. 당신한테 왜 거짓말을 하겠어? 진정으로 난 당신을 마음속 깊이 사랑해. 제발 바보같이 자꾸 울지 마. 당신을 사랑하니까 결혼하고 싶은 거야. 전부터, 아니 처음부터 난 당신과 결혼하고 싶었어. 더 이상 기다려야 한다면 아주 돌아 버릴 것 같은 기분이야, 테디! 지금 이대로의 당신이 좋아. 아무 불만도 없어. 다시는 바보같이 굴지마. 부탁이야. 알았어? 두번 다시 말 안 하게……. 난 편안해, 테디. 귀여운 테디. 난 이대로가 좋아. 내 기분 알겠어? 당신은 세상의 어떤 여자보다도 아름다워. 비교할 수도 없어. 꼭 나와 결혼해 줘."

테디는 얼굴을 들어 그를 바라보았다. 지금 그녀는 자신의 눈을 믿을 수가 없었다. 무슨 말이라도 하고 싶었다. 스티브 캐레라 같은 미남자가, 이렇게 멋있는 남자가, 용기 있고 훌륭한 사람이 왜 자기와 같은 보잘것없는 여자와 결혼하려 하는 것일까?

"사랑해요. 사랑하고 있어요." 이런 말도 할 줄 모르는 나 같은 여자와 왜 결혼하려는 것일까? 그녀는 의아했다. 도무지 이해가 되질 않았다. 그런데 그가 또 한번 아까와 같이 구혼을 했다. 테디는 그의 팔에 안긴 채, 캐레라가 말한 것처럼 자신이 그에게 정말 그런 존재일까, 다른 많은 여자들보다 내가 정말 더 멋있는 여자일까를 생각해 보았다. 믿고 싶었다.

"좋아?" 캐레라가 물었다. "솔직히 대답해 줘!"

테디는 가만히 고개를 끄덕였다.

"이번에는 정말이지?"

그녀는 고개를 끄덕이는 대신 그의 입술에 키스를 했다. 그는 테디를 힘껏 껴안았다. 캐레라가 자신의 마음을 알아주는 것 같아 기뻤다. 그녀는 그의 품속에서 빠져나왔다. "왜 그래!" 하고 캐레라가 물었지만 그녀는 그의 손을 놓고 부엌으로 나갔다.

그녀가 샴페인을 가지고 돌아오자 캐레라는 환호를 지르며 좋아했다. 테디는 크게 숨을 쉬고 말 대신 고개를 끄덕였다. 캐레라는 흥분해서 그녀의 엉덩이를 두드렸다.

그녀가 병을 캐레라에게 건네주자 그가 한손으로 경례를 했다. 캐레라가 병을 잡고 뚜껑을 열려고 애쓰고 있는 것을 보며 그녀는 바닥에 책상다리를 하고 앉았다.

샴페인 병 뚜껑은 큰소리를 내며 열렸다. 테디는 그 소리를 듣지는 못해도 코르크 병마개가 날아가 천장에 부딪혀 떨어지고, 거품이 넘쳐서 샴페인이 캐레라의 손으로 흘러내리는 것을 보고 있었다.

그녀는 손뼉을 치고는, 일어서서 샴페인 잔을 가지러 부엌으로 갔다. 캐레라는 우선 자신의 잔에 조금 따라 부었다.

"이렇게 하는 거야. 술 위에는 앙금이나 벌레 같은 게

떠 있을 수도 있거든." 그리고는 테디의 잔에 술을 따르고 자신의 잔을 채웠다.

"우리 두 사람을 위하여." 캐레라가 외쳤다.

테드가 천천히 잔을 높이 들었다.

"언제까지나, 언제까지나 서로 사랑하며 행복하기를." 캐레라가 덧붙여 말했다.

그녀는 기쁜 듯이 고개를 끄덕였다.

"그리고 8월의 결혼을 위하여." 두 사람은 건배를 하고 샴페인을 마셨다. 테디는 재미있다는 듯이 눈을 동그랗게 뜨고는, 고마워서 어쩔 줄을 모르는 듯 귀엽게 고개를 갸웃했다.

"행복해?" 캐레라가 물었다.

그녀가 행복하다는 듯 눈으로 대답했다.

"아까 말한 것은 진정이지?"

테디가 그게 무슨 말인지 몰라서 둥그렇게 눈을 뜨니까, "아니, 날 만나지 못하면 그리워서 보고 싶다고 했잖아." 하고 말했다.

테디는 또 웃으며 눈으로 대답했다.

"당신은 정말 예뻐."

그녀는 얌전히 듣고 있었다.

"당신의 모든 것이 다 아름다워, 테디! 당신을 사랑해, 진정으로. 어느 정도로 깊이 사랑하는지 나도 모르겠어."

테디는 샴페인 잔을 놓고, 그의 손을 잡았다. 그의 손바닥에 입을 맞추고, 손등에도 입을 맞추었다. 그리고는 그의 손을 잡고 침실로 들어갔다. 그의 셔츠 단추를 풀고 바지를 벗겼다. 그녀의 손은 부드럽게 움직였다. 캐레라가 침대에 눕자 그녀는 불을 끄고, 부끄러움도 잊은 채 거리낌없이 잠옷을 벗고 그의 옆으로 가 누웠다.

두 사람이 이렇게 거대한 아파트의 작은 방에서 조용히 사랑을 나누고 있을 때, 데이비드 포스터는 어머니가 기다리는 그의 아파트로 돌아가고 있었다.

그리고 두 사람의 사랑에 불이 붙고 조용히 애무하고 있을 때, 데이비드 포스터는 걸어가면서 마이크 리어던의 죽음을 생각하고 있었다. 깊이 생각에 골몰하고 있었으므로 그는 뒤에서 들려오는 발자국 소리를 듣지 못했다. 아차 하고 그가 발자국 소리를 느꼈을 때는 이미 늦었다.

그가 뒤돌아보려고 하는 순간, 한밤의 정적을 뚫고 45구경 권총이 오렌지 색 불꽃을 토했다. 한 발, 두 발, 몇 발인지……데이비드 포스터는 손으로 가슴을 눌렀다. 그의 갈색 손가락 사이로 붉은 피가 용솟음쳤다. 이어 그는 콘크리트 바닥 위로 쓰러졌고, 마침내 숨이 끊어졌다.

7

자식을 잃은 어머니는 할말을 잃은 채 고통스러워했다. 어떤 위로조차 할 수가 없었다.

캐레라는 레이스를 단 안락의자에 앉아서 포스터의 어머니와 마주보고 있었다. 자그마한 거실에는 블라인더를 내린 창에서 오후의 햇살이 희미하게 비쳐 들어오고, 서늘하게 느껴지는 약간 어두운 방에 칼날 같은 햇살이 몇 줄기 비쳤다. 바깥의 더위는 아직도 견디기 힘들 지경이라 캐레라에게는 도리어 안에 있는 것이 낫겠다 싶었지만, 그의 어머니가 죽은 자식의 이야기를 시작한다면 바깥에 있는 편이 오히려 나을 것이라는 생각이 들었다.

포스터의 어머니는 몸집이 작고 늙은 노파였다. 아들 데이비드와 똑같은 갈색 피부에 얼굴엔 주름이 잡혀 있고, 등을 구부려 의자에 웅크리고 앉아 있었다. 얼굴도 손도 쭈글쭈글하고, 허리도 굽은 노파였다. 캐레라는 문득 '바람에도 쓰러질 것 같은 쇠약해진 할머니'라는 말이 떠올랐다. 무표정한 늙은 얼굴에 조용히 흐느끼는 노인의 슬픔을 캐레라는 무심히 지켜보고 있을 수밖에 없었다.

"데이비드는 좋은 애였어요." 힘없이 가느다란 목소리

로 노파가 말했다. 캐레라는 데이비드의 죽음을 이야기하
러 왔다가 늙은 노파에게서 죽음의 냄새를 맡아 버린 그
런 느낌이었다. 넘나간 노모의 목소리에서 죽음의 소리가
들리는 듯했다. 몇 시간 전만 해도 젊고 생생했던 자식은
지금 이 세상에 없고, 오히려 편안하고 안락한 잠과 같은
죽음을 기다렸던 이 노파는 지금도 살아서 캐레라와 이
야기를 하고 있는 것이다. 캐레라는 묘한 기분이었다.

"어릴 때부터 착한 아이였어요. 이렇게 험한 도시에서
아이를 잘 키울 수 있을지 항상 걱정이었죠." 노파는 이
야기를 계속했다. "우리 주인 양반은 노동자였는데, 일찍
돌아가셨어요. 데이비드가 기가 죽는 것을 보는 게 가장
괴로웠지만, 그 아이는 어릴 때부터 밝고 착한 아이였어
요. 집에 돌아오면 다른 친구들의 이야기를 들려주곤 했
어요. 도둑질하고 나쁜 짓 하는 아이들도 많았지요. 그래
도 그 아이는 비뚤어지지 않고 잘 자라 주었는데……."

"그럼요, 물론이지요." 캐레라가 말했다.

"그래서 그 아이는 이 근처의 모든 사람들에게 귀여움
을 받았답니다." 포스터의 어머니는 머리를 흔들며 이야
기를 계속했다. "어린애들이나 노인들한테도 인기가 있었
어요. 캐레라 씨, 이 부근 사람들은 경찰을 좋게 생각하진
않았지만, 그래도 우리 데이비드만은 이웃 사람들에게 사
랑을 받았답니다. 이 근처의 아이들과 같이 자랐고, 친구
지간이었죠. 게다가 모두 그 아이를 나의 자랑거리로 생

각했고, 그래서 나도 데이비드가 대견하고 자랑스러웠답니다."

"부인, 저희들도 그를 자랑스럽게 생각했습니다." 캐레라가 말했다.

"그 아이는 훌륭한 경찰이었지요?"

"예. 그렇고말고요."

"그런데 누가 왜 그 아이를 죽였을까요? 그 아이가 하는 일이 위험한 직업이라는 것은 알지만, 그래도 도무지 이해가 안돼요. 근무중도 아니고, 비번이어서 집으로 돌아오는 길이었는데. 캐레라 씨! 우리 아이를 쏜 게 누구일까요? 왜 하필 그 아이를!"

"실은 그 일 때문에 이야기 좀 하려고 합니다. 두세 가지 여쭈어 보아도 되겠습니까?"

"데이비드를 죽인 범인을 잡는 일이라면 하루 종일이라도 이야기해 드리겠습니다."

"그가 직장에서 있었던 일을 집에서 이야기했나요?"

"네, 그랬어요. 구역 내에서 일어난 일 중에서 직접 맡은 사건은 항상 거의 이야기해 주는 편이었지요. 그 아이와 같은 근무조의 누군가가 살해되었다는 것도 말했어요. 머릿속으로 혐의자들의 사진을 하나하나 생각해 내더니, 범인을 잡는 것은 시간문제라고 하더군요."

"머릿속의 사진이라고 하셨는데, 그때 무슨 다른 말을 한 건 없습니까? 그러니까 누군가를 추측해 낸 것 같은 말은 없었나요?"

"없었어요."

"부인, 데이비드의 친구들은 어떤 사람들입니까?"

"그 아이는 누구와도 곧잘 친구가 되었어요."

"주소록이나 뭐 다른 것, 혹시 불량배들의 이름이 적혀 있는 것은 없을까요?"

"주소록은 못 보았지만, 전화 옆에 그 아이가 항상 사용하던 메모장이 있어요."

"가기 전에 그것을 좀 보아도 되겠습니까?"

"물론이지요."

"그에게 애인이 있었나요?"

"없었어요. 꼭 찍어 놓은 여자는 없었지만, 여러 여자들과 만나는 것 같았어요."

"일기는 썼나요?"

"아니."

"앨범 같은 것은?"

"예. 그 아이는 음악을 좋아해서, 틈만 있으면 레코드 앨범을 뒤져 보곤 했어요."

"아니, 레코드 같은 것 말고. 사진 앨범 말이에요."

"아——, 없었어요. 지갑에 두세 장 넣어 갖고 다니는 것 말고는."

"비번인 날에는 주로 어디로 나갔습니까?"

"예, 여기저기 여러 군데 가나 보던데. 영화도 좋아했고, 연극도 좋아해서 그런 곳엘 자주 갔을 거예요."

"술은 어느 정도 했나요?"

"많이는 마시지 않았어요."

"그러니까 이 근처의 술집 중에서 자주 들른 곳을 모르시겠습니까? 물론 교제상 마신 거겠지만요."

"글쎄요."

"협박장 같은 것을 받은 일로 신경쓴 적은요?"

"그런 일은 없었던 것 같아요."

"전화를 받고 놀란 표정으로 바뀐 적은 없었나요?"

"표정이 바뀌다니, 무슨 말인지?"

"그러니까 어떤 것을 부인께 숨기려고 했다든가, 또는 무슨 걱정하는 모습이라든가……, 혹시 협박전화라도 받지 않았나 해서요."

"아뇨. 그 아이가 전화를 받을 때 이상한 모습은 볼 수 없었어요."

"예, 그렇다면……." 캐레라는 수첩을 보고 있었다.

"이젠 됐습니다. 일이 산더미처럼 쌓여 있어서 가봐야겠습니다. 아까 그 전화 옆에 있다는 메모장을 주실 수 있을는지요?"

"예. 드려야지요." 노파는 일어나서 거실을 지나 침실로 들어갔다. 캐레라는 노파의 뒷모습을 물끄러미 바라보고 있었다. 잠시 뒤 노파가 되돌아와서 캐레라에게 메모장을 건네주면서 말했다. "가져가도 좋아요. 천천히 봐요."

"미안합니다, 부인. 저희들도 부인과 마찬가지로 아드님의 죽음으로 가슴이 아픕니다."

캐레라는 위로의 인사를 했다.

"그 아이 원수를 갚아 줘야 해요." 포스터의 노모가 그렇게 말하면서 주름진 손을 내밀었다. 그리고는 캐레라의 손을 꼭 잡았다. 캐레라는 그 손의 힘과, 눈에서 나오는 열기에 내심 놀랐다. 그가 복도에 나오자, 곧 문이 닫히고 방안에서 노파의 조용한 흐느낌이 캐레라의 귀에까지 들려왔다.

밖으로 나와 차를 탔다. 차에 앉자 그는 윗도리를 벗어 얼굴을 닦고는, 핸들 앞에 앉아 자신의 메모지를 보았다.

목격자의 증언──없음.

동기──복수? 강도? 미치광이의 짓? 마이크 사건과의 관련 여부? 탄환 검사의 보고를 살펴볼 것.

범인 수──2명? 한 명은 마이크를 살해. 또 한 명은 데이비드를 살해? 아니면, 동일범의 짓인가? 이것도 탄환 검사의 결과에 따라 결정.

흉기──45구경 자동권총.

범인의 흔적──?

일기류, 편지, 주소록, 전화번호부, 사진──데이비드 어머니와 만날 것.

친구, 친척, 애인, 적 등──위와 동일.

　평상시의 외출——위와 동일.

　생활상의 습관——위와 동일.

　현장에서 발견된 발자국의 단서——개똥을 밟은 흔적.
현재 감식중. 탄피 4개, 탄환 2발. 위와 동일.

　지문——없음.

　캐레라는 머리를 긁적이고 더위에 못 이겨 하품을 하
고는, 잠시 뒤 새로운 탄환검사 보고라도 와 있을까 하여
분서를 향해 차를 몰았다.

　마이크 리어던의 미망인은 30대 중반의 젊은 여자였다.
검은 머리에 녹색 눈을 가졌고, 아일랜드계 같은 코에는
주근깨가 있었다. 회전목마나 롤러 코스터에서는 눈을 감
아 버릴 것 같은 얼굴이었다. 바닷가에서 물놀이를 하며
큰소리로 웃어대는 소녀 같은 얼굴이었다. 마티니를 마시
기 전에 베르무트의 코르크 마개 냄새만 맡아도 취해 버
릴 것 같은 여자였다. 일요일마다 교회에 나가고, 젊었을
때에는 순진파에 속했을 것 같은 느낌이었다. 마이크의
신부가 되어서도 한 이틀쯤은 처녀로 그냥 있었을 것 같
은 생각이 들었다. 그녀는 보기 좋게 날씬한 다리와 하얀
피부, 훌륭한 몸매를 가진, 메이라는 이름의 여자였다.

　7월 25일의 더운 오후, 그녀는 검은 옷을 입고 있었다.
발은 바닥에 꼭 붙이고 서서 팔짱을 끼고 있었다. 롤러
코스터를 타고 있을 때와 같은 밝은 모습은 찾아볼 수가

없었다.

"애들에게는 아직 이야기하지 않았어요." 그녀가 부시에게 말했다. "아이들은 아직 아무것도 모르고 있는데, 저는 무엇부터 어떻게 이야기해야 할지 정말 아무것도 모르겠어요."

"괴로우시겠지요." 부시도 조용한 목소리로 말했다. 머릿속이 근질근질하고 온몸이 땀에 젖어 있었다. 이발소에 갈 때가 된 것 같았다. 텁수룩한 수염이 더위에 비명을 지르고 있는 듯했다.

"맥주라도 드시겠어요? 날씨가 무척 더운데요. 마이크는 집에 돌아오면 항상 맥주 한잔씩을 했답니다. 아주 꼼꼼한 양반이었어요. 무슨 일이든지 정성을 다하고, 계획표를 짜서 행동하는 편이었지요. 돌아와서 맥주를 마시지 않으면 그날 밤은 잠을 자지 못하는 그런 양반이었어요."

"이 부근의 술집에서 마시는 일은?"

"없었어요. 항상 여기서, 집에서 마셨어요. 더구나 위스키는 입에 대질 않았고, 맥주 한두 잔 정도 마시는 것뿐이에요."

동료 경찰 마이크 리어던. 지금 그는 피해자로서 시체가 되어 있다! 그리고 그의 동료였던 부시가 그 미망인에게 마이크에 관해 물어 보고 있으니──.

"냉방장치를 사 달았어야 했는데." 메이가 말했다. "그이와 그것에 관해 의논을 했었어요. 이 아파트는 너무 덥

거든요. 바로 옆 건물이 저렇게 가까이 지어져서 말이에
요."

"그렇군요. 그런데, 부인, 마이크에게 원수질 만한 사람
은 없었나요? 그러니까 직업적인 일 이외에 아는 사람들
중에서 말입니다."

"없다고 생각해요. 마이크는 매우 순한 양반이었으니까
요. 당신도 같이 근무했으니까 알고 계시겠지요?"

"살해된 날 밤의 이야기를 좀 해주시겠습니까? 그가
나가기 전에 부인은 무엇을 했는지?"

"그이가 나갈 때 저는 자고 있었어요. 밤 12시에서 아
침 8시까지 근무할 때는 항상 싸움이지요. 나가기 전에
잘까 말까 그것 때문에."

"싸움을?"

"아, 말다툼을 조금 한 것뿐이에요. 마이크는 일어나
있어야겠다고 했지만, 아이가 둘이라 10시만 되면 저는
잠자리에 들어요. 그래서 그이도 요즘은 저와 같이 일찍
잠자리에 들게 되었지요. 아마 9시쯤 되었을 거예요."

"나갈 때는 자고 있었나요?"

"예. 하지만, 나가기 조금 전에 저도 눈을 떴어요."

"그가 무슨 말이라도 했습니까? 누군가가 숨어서 자신
을 기다리는 무서움 같은 것을 느꼈다든지. 협박장이나
다른 무엇을 받은 것 같지는 않았나요?"

"아뇨." 메이 리어던은 시계를 보았다. "저는 지금 밖

에 나가봐야 하는데요. 장의사에게 가야 하기 때문에. 참, 그 일로 좀 여쭤 볼 게 있는데요. 아직도 그이의 시신이나마 그래도 집에 모셔 오는 것이……친척들이 모두 완고하세요. 저……장례 준비를 하려고 하는데. 언제쯤 되면……검시가 끝날까요?"

"곧 끝납니다, 부인. 다만 무엇이라도 못 보고 지나쳐 버리면 큰일이라서요. 해부해 보면 범행의 단서를 찾는 데 도움이 될지도 모르니까요."

"예, 그건 그렇겠지요. 저는 그런 말을 할 생각이 아니었어요……. 다만, 아이들이 여러 가지 귀찮게 물을 것 같아서요. 아이들은 이해할 수 없을 거예요. 아침에 일어나서 아빠가 없다는 것을, 아빠가 집에 돌아오지 않았다는 것을요." 그녀는 입술을 깨물며 얼굴을 숙였다. "미안해요. 마이크는……마이크는 내가 이런 말을 하면 화낼 거예요. 내가 이렇게 당황해 하면 마이크는……." 그녀는 머리를 흔들며 무척 괴로워했다.

부시는 그것을 보고 경찰의 아내인 그녀에게 동정을 느꼈다. 갑자기 남편을 잃은 모든 여자에게 부시는 동정을 느꼈다. 그의 그러한 생각이 문득 자신의 아내인 앨리스에게로 옮겨 갔다. 자신이 총에 맞아 죽는다면 앨리스는 어떻게 할까? 그 생각에 골몰해 있다가 문득 정신을 차리고 그 생각을 떨쳐 버렸다. 그런 생각은 아무런 도움도 되지 못한다. 하물며 이런 때에, 연달아 두 명의 동료가 죽은 마당에 그런 생각을 하다니. 개새끼, 대체 어느 미친놈이 날뛰고 있는 거지? 누군가가 벼르고 별러서 이 분서의 형사들을 모조리 죽여 버리려고 하는 것인가?

그래, 확실히 그럴 수도 있는 일이야.

충분히 가능한 일이라고 해서 그 추측만으로 자신이 일을 당했을 때의 상황에 대한 생각으로 머리가 꽉차게 되면, 정작 그 일이 일어났을 때는 민첩한 반사신경을 발휘할 수 없을 것이 아닌가? 그때는 정말 사다리 없이 운하를 건너려 하는 꼴이 되고 말 것이다.

마이크 리어던은 총에 맞는 순간 무슨 생각을 했을까?

네 발의 총탄을 몸에 맞았을 때 데이비드 포스터의 마음속에는 무슨 생각이 떠올랐을까?

물론 두 사람의 죽음은 관련이 없다고도 볼 수 있다. 분명 짚고 넘어가야 하긴 하지만, 그다지 관계가 있으리라고는 생각되지 않는다. 수법은 거의 똑같지만, 탄환검사 보고서가 도착되면 경찰의 직감으로 단독범인가 공범인가를 확실히 알 수 있겠지.

부시는 단독 범행이라는 쪽으로 마음을 기울이고 있었다.

"그밖에 또 물어 볼 것이 있나요?" 하고 메이가 말했다. 그녀도 곧 자신을 진정시키고 부시를 향해 고개를 들었다. 창백한 얼굴에 두 눈만 크게 뜨고 있었다.

"그의 주소록이나 사진, 전화번호부, 신문철 등이 혹시 있을까요? 그리고 친구 관계나 친척까지 수사에 단서가 될 만한 것들을 찾아 주셨으면 고맙겠습니다."

"예, 그렇게 하지요." 하고 메이가 대답했다.

"아무거라도 사건과 관계가 있을 법한 이상한 행동을 느낀 적은 없습니까?"

"예, 아무것도 없어요, 부시 씨. 아이들에게는 어떻게 이야기를 해야 좋을까요? 오늘은 둘 다 영화관에 보냈습니다. 오늘은 아빠가 잠복 근무를 하게 되었다고 말했어요. 그러나 언제까지 그 사실을 숨길 수 있겠어요? 아버지를 잃은 두 아이들에게 뭐라고 말을 해야 하나요? 아! 저는 어떻게 하면 좋아요?"

부시는 아무 말도 하지 못했다. 잠시 뒤 메이 리어던은 부시가 요구한 것을 가지러 갔다.

7월 25일 오후 3시 42분에 탄환검사 보고서가 캐레라의 책상 위에 놓여져 있었다. 마이크 리어던의 살해 현장에서 발견된 탄피와 탄환이 데이비드 포스터를 살해한 것과 함께 현미경으로 비교 검사되어 있었다.

탄환검사 보고서에는 두 사람을 죽인 총기가 동일한 것이라고 판정되어 있었다.

8

데이비드 포스터가 살해되던 날 밤, 이리저리 기웃거리던 개 한 마리가 쓰레기통을 찾으러 어슬렁어슬렁 걸어가다가 무심코 보도를 더럽히는 실례를 범하고 말았다. 개도 변을 보는 동물이고, 마땅히 인간도 배설을 해야 하는 동물인데도 과학수사연구소의 직원들은 개똥 위의 발자국을 조사하는 것이 결코 기분좋지는 않았다. 더구나 그 배설물이 이중으로 겹쳐져서 더욱 힘들었던 것이다. 과학수사연구소의 직원은 인상을 쓰면서 그 일을 계속했다.

발자국은 어려운 과정을 거쳐 사진기로 촬영되었다. 이 사건에서 그 발자국 사진만이 어쩌면 유일한 단서가 될지도 모른다.

발자국은 단 하나뿐이었으나, 그것도 만족할 만한 분명한 것은 아니었다.

하나의 발자국만 가지고 걸음걸이를 추정한다는 것도 어려운 일이고, 더욱이 보폭이나 걸을 때의 양쪽 발의 움직임, 좌우 발 길이, 폭 등을 상세하게 기록해서 걸음걸이를 확실히 알 수 있도록 하기 위한 서식(書式)을 갖출 수도 없었다.

키 $\dfrac{\text{오른쪽 발걸음 길이}}{\text{왼쪽 발걸음 길이}}$

보폭 $\dfrac{\text{오른발 각도}}{\text{왼발 각도}}$ $\dfrac{\text{오른발 결손}}{\text{왼발 결손}}$ $\dfrac{\text{오른발 경사}}{\text{왼발 경사}}$ $\cdot$ $\dfrac{\text{왼발 길이}}{\text{오른발 길이}}$

$\dfrac{\text{왼발 폭}}{\text{오른발폭}}$ 기타

단 한 개의 발자국으로 그 사건을 모두 해결할 수 있는 것은 아니지만, 과학수사연구소의 직원은 그 발자국 조사에 전력을 기울였다.

이렇게 해서 밝혀진 조사 결과, 신발 뒤꿈치의 바깥쪽이 많이 닳았다는 것을 알아냈다. 이것으로 이 신발의 주인은 약간 엉덩이를 빼고 걷는 오리걸음 스타일이 틀림없었다. 또, 뒤꿈치 안쪽 세 번째 못이 못질하다가 휘어진 것도 밝혀냈다.

더욱이 그 뒷굽에는 오설리번이라는 제조사의 이름이 붙어 있는 것도 알아냈다. 하긴, 오설리번이 '미국 제1의 구두'라는 노래 문구는 누구나 알고 있을 것이다. 농담으로라도 이것은 너무 진부하기 때문에 과학수사연구소의 직원은 아무도 웃지 않았다.

신문도 이번 경찰 살해사건을 쉽게 취급하지 않고 진지하게 다루었다. 타블로이드판 조간신문은 신문 두 면에 같은 사건을, 아주 교묘하게 각기 다른 표제어를 써서 보

도했다. 데이비드 포스터의 죽음을 '경찰이 두 번째 살해 되다'와 '경찰을 두 번째 살해하다'라는 두 가지 형식으로 보도한 것이다.

타블로이드판 석간신문도 제1면에 과감하게 '길거리를 방황하는 흉악범'이라고 표제어를 썼다. 더구나 이 신문 은 경쟁지의 독자를 빼앗으려고 혈안이 되어 있었고, 또 그때 그때 세상살이의 주목이 되는 초점을 폭로함으로써 판매 부수에 이용하기도 했다──대니얼 분에서부터 겨 울용 팬티 스타킹에 이르기까지 부동 독자를 끌기 위해 서라면 무엇이든지 취급하는 신문이었다──그 제1면에 는 새빨간 표제어 밑에 전면이 그 기사로 꽉차 있었다.

'경찰의 무법지대──우리의 경찰은 어떻게 되나?'라 고 질타해 놓았고, 붉은 바탕에 흰 글씨로 조금 작게 '4면 머레이 슈나이더의 사설 참조!'라고 쓰여 있었다.

이렇게 내리 3면에 걸쳐 무시무시한 폭로 기사를 읽고 나서 심장을 긴장시킨 뒤, 제4면의 마이크 리어던과 데이 비드 포스터의 죽음에 대해 머레이 슈나이더가 쓴 '부패 한 우리 경찰의 치부를 드러내다' 라는 단정적인 기사를 접할 수가 있었다.

한편, 그 '부패'한 87분서의 형사실에는 스티브 캐레라 와 행크 부시 두 사람이 낡은 책상 앞에 앉아 있었다. 그 들은 마찬가지로 '부패'한 동료가 빼내어 온 몇 장의 전과

기록 카드를 보고 있었다.

"이놈을 한번 조사해 보세." 부시가 말했다.

"그러지." 캐레라가 대답했다.

"마이크와 데이비드에게 잡힌 녀석이야. 맞지?"

"응."

"재판에서 그놈은 유죄 판결을 받고 감옥살이했지?"

"맞아."

"드디어 그놈이 나온 거야. 계획을 세울 시간은 얼마든지 있었겠지. 처음엔 그냥 울컥 화가 났겠지만 오랜 시간 동안 무서운 증오로 변한 거지. 그놈이 생각한 것은 오직 마이크와 데이비드뿐이었을 거야. 두 사람에게 복수를 하러 온 거야. 먼저 마이크를 죽이고, 그 증오가 식기 전에 빨리 데이비드를 해치운 거야. 아니면, 데이비드가 방해를 할 것 같아서 죽인 것일 테고."

"그럴듯하군." 캐레라가 말했다.

"내 생각엔 말이야, 이 플래나건이라는 놈은 아닌 것 같아."

"왜?"

"잠깐 이 카드를 좀 봐. 절도, 강도, 흉기 소지. 1946년으로 거슬러 올라가서 부녀폭행, 그리고 마이크와 데이비드에게 붙잡힌 것은 마지막 강도 짓을 할 때였어. 거기서 처음으로 유죄판결이 나서 10년을 선고받았다가 5년 살고 지난 달에 나왔어."

"그래서?"

"그래서 말인데, 증오심에 불타는 놈이 10년 형을 5년 만 받고 나올 수 있을 만큼 점잖아졌겠어? 게다가 플래 나건은 지금까지 권총을 사용해서 범행을 저지른 적은 한 번도 없어. 신사적인 강도범이라고 할 수 있는 놈이지."

"권총 같은 거야 쉽게 손에 넣을 수 있잖아."

"그건 그래. 하지만, 바로 이 녀석이라는 생각은 안 들 어."

"하여튼 그 녀석도 수사해 보세." 캐레라가 말했다.

"아니야. 그전에 우선 이 녀석부터 수사해 보고 싶어. 오디트라는 녀석이야. 루이스 오디트. 바람둥이 오디트라 는 소문이 났던 놈이야. 이 카드를 좀 봐."

캐레라는 전과기록 카드를 빼들었다. 4×6인치의 흰 카 드에 여러 가지 사건과 범죄 형태를 기입해 놓은 것이 먼 저 눈에 들어왔다. (전과기록 카드 참조.)

전과기록 카드			
분서명	이름		
87분서	루이스 오디트 (별명) 바람둥이		
검거일시		주소	
1952년 5월 2일 오후 7시		남 6번가 635번지	
성별 인종	출생연월일	출생지	
남 백인	1912년 8월 12일	푸에르토리코에서 이민	
가족	읽고 쓰는 능력	직업	경력
없음	없음	접시닦이	없음
검거이유	구체적 범죄 내용	날짜	
형법1751조	판매 목적으로	1952년 5월 2일	
제1항 위반	마약 불법 소지	오후 7시	
분서 고발번호	사건 장소	관할 분서	
33A-411	남 6번가 635번지	87분서	
형사부 고발번호			
DD 179-52			
고소인	성명	주소	
검거 경찰 성명 : 마이크 리어던 및 데이비드 포스터			
계급 : 3급 형사 2급 형사			
소속 : 형사부			
현행범 고소에 의한 영장을 가지고 구속함			
재판 결과			
뉴욕 주 오시닝 형무소에 4년 징역형			
재판 날짜	담당 판사		
1952년 7월 6일	필스		

"마약 복용자인데." 캐레라가 말했다.

"마약 복용자의 원한이 4년이나 쌓이고 또 쌓였다고 생각해 봐."

"아직 수감되어 있겠지?"

"이번 달 초에 나왔어. 수감중에는 순순히 하라는 대로 했겠지만, 자기를 처넣은 경찰에게 호의를 갖고 있을 리는 없었겠지."

"그건 그래."

"이런 일도 있었어. 잠깐 그 기록을 좀 보게나. 그놈은 1951년에도 검거된 적이 있어. 유죄 판결은 나지 않았지만, 45구경 총을 갖고 있었어. 그 녀석 말로는 마약 중독이 되기 전의 일이라고 했지만, 그때 권총은 공이가 파손되어 있지 않았어. 그때는 운이 좋아서 집행유예로 풀려났지. 그놈이 마이크나 데이비드를 살해한 것 같은데, 자네는 어떻게 생각해?"

"만나봐야지. 지금은 어디에 있을까?"

절름발이 대니는 어렸을 때 소아마비에 걸린 남자다. 그래서 항상 절름발이라는 별명이 붙어 다녔으며, 그의 본명을 아는 사람은 거의 없었다. 주변 사람들에겐 절름발이 대니로 통했고, 심지어 편지주소에까지 그렇게 써 있었다.

절름발이 대니는 경찰 스파이였다.

이 점에서 그는 실로 중요한 인물이었고, 87분서에서는 끊임없이 그를 불러들였다. 대니도 힘닿는 데까지 협력을 아끼지 않았기에, 형사들이 원하는 정보는 거의 대니에게 맡겨졌다. 그가 사정이 있어서 안될 때에는 그를 대신해 줄, 다른 스파이도 있었다. 누가 더 필요한 정보를 갖고 있는가에 따라 사건에 맞는 정보가 스파이를 통해 제공되었다.

대니는 앤디의 술집 왼쪽 세 번째 박스에 가면 언제든지 만날 수 있다. 그는 아무와도 어울리지 않으며, 술집에서 술을 마시는 일도 거의 없다. 다만 그곳을 하나의 사무실처럼 이용할 뿐이었다. 시내의 어딘가에 사무실을 차려 놓고 임대료를 주는 것보다는 싸게 먹히고, 언제라도 쓸 수 있는 공중전화가 바로 코앞에 있는 이점도 있다. 게다가 떠도는 소문을 듣기에도 술집 이상 좋은 곳은 없었다. 대니의 일은 주로 사람들의 소문을 잘 들어 두었다가 그것을 경찰에게 그대로 이야기해 주는 것이기 때문이다.

그는 캐레라와 부시 형사 앞에 와서 가만히 듣고 있다가 잠시 뒤 입을 열었다.

"바람둥이 오디트 말이지요? 알고 있어요."

그가 말했다.

"어디 있는지 알아?"

"그놈이 무슨 일을 저질렀나요?"

"아직 몰라."

"얼마 전에 들은 이야기로는 주(州) 형무소에 있다고 하던데."

"이달 초에 출감했어."

"감옥에서?"

"그래."

"오디트, 오디트라. 그렇지! 마약 중독자지요."

"그래."

"그렇다면 잡는 것은 문제없어요. 녀석이 무슨 일을 저질렀나요?"

"아무것도 아닐 수도 있고, 엄청난 일을 저질렀는지도 몰라." 하고 부시가 말했다.

"아! 일전의 그 경찰 살해사건 말씀이세요?" 대니가 물었다.

부시가 어깨를 으쓱했다.

"오디트는……, 그놈은 아닐 거예요."

"어째서 그런 말을 하지?"

대니는 맥주를 한 모금 들이키고는 돌아가고 있는 선풍기를 올려다보았다.

"이 오래 된 술집에서 선풍기가 돌아갈 줄은 몰랐지요? 이 지겨운 무더위는 당분간 계속될 것 같아요. 난 캐나다에 갈 생각입니다. 거기에 친구가 있거든요. 퀘벡이라는 곳에. 퀘벡에 가본 적 있으세요?"

"없어." 부시가 말했다.

"좋은 곳이지요, 시원하고."

"오디트 이야기는 어떻게 된 거야?"

"같이 데려갈까요? 놈도 가고 싶어할 텐데." 대니는 자신의 농담에 소리 높여 웃었다.

"오늘은 좀처럼 이야기를 안 해주는군."

캐레라가 말했다.

"난 항상 그렇잖아요." 대니가 되받았다. "이래봬도 저 앞에는 상상할 수 없을 정도로 많은 여자들이 줄을 서서 나를 기다릴 정도로 난 멋있는 놈이라고요."

"당신이 그렇게 야바위꾼인 줄 몰랐어."

"그렇게 말씀 안 하셔도 나는 곧 마음이 약해져요. 인정에 끌려서."

"오디트한테도 마음이 약해지나?"

"저런, 오래 전부터 알고 지내는 사이도 아니고, 더구나 별로 아는 체하고 싶지도 않은 놈인걸요. 마약 중독자는 아주 질색이거든요."

"알겠네. 그런데 그놈 지금은 대체 어디 있을까?"

"지금은 모르겠어요. 시간을 좀 주세요."

"얼마큼."

"한 시간이나 두 시간. 마약 중독자의 행선지를 아는 건 어렵지 않지요. 마약 밀매자 두세 명 만나보면 금방 알 수 있거든요. 이달 초에 출감했다고 했죠? 그러면 지금쯤 또 마약을 맞겠군요. 이놈을 잡는 것은 간단해요."

"마약을 끊었을지도 모르잖아." 캐레라가 말했다. "그렇게 간단치가 않아."

"그놈들은 철저하지가 못해요. 거짓말에 속아서는 안됩니다. 강 위의 별장에 들어가 있다 해도 어떻게든 잡아야지요. 놈은 곧 잡힐 거예요. 그렇다고 당신들의 동료를 살해한 게 그놈이라고 생각한다면 착각이에요. 소용없는 일입니다."

"왜?"

"마약 환자는 이제 근처 어느 곳에서나 많이 볼 수 있죠. 그런 놈들에게는 아무것도 필요없어요. 원자폭탄이 터져도 달아날 줄 모르고. 오직 하나, 마약만 찾을 거예요. 오디트도 마찬가지예요. 백색 가루를 신(神)처럼 여기는 사람들의 머릿속에는 오직 그것뿐이죠."

"리어던과 포스터가 놈을 잡아서 형무소에 보냈잖아." 캐레라가 말했다.

"그게 어떻단 말입니까? 마약 중독자가 그 원한을 오랫동안 갖고 있는 줄 아십니까? 놈들에게는 오직 마약만 있으면 됩니다. 원한을 갚으려고 고민할 여가가 없어요. 오직 마약 상인을 만나서 마약을 손에 넣을 궁리밖에 안 하니까요. 더구나 그 바람둥이 오디트는 마약 때문에 반장님이 된 상태인데 총을 쏜다고요? 자기 앞에 있는 큰 신발 끝도 여섯으로 보일 텐데, 그런 그가 경찰을 두 명이나 쏠 수 있겠어요? 어림없는 얘기죠."

"하여튼 만나고 싶네." 부시가 말했다.

"물론이지요. 제가 형사님들의 마음을 움직여 보려는
것은 아닙니다. 제가 경찰본부장도 아니고. 그럼, 다녀오
겠습니다. 놈은 멍청해져서 이제 막 감옥에서 나온 촌뜨
기 같을 텐데요. 분명히 45구경 총과 콘크리트 믹서도 구
별 못할 거예요."

"그놈은 전에 한두 번 45구경을 갖고 다닌 적이 있어."
캐레라가 말했다.

"장난감으로 갖고 있었겠지요. 그뿐일 거예요. 그런 놈
은 총소리를 100야드(약 90*m*) 안에서만 들어도 일주일 정
도는 설사를 할겠요. 제가 말한 대로일 것입니다. 그놈은
헤로인 이외에는 아무것도 생각지 않을 겁니다. 놈을 바
람둥이라고 부르는 것은 사람들을 끄는 말솜씨 때문이에
요. 놈은 항상 헤로인을 복용하고 여자들의 뒤꽁무니만
따라다니는걸요."

"그러나 마약 중독자는 안심할 수가 없어." 부시가 말
했다.

"그건 저도 마찬가지예요." 대니가 대꾸했다. "그러나
그놈은 살인은 못해요. 그건 맞을 거예요. 놈은 자기가 무
엇을 하며 시간을 보내야 하는지 그것도 모를 텐데요."

"부탁해."

캐레라가 말했다.

"좋아요."

"꼭 찾아와. 여기 전화번호 알지?"

"예, 한 시간쯤 있다가 전화할게요. 문제없어요."

9

7월 26일. 한낮의 기온이 95.6℉(35.3℃)까지 올라갔다. 분
서에는 열려진 창밖의 철창에서 기어들어오는 후텁지
근한 열기 속에 두 대의 선풍기만이 돌아가고 있었다. 끊
임없이 계속되는 무더위의 위력에 형사실의 모든 사람들
은 완전히 녹초가 되어 버린 듯했다. 부동자세로 똑바로
서 있는 것은 서류 캐비닛과 책상뿐이고 복사지, 봉투, 메
모지 할 것 없이 손끝에 닿기만 하면 축축해져서 끈적거
리고, 어디에 두어도 그대로 쩍 달라붙어 버릴 것 같았다.
　형사실의 몇 사람은 윗도리를 아예 벗고 일하고 있었
다. 셔츠에 땀이 배어 나와 마치 크고 검은 아메바처럼
옷에 땀이 퍼져 가고, 겨드랑이 밑에서 등 쪽으로 땀이
흘러 옷이 다 젖어 있었다. 선풍기는 이 무더위에 아무
도움도 되지 못했다. 다만 이 도시의 질식할 것 같은 공
기를 돌리고 있을 뿐이었다. 형사들은 그 공기를 마시며
삼중복사의 보고서를 타이핑하고, 메모를 되풀이해서 읽
었다. 하얗게 눈덮인 산에서 보내는 여름이나, 태양의 파
도에 얼굴을 내밀고 재미있게 보낼 수 있는 애틀랜틱 시
(市)의 여름은 꿈속에서나 볼 수 있는 일이리라. 형사들은

여러 가지 사건의 소송을 제기하는 사람들에게 전화로 대답하고, 용의자들을 전화로 불러내기도 했는데, 검은 플라스틱 전화기를 잡는 손이 땀에 젖어 있었다. 더위가 생명체라도 되는 듯이 온 천지에서 백열의 단검으로 그들의 몸을 쑤셔대는 느낌이었다.

번스 경감도 형사실의 사람들과 마찬가지로 더웠다. 그의 사무실은 작은 나무 판자로 된 칸막이의 바로 왼쪽에 있었다. 구석에는 큰 창이 나 있었으나, 창문을 활짝 열어도 바람 한점 들어오지 않았다. 경감과 마주보고 앉아 있던 신문기자는 신이 나는 표정을 하고 있었다. 그 기자의 이름은 새비지, 감색으로 된 얇은 줄무늬 양복에 진한 청색의 파나마 모자를 쓰고 있었다. 그는 담배를 천장 구석으로 뿜어 올려, 그것이 마치 연한 청기와색의 더위가 뭉쳐져서 떠 있는 것처럼 보이게 만들었다.

"더 이상 이야기할 것이 없소." 번스 경감이 말했다. 이 신문기자는 몹시 경감의 비위에 거슬렸다. 새비지라는 이름을 가진 사람이 이 세상에 또 있을까? 게다가 이 기자처럼 시원스런 얼굴을 가진 남자가 바로 자기 앞에 있다는 사실을 인정하고 싶지 않았다.

"이것뿐입니까, 경감님?" 새비지가 또 물었다. 온화한 목소리였지만 듣기 싫었다. 금발을 짧게 깎은 미남자인데, 여자 같은 오똑한 코와 시원스런 회색 눈을 갖고 있었다. 이런 더위에 시원함을 보는 것 같아 기분 나쁠 것도 없는 일이었다.

"아무 걱정 없소." 경감이 말했다. "도대체 뭘 취재하겠다는 거요? 범인이 잡히면 곧 발표할 텐데. 그렇잖소?"

"그렇겠지요. 그럼, 용의자는?"

"수사하고 있는 중이오."

"용의자가 있긴 있습니까?"

"그렇소. 하지만, 용의자는 여기서 알아서 조사해야지, 신문의 톱 뉴스로 써 버린다면 범인은 바람같이 유럽으로 날아가 버리지 않겠소!"

"불량배들의 짓이라고는 생각지 않습니까?"

"불량배? 구체적으로 말씀해 보시오."

"10대 불량배들 말입니다."

"어떤 놈이 범인인지 아직 모르오. 혹시 당신이 했는지도 모르지."

새비지는 빛나는 하얀 이를 내보이면서 웃었다.

"이 관할 지역 내에는 10대 불량배들이 많죠?"

"불량배들은 거의 소탕했소. 사실 우리 관할 지역은 이 도시의 정원지대라고 말할 수 있지만, 그래도 완전히 소탕해 버릴 생각이오. 지금 당신네들 신문이 그것을 취재하려는 것은 알고 있소. 그렇게 사소한 것까지 신경을 써 주시니 우리로서는 얼마나 고마운지…….."

"경감님, 비꼬는 말씀 같습니다."

"비꼴 수 있다는 것은 지적인 무기요. 경찰들은 대부분

멍청해서 그저 돌아다니기만 한다는 것은 누구라도 다 아는 사실 아니오? 특히 당신네 신문기자들은 더 잘 알고 있을 텐데?"

"경감님, 우리 신문사에서는 그런 기사를 쓴 적이 없는데요."

"없다고?" 경감이 어깨를 으쓱해 보였다. "그러면 내일 조간신문을 보면 알겠지."

"저는 협력해 드리려고 이야기한 겁니다. 더 이상 경찰이 살해되면 곤란하지 않습니까?" 새비지는 한숨을 쉬었다. "그런데 10대 불량배들의 짓이라는 추측은 해본 적이 없습니까?"

"아직 그렇게 생각해 본 적은 없소. 이번 사건은 그런 조무래기들의 소행은 아닌 것 같소. 어째서 당신들은 이 지역에서 발생하는 사건들을 모두 10대 불량배들에게 덮어씌우려고 합니까? 우리 아이도 10대지만, 경찰들을 살해하려고 돌아다니지는 않아요."

"그거 다행스런 일이군요."

"불량배들이 늘어나는 현상을 이해 못하겠소." 하고 경감이 말했다. "완전히 소탕하지는 못했지만 노력하고 있는 것은 사실이오. 노상에서 칼을 휘드르며 치고 박는 싸움을 막는다면 그애들이 건전한 그룹을 형성할 수도 있지 않겠소? 그래서 점점 어른스러워진다면 나는 그것으로 만족하오."

"그 생각은 아주 낙천적인 견해군요. 우리 신문기자 입장에서는 노상에서 벌어지는 싸움이 근절되리라고 생각지 않습니다. 우리 신문사에서는 이번 경찰 살인사건을 불량배들과 연관이 있다고 봅니다."

"그래요?"

"예."

"그럼, 우리보고 어떻게 하라는 말이오? 길가에 있는 젊은이들을 무조건 잡아들이라는 이야기요? 그렇게 한다면 당신네 신문이 100만 부 이상은 팔리겠구먼!"

"그런 뜻이 아닙니다. 우리 신문사의 생각대로 사건이 해결된다면 87분서의 면목이 떨어지겠지요."

"북부 본부 강력계의 면목도 떨어지겠군. 게다가 경찰 본부장의 면목도 마찬가지겠고. 그렇게 되면 경찰 전원이 명탐정의 소질이 있는 당신네들과 비교되어 아주 볼 만한 꼴이 되겠구먼."

"그렇게 될지도 모르겠군요." 새비지가 동의했다.

"한마디 충고해도 되겠소?"

"말씀하십시오."

"요즘 젊은 사람들은 질문에 정직하게 대답하는 것을 싫어하더라고. 맥주 한두 병 마시고 기분이 좋아지지 않고서는 말이오. 우리들과는 아주 달라. 일종의 규칙 같은 걸 갖고 있어서 상대할 수가 없다니까. 자기 목숨을 쉽게 버리는 어리석음도 그렇고."

"글쎄요." 새비지는 요란하게 웃었다.

"그리고 또 한 가지."

"뭐지요?"

"우리 관할 구역 내에서 귀찮게 굴지 않았으면 좋겠소. 두통거리는 얼마든지 많으니까. 신문기자들에게 더 이상 성가신 질문을 받고 싶지 않소."

"경감님, 당신에게는 어느 것이 더 중요하죠? 관할 구역에서 혼잡을 일으키는 겁니까, 아니면 제가 살해되는 겁니까?"

번스 경감은 싱긋 웃고 나서는 파이프에 담배를 채워넣기 시작했다.

"어느쪽이 아니라 똑같소."

절름발이 대니에게서 50분에 전화가 걸려왔다. 당직 경찰이 전화를 받아 캐레라에게 연결시켜 주었다.

"여보세요, 87분서 수사계 캐레라 형사입니다."

"대니예요."

"아, 대니, 뭐 알아냈나?"

"오디트를 찾았어요."

"어디지?"

"이거 서비스로 하는 겁니까? 일당이 있는 겁니까?"

"일이야." 캐레라가 간단히 말했다. "어디서 만날까?"

"제니의 가게 아시죠?"

"그래. 농담 아니지?"

"정말이에요."

"오디트가 마약을 먹었다면, 어디서 무얼 하고 있지?"

"여자와 지내면서 자고 있는 것 같아요. 운이 좋으면 뭔가 알아낼 수 있을지도 몰라요."

"여자와 있다고?"

"그건 만나서 이야기하죠, 스티브. 안되나요?"

"스티브라고? 그렇게 함부로 부르면 이빨을 모두 뽑아 버리겠어."

"예, 예. 캐레라 형사 나리. 제가 5분 이내로 제니의 가게로 갈 테니까, 이 정보를 사고 싶으면 얼마 정도 현금을 갖고 나오십시오."

"오디트는 흉기를 갖고 있나?"

"그럴지도 모르지요."

"그럼, 기다려." 캐레라가 말했다.

창녀들이 사는 거리는 남북으로 3구획이나 걸쳐 있었다. 그 거리 이름의 유래는 인디언에게서 나왔다. 비버의 가죽이나 여러 가지 물을 들인 구슬 등, 교역이 활발하던 시대에 이 좁은 길에 천막을 치고 나란히 서 있었던 집들이 그 당시부터 서서히 번창해 온 것이리라. 그러다가 인디언들은 행복이 기다리는 오지의 수렵지로 후퇴해 가고 작은 오솔길이 포장도로로 바뀜에 따라, 천막 집들이 아파트풍의 건물이 되고, 인간 세계에서 가장 오래 된 이

창녀라는 직업인들이 비로드의 동굴에서 명성을 날렸던
것이다. 한때는 이탈리아 인들의 이주로 창녀촌이라 불리
었고. 때로는 아일랜드 인들의 이주로 창녀촌이라 불린
때도 있었다. 푸에르토리코 인이 많이 들어옴에 따라 그
길의 이름은 또 푸에르토리코 말로 불리고, 돈을 지불하
는 남자들은 좋은 여자를 골라 그 대가만 지불하면 그만
이었던 것이다.

  이 섹스의 시장 경영자들은 대개 여기저기의 이름 나
있는 나이 먹은 여자들이었다. 테라사의 마마의 집은 이
길거리에서 가장 잘 알려져 있다. 마마 카르멘 집은 가장
더럽고, 마마 루츠의 집은 16번이나 경찰들의 단속을 받
았지만, 그곳은 무너져 가는 벽돌 건물 안쪽에서 무슨 일
이 벌어지고 있는지 전혀 알 수가 없었다. 경찰들은 이런
집을 방문하는 걸 별로 부끄럽게 생각하지 않는다. 사무
적인 일로 방문하는 경우는 단속이라든가 검거 등의 이
유인데 —— 단속할 때는 때로는 재미있는 일도 있지만 ——
대개는 시경 본부의 단속반 담당이었다. 단속반 사람들은
87분서의 사람들과 그 여자들과의 묵계를 아무도 모른다.

  경찰들은 사소한 일까지 알고 있어야 범인을 잡을 수
있는데, 그런 쪽에서 볼 때 캐레라는 아무것도 모르는 순
진한 경찰인지도 모른다. 아니면 정직한 경찰이라 할 수
도 있다. 그것은 보는 사람에 따라 다른 것이다. 그는 그
한구석에 있는 제니의 술집이라는 조그마한 카페에서 절

름발이 대니와 만났다. 쓰디쓴 쑥차와 엽차를 마셨다. 그
곳은 옛날 고대의 술인 '압생트' 양주가 나오는 술집이라
고 했다. 이 압생트를 먹어 본 사람들은 제니의 술집에
속지 않을 것이다. 이 카페는 건실한 무산계급의 일상생
활과 매춘부와의 경계인, 이른바 무인지대의 역할을 하고
있는 것이다. 제니의 술집에서는 모자걸이에 모자를 벗어
놓고 그냥 쉬어 갈 수도 있고, 술을 마실 수도 있다. 그곳
의 푸근함에 단골이 되기도 하고, 술 석 잔 마시고 신세
타령을 할 수도 있는 곳이기도 하다. 극단적으로 말하면,
신혼여행의 호텔 샤워실과 같은 역할을 하는 곳이다.

　7월 26일의 열기는 제니의 술집의 정면에 있는 창의 검
은 페인트를 칠한 아랫부분을 태우고 있는 듯했다. 술집
이다 보니 몇십 번 부서진 적이 있었다. 캐레라나 대니는
제니의 술집의 그 예외적인 기능에 대해서는 관심이 없
었다. 두 사람의 관심사는 오직 바람둥이 오디트였다. 그
가 하는 일이 무엇인지는 몰라도 두 경찰을 여섯 발의 총
탄으로 살해한 인물인지도 모른다고 생각했다. 부시는 플
래나건이라는 강도를 조사하러 갔다. 캐레라는 클링이라
는 젊은 신참내기 경찰이 운전하는 순찰차로 왔다. 차는
지금 술집 앞에 서 있으며, 감색 바지를 입고 있는 클링
은 자동차의 펜더에 기대어서 땀투성이가 되어 머리를
늘어뜨리고 있다. 볼품없는 모자 밑으로 금발이 텁수룩하
게 나와 있는 것이 보였다. 그도 더웠던 것이다. 마치 열

지옥 같은 더위였다.

술집 안에 있는 캐레라도 더웠다.

"어디에 있어?" 그는 대니에게 물었다.

대니는 엄지손가락과 집게손가락을 합해서 둥그렇게 만들어 보였다.

"오랜만에 정식이라도 먹으면서 이야기할까요?"

캐레라는 지갑에서 10달러짜리 지폐를 꺼내어 대니에게 건네주었다.

"마마 루츠의 집이에요." 대니가 말했다.

"본명이 라 플라멘카라는 여자와 같이 있어요. 그 여자에게 가면 더위도 아랑곳없나 봐요."

"놈은 그런 곳에서 뭘 하고 있지?"

"녀석은 두 시간쯤 전에 마약꾼에게 마약을 샀어요. 헤로인 세 봉지를 가지고 마마 루츠 집에 간 것은 바람기 때문인 것 같지만. 그는 아마 헤로인에 취했을 거예요. 루츠의 말에 의하면 놈은 한 시간 정도는 잠에 빠져 있었다고 하더군요."

"그러면, 라 플라멘카는?"

"놈과 함께 있겠지요. 아마 지금쯤은 녀석의 주머니를 다 털었을 거예요. 그녀는 두 개의 금니를 해 넣은 빨간 머리의 덩치 큰 여자인데, 이빨만 보아도 아찔하지요. 천한 티가 나는 큰 엉덩이를 가진 그런 여자예요. 그녀를 거칠게 다루는 말아요. 잘못 건드리면 안 좋으니까."

"놈은 흉기를 가지고 있나?"

"마마 루츠의 말에 따르면 확실히는 모르지만 안 갖고 있는 것 같다는데요."

"그 빨간 머리 아가씨도 모른다고 하던가?"

"빨간 머리에게는 물어 보지 않았어요. 나는 그 고용주와 거래했으니까."

"그런데 어떻게 여자 엉덩이까지 보았나?"

"지금 10달러 주신 걸로 제 성생활까지 이야기할 수는 없지 않습니까." 대니가 웃으면서 말했다.

"알았어. 수고했네." 캐레라가 말했다.

그는 대니를 테이블에 두고 자동차에 기대어 있는 클링에게 돌아왔다.

"덥군요." 클링이 말했다.

"맥주 마시고 싶으면 한잔 하게나." 캐레라가 말했다.

"아뇨, 집에 가고 싶을 뿐입니다."

"누구는 집에 돌아가고 싶지 않겠나?"

"저는 용의자에 대해 아는 게 없습니다."

클링이 말했다.

"타게나. 가볼 데가 있어."

"어딘데요?"

"마마 루츠의 집이야. 이대로 차를 타고 가면 곧 알게 돼."

클링은 모자를 벗고 한손으로 금발을 쓸어올렸다. 그리

고는 휘파람을 휙 불고 다시 모자를 쓰더니 핸들 앞에 앉았다.

"누구를 찾습니까?"

"바람둥이 오디트라는 남자야."

"들어 본 적도 없는데요."

"봐도 모를 거야." 캐레라가 말했다.

"글쎄요." 클링이 쌀쌀하게 말했다.

"그럼, 소개해 주시면 되겠군요."

"소개하지." 캐레라는 그렇게 말하고 차를 몰기 시작하는 클링에게 실컷 웃어 주었다.

차가 멈추자, 마마 루츠는 집 입구에 서 있었다. 도로가에 서 있던 젊은애들은 단속나온 줄 알고 웃어 보였다. 마마 루츠도 웃음짓고 있다가, "어머, 캐레라 형사님, 날씨가 덥지요?" 하고 말을 건넸다.

"덥군요." 캐레라는 그렇게 말했지만, 오늘은 모두가 잘 대해 주는 게 이상했다. 오늘 같은 날은 숨이 턱턱 막힐 듯이 더워서, 마닐라나 캘커타보다도 더 무덥다고 할 만큼 지독했다. 바보가 아닌 다음에야 이 무더위를 누구나 다 느끼고 있을 것이다.

마마 루츠는 비단으로 된 옷을 입고 있었다. 아주 살이 많이 쪘고 검은 머리를 뒤쪽으로 묶어 올렸다. 마마 루츠는 젊었을 때는 유명한 창녀로 이름이 나 있었는데, 자기 말로는 이 도시에서 제일 가는 미인이었다고 한다. 하지만, 지금은 손님들에게는 그냥 친근한 마담일 뿐이다. 미끈한 편이었고, 항상 라일락 냄새를 풍기고 있었다. 피부는 원래 흰데다 거의 햇빛을 보지 않아 더 창백해 보였고, 얼굴은 귀족적으로 생겨서 웃는 얼굴이 천사 같았다. 이 거리에서 가장 멋있는 창녀였다는 것을 모른다면 누군가의 어머니라 여길 수밖에 없는 그런 인상이었으나, 그녀는 분명히 창녀촌의 마담인 것이다.

"의례적인 방문인가요?" 마담은 윙크를 하면서 그렇게 물었다.

"마담, 도대체 아무데도 없으니 어디에 갔었소?" 캐레라가 말했다.

클링은 의아해서 모자를 벗고 땀을 닦았다.

"경찰 나리, 당신을 위해서라면 이 루츠는 무엇이라도 할 수 있어요." 마마 루츠는 또 윙크를 하면서 말했다. "당신과 만나면 이 마마도 젊은 아가씨로 변한 것 같아요."

"마마는 언제 보아도 젊은데." 캐레라는 그렇게 말하고 그녀의 엉덩이를 치면서, "오디트는 어디 있지?" 하고 물었다.

"여자와 함께 있어요." 마마 루츠가 말했다. "지금쯤은 그 사람의 눈알까지 빼어 버렸을 거예요. 이런 곳에 있는 요즘 여자들은 모조리 돈밖에 모르거든." 그녀가 어깨를 움츠렸다. "우리들이 젊었을 때는……." 마마 루츠는 의미있게 고개를 갸웃했다. "옛날에는 그래도 '정'이라는 게

있었잖아요. 아시죠? 그런데 요즘은 애정이라는 게 얼마
나 변해 버렸는지, 찾아볼 수도 없어요."

"모두 그 살찐 가슴속으로 가둬 버렸나 보지?" 캐레라
가 말했다. "오디트는 권총을 갖고 있던가?"

"내가 손님들의 신체검사라도 한단 말이에요?" 마담이
말했다. "권총은 없는 것 같던데요. 혹시 싸움하려는 건
아니겠지요? 오늘은 조용했는데……."

"아, 싸움 같은 건 안 해. 걱정하지 말아요. 어디에 있
는지 가르쳐 주시오."

마담은 고개를 끄덕였다. 클링이 그 옆을 지나쳐 안으
로 들어가자, 마담은 그의 바지 앞 단추 부근을 내려다보
았다. 클링은 얼굴이 빨갛게 되어 어색한 웃음을 지었다.
그녀는 두 경찰 뒤를 따라오다가 그들을 앞질러 걸어나
갔다.

"이쪽 2층이에요."

계단이 그녀의 몸무게를 못 이겨 삐걱였는데, 그녀는
뒤돌아보며 캐레라에게 윙크를 했다.

"스티브, 당신이라면 뒤에서 따라와도 믿을 수 있어요."

"황송한데."

"내 속옷을 훔쳐보지도 않을 테니까."

"자꾸 부추기지 마요." 캐레라가 말했다. 그 뒤에서 클
링이 우는 소리도 웃는 소리도 아닌, 숨이 막힌 듯한 이
상한 소리를 내며 따라왔다.

마마 루츠는 첫번째 층계참에서 멈췄다.

"복도 끝 방이에요. 피 냄새 같은 거 안 나게 해주세요, 스티브. 부탁해요. 그 사람은 폭력으로 다룰 필요도 없을 것 같아요. 너무 허약해서 마치 다리 한쪽은 이미 관 속에 집어넣고 있는 것 같은 그런 남자였어요."

"알았소. 밑에 내려가 있어요, 마담."

"그럼, 나중에 봐요. 일이 끝나면……." 마담이 의미있는 말을 던지고 뭉툭한 허리를 캐레라에게 던졌다. 캐레라가 놀라서 뒤돌아보았다. 마담은 재미있다는 듯이 깔깔대며 클링의 옆을 지나 내려갔다. 계단 밑에서는 아직도 웃는 소리가 들려왔다.

캐레라는 한숨을 쉬고 클링의 얼굴을 보았다.

"난 그녀에게 홀린 것 같아."

"수사관이 해야 될 일을 전혀 못 찾겠는데요." 클링이 말했다.

두 사람은 복도를 걸어갔다. 캐레라가 권총을 꺼내어 드는 것을 보고 클링도 권총을 뽑았다.

"싸움은 하지 말라고 했잖아요?" 그는 캐레라에게 말했다.

"그건 저 여자가 창녀집의 마담이니까 그런 거고. 우리 상사는 아니잖아."

"물론 그렇지요." 클링이 말했다.

캐레라가 38구경 총자루로 노크를 했다.

"누구세요?" 여자의 목소리가 들려왔다.

"경찰이야. 문 열어." 캐레라가 말했다.

"잠깐만요."

"옷을 입고 있나 봐요." 클링이 캐레라에게 말했다.

곧 문이 열렸다. 입구에 서 있는 여자는 붉은 머리였는데, 웃지 않았으므로 캐레라는 그녀의 금니를 볼 수가 없었다.

"무슨 일이시죠?" 여자가 물었다.

"저 남자에게 일이 있어서……."

"그러지요." 그녀는 그의 옆을 돌아서 복도로 나가 종종걸음으로 사라졌다. 클링은 그녀의 뒷모습을 보고 있다가 문 쪽으로 다시 고개를 돌렸다. 캐레라는 벌써 방에 들어가 있었다.

방안에는 침대 하나와 테이블, 그리고 양철로 된 세면기가 있었다. 커튼은 내려져 있고, 심한 냄새가 났다. 침대에는 남자가 바지를 입은 채 누워 있었다. 신발과 양말은 벗은 채였다. 가슴은 드러내놓고, 눈을 감고, 입은 벌리고 있었다. 벌이 한 마리 그의 코 주위를 붕붕 날아다녔다.

"창을 열어." 캐레라가 클링에게 말했다. "개새끼! 일어나."

누워 있던 남자가 눈을 떴다. 머리를 들어 캐레라를 쳐다보았다.

"누구요?"

"당신이 오디트야?" 캐레라가 물었다.

"아, 경찰인가요?"

"그렇다."

"내가 무슨 나쁜 짓이라도 했나요?"

클링이 창을 열었다. 거리에서 아이들의 목소리가 들려왔다.

"일요일 밤에는 어디에 있었지?"

"몇 시에 말인가요?"

"자정 전후에."

"기억 안 나는데요."

"기억하는 게 신상에 좋을 거야. 빨리 기억해 봐. 거짓말하지 말고."

"무슨 말인지 모르겠는데요."

"오디트, 당신이 마약 환자라는 걸 알고 있어. 조금 전에도 당신이 세 봉지를 손에 넣었다는 걸 알고 왔어. 내가 하는 얘기를 알겠어?"

"들었어요."

오디트는 손으로 두 손을 비볐다. 코가 뾰족하고, 두꺼운 고무 같은 입술이었으며, 얼굴이 많이 야윈 남자였다. 수염이 상당히 자라 있었다.

"그럼, 말해 봐."

"금요일 밤이라고 했나요?"

"일요일 밤."

"일요일 말인가요? 아, 그렇지. 포커를 하고 있었어요."

"어디서?"

"남쪽 4번가예요. 아니, 내 말이 믿어지지 않습니까?"

"증인이 있어?"

"다섯 사람과 했으니까 누구에게라도 물어 봐요."

"그놈들의 이름을 대!"

"물론이지요. 루이 데스카라와 그의 동생 존 데스카라, 피트 디어스, 그리고 또 한 사람은 모두가 핍이라고 불렀어요. 진짜 이름은 모르겠어요."

"그래서 네 사람인가?" 캐레라가 물었다.

"나를 합해서 다섯 사람이지요."

"그 사람들이 사는 곳은?"

오디트는 한 사람의 주소를 대주었다.

"좋아, 월요일 밤은?"

"집에 있었어요."

"누가 함께 있었나?"

"하숙집 주인요."

"뭐라고?"

"하숙집 주인과 함께 있었다니까요. 귀가 먹었어요?"

"그 여자의 이름은?"

"올가 파시오."

"어디야?"

　오디트는 주소를 말했다.

　"내가 무슨 일을 저질렀다고 생각하나요?"

　"그런 건 아니야. 권총은 갖고 있나?"

　"왜 이러십니까? 출감하고부터는 난 깨끗한 몸입니다."

　"그 마약 세 봉지는 어떻게 된 거야?"

　"그런 터무니없는 이야기는 어디서 들었는지는 모르겠
지만……."

　"옷을 입어."

　"무엇 때문에? 아까 그 여자는 돈으로 샀어요."

　"알고 있어. 이제 그 여자와 볼일은 없잖아. 옷을 입어."

　"아니, 무엇 때문에 그러세요? 출감하고 나서는 아무
잘못도 저지르지 않았어요."

　"같이 지냈다는 사람들을 만나볼 때까지 분서에 가 있
어야겠어. 괜찮나?"

　"모두 내가 같이 있었다고 할 거예요. 게다가 마약을
세 봉지 샀다는 이야기는 어디서 들었는지 몰라도 기분
이 안 좋군요. 나는 요 몇 년 동안 마약은 본 적도 없어요."

　"그건 조사해 보면 알아." 캐레라가 말했다.

　"그 팔의 주사 바늘 자국은 각기병 주사 혼적인가?"

　"예?" 오디트가 멍하니 물었다.

　"이제 알았으면 옷 걸쳐."

　캐레라는 오디트가 말한 그 사람들을 조사해 보았다.
그들은 모두 7월 23일 밤 10시 반부터 24일 아침 4시까지 카드 놀이를 했다고 증언했다. 오디트의 하숙집 주인도 24일 밤과 25일 아침에 오디트가 자기 방에서 지냈다고 증언했다. 오디트는 리어던과 포스터가 살해된 시각에 확실한 알리바이를 갖고 있는 것이다.

부시가 플래나건의 수사 결과를 가져옴으로써 모든 수사가 다시 원점으로 돌아가고 말았다.

"플래나건에게는 텍사스 냄비의 손잡이처럼 꼭 맞아떨어지는 그럴듯한 알리바이가 있어." 부시가 말했다.

캐레라는 한숨 좀 돌리고, 테드를 만나러 가기 전에 클링을 데리고 맥주라도 한잔 하려고 같이 나갔다.

부시는 더운 날씨에 대해 불평을 하다가 아내가 기다리는 집으로 돌아갔다.

IO

새비지가 앉아 있는 술집의 구석 자리에서도 소년이 입고 있는 요란한 색상의 윗도리 등에 쓰여진 문자는 확실하게 볼 수가 있었다. 그 소년의 모습은 새비지가 바에 들어서자마자 눈에 띄었다. 검은 머리의 아가씨와 저쪽에서 맥주를 마시고 있었다. 새비지는 그 요란한 색상의 윗도리를 입은 소년에게 시선을 멈추고 카운터로 가서 진 토닉을 주문했다. 그는 그 젊은이들을 가끔씩 쳐다보았다. 소년의 얼굴은 희고 야윈 편이었으며, 흐트러진 검은 머리를 빗어 올린 모습이었다. 옷깃은 위로 세워져 있었다. 새비지는 그 소년이 앉아 있는 소파의 등받이 때문에 등의 문자는 확인할 수 없었다. 아가씨는 맥주를 다 마시고 나갔으나, 소년은 자리에 그대로 앉아 있었다. 소년이 잠깐 몸을 틀었을 때 새비지는 그 문자를 볼 수 있었다. 새비지의 추측이 맞아 들어가는 것 같았다.

등에 쓰여진 문자는 '클로버'였다.

이 이름은 87분서 관할 구역의 변두리에 있는 공원 이름에서 따온 것이 틀림없다. 그때, 새비지의 머릿속에 갑자기 떠오르는 것이 있었다. 이 조각들이 자꾸만 이어지

면서 그의 머릿속에서 다음 반향을 불러 일으키는 데는
짧은 시간이 필요했다. 이 부근에서 일어나는 싸움에서는
대부분 클로버 조직의 조무래기 불량배들이 불을 지르는
적이 많다. 싸움질이라 하면 공원의 한쪽 전부를 차지하
고 싸우는 것도 있고, 병을 깨거나 칼, 권총, 또는 짧은
방망이 등을 휘두르는 것도 있다. 소문뿐일지도 모르지만.
이 클로버 조직은 경찰과 일종의 휴전협정을 맺고 있는
것처럼 보였으나, 리어던과 포스터의 살인사건이 이 불량
배들의 소행이 아닐까 하는 생각이 새비지의 머릿속을
집요하게 따라다녀 떨쳐 버릴 수가 없었다.

그런데 지금 여기에 그 불량배 그룹의 일원이 있는 것
이다. 이야기해 볼 수 있는 좋은 기회가 왔다.

새비지는 진 토닉을 다 마시고 카운터를 떠나서 그 소
년이 앉아 있는 자리로 갔다.

"실례!" 하고 새비지가 말했다.

그 소년은 얼굴도 들지 않고, 눈만 치켜뜬 채 아무 말
도 하지 않았다.

"앉아도 될까?" 새비지가 물었다.

"앉으세요."

그는 가만히 새비지를 쳐다보고 있었다. 새비지는 윗도
리 주머니에 손을 넣어 담배를 꺼냈다. 소년은 사양했지
만 새비지는 담배를 피워 물었다.

"난 새비지야." 그가 자신을 밝혔다.

"들어 보지 못한 성함인데요." 소년이 대답했다.

"이야기할 것이 있는데."

"예? 무슨 이야기요?"

"클로버 그룹에 대한 이야기."

"당신은 이 부근 사람이 아니죠? 그렇죠?"

"그래."

"그럼, 돌아가시는 편이 좋아요."

"그래서 이야기할 것이 있다고 했잖아."

"난 이야기할 게 없어요. 난 친구를 기다리고 있어요."

"난 너희들에게 피해 끼칠 생각은 없어. 그냥 몇 마디 얘기하고 싶은 것뿐이야."

소년은 새비지를 차가운 눈초리로 바라보았다.

"네 이름은?"

"조사해 보시지요, 금발머리 아저씨."

"맥주 한잔 할까?"

"사시겠어요?"

"물론이지."

"그럼, 럼 콕으로 주세요."

새비지가 카운터를 향하여, "럼 콕과 진 토닉 한잔." 하고 소리를 질렀다.

"당신은 진 토닉을 마시나요?"

"참, 자네 이름이 뭐지?"

"레이플이에요." 새비지를 찬찬히 훑어보면서 대답했

다. "다들 나보고 '면도칼'이라고 불러요."

"면도칼? 재미있군."

"그러세요? 좀 듣기 거북하지 않으세요?"

"아니, 마음에 드는걸."

"당신은 경찰인가요?"

"뭐라고?"

"순경이냐고요?"

"아냐."

"그럼, 뭐하는 사람이에요."

"신문기자."

"정말이오?"

"그럼."

"기자가 나에게 무슨 볼일이 있어서?"

"그냥 이야기하고 싶을 뿐이야."

"무슨 이야기?"

"너희들의 그 불량배 그룹 말이야."

"불량배? 난 불량배 그룹 같은 데 들지 않았어요."

웨이터가 술을 가지고 왔다.

"저 바텐더, 괘씸한 놈인데요. 주스를 섞었어요. 이건 꼭 크림 소다 같은 맛이에요."

"행운을 빌면서……." 새비지가 컵을 높이 들었다.

"당신에겐 행운이 있겠지요." 면도칼이 되받았다.

"클로버 조직 말이야……."

"클로버는 그냥 보통 모임의 이름이에요."

"불량배들의 모임이 아닌가?"

"불량배들의 흉내를 낼 필요가 뭐 있나요? 그냥 모임일 뿐인데. 그것뿐이에요."

"대장은 누구?" 새비지가 물었다.

"알고 있다 해도 대답하기 싫어요. 직접 조사해 보시지요."

"왜? 그 모임에 대한 것을 이야기하면 부끄럽다는 뜻인가?"

"농담하지 마세요."

"그 그룹에서 하는 일을 신문에 내고 싶지 않아? 신문에 그럴듯하게 나온 그룹이 이 근처에는 하나도 없잖아."

"어떤 식으로든 신문에 나는 것은 원치 않아요. 지금도 그 이름은 충분히 알려져 있다고 생각하니까요. 이 도시에서 클로버라는 이름을 들어 보지 못한 사람이 있을까요? 이봐요, 누구를 감옥에 보내고 싶으세요?"

"누구를 감히……. 난 단지 그 그룹의 선전이라도 된다면 좋겠다고 생각해서 그런 거야."

"도대체 어떤 선전 말인가요?"

"호의적인 기사를 쓰는 것이지."

"호의적인 기사? 어떤 식으로 말이에요?" 면도칼은 이마에 손을 얹고 생각해 본다.

"그 그룹에서 하는 일을 쓰는 거지."

"기사를 쓰는 것은 원치 않아요. 그만두시지요."

"너와 사이좋은 친구가 되고 싶은 것뿐이야."

"친구라면 그 그룹 안에도 얼마든지 있어요."

"어느 정도?"

"적어도……." 면도칼은 당황해서 입을 다물어 버린다.

"이야기하기 싫은 것을 억지로 할 필요는 없어. 왜 면도칼이라고 부르지?"

"모두 별명이 붙어 있어요. 면도칼은 내 별명이고."

"이유가 있을 텐데."

"칼 쓰는 솜씨가 좋으니까 그렇죠."

"칼 써본 적이 있어?"

"있냐고요? 농담하시는 거예요? 이 부근에서는 칼이나 피스톨을 가지고 다니지 않으면 손발을 내놓을 수가 없어요. 정말이에요."

"피스톨이란 게 뭐지?"

"권총이지요." 면도칼이 눈을 동그랗게 떴다.

"아저씨! 피스톨도 몰랐어요? 바보같이."

"클로버 그룹에는 총이 많은가?"

"많아요."

"어떤 것들이 있지?"

"다 있어요. 모든 종류를 다 갖추고 있지요."

"45구경은?"

"왜 그런 것을 자꾸 물어요?"

"45구경은 좋은 총이거든."

"아——크기가 있으니까."

"그 총은 써본 적 있나?"

"쓰지 않으면 안될 때도 있지요. 그렇지만, 이봐요! 생명을 좌우하는 총기를 멋이나 호기심으로 사용한다고 생각하세요? 하긴, 위험한 때는 닥치는 대로 아무거나 사용하죠. 우물쭈물하다가는 영창감이니까." 면도칼이 럼 콕을 한 모금 마셨다.

"이 부근은 고급 주택지와는 달라서 한순간도 마음 놓고 다닐 수가 없어요. 그래서 클로버 그룹에 가입해서 서로 돕는 거지요. 이 윗도리를 입고 다니면 어지간해선 건드리지 않고 그냥 놔두거든요. 우리들을 쓸데없이 건드리는 놈은 그룹 전체를 상대로 도전하는 셈이니까."

"경찰이 귀찮게 건드린다는 말인가?"

"세상 어디에서 경찰과 싸움질하는 것을 좋아할 사람이 있겠어요? 우리는 되도록이면 경찰과 부딪치지 않도록 노력해요. 저쪽에서 우리들을 쓸데없이 건드리지 않는 한 말이에요."

"최근에 귀찮게 군 경찰은 없었나?"

"우리는 경찰과는 이야기를 거의 안 해요. 경찰 역시 우리를 괴롭히지 않고. 우리도 경찰한테 쓸데없이 덤비지는 않아요. 요 몇 개월 동안은 거의 경찰을 못 보았어요. 아무 이상이 없다는 이야기겠지요."

"그럼, 지금 상황이 조용해서 좋다고 생각하나?"

"그럼요. 머리가 박살난 사람이라도 있나요? 클로버 그룹도 조용한 걸 원한다고요. 싸움이 일어나면 나설 때도 있지만, 일부러 말썽을 일으키지는 않아요. 그쪽에서 먼저 싸움을 걸어올 때라든가, 친구 중의 누군가가 우리를 배신하고 다른 그룹에 들어가는 경우는 가만 있을 수 없지요."

"그럼, 최근에 경찰과 말썽을 빚은 일은 없었나?"

"조그마한 실랑이 정도는 있었지만, 이야기할 만한 것은 못 돼요."

"어떤 일인데?"

"우리 친구 하나가 대마초를 피웠어요. 좀 흥분해서 날뛰다가 술집 유리창을 깼어요. 이해되시죠? 형사가 그애를 체포했어요. 집행유예가 되었지만."

"그 애를 체포한 형사는 누구였지?"

"무엇 때문에 그런 걸 물으시죠?"

"순수한 호기심 때문이지."

"형사였는지 누구인지 생각이 안 나는데요."

"확실히 형사였나?"

"형사였던 것 같아요."

"클로버 그룹의 다른 사람들은 그 사건을 어떻게 생각하지?"

"그건 또 무슨 뜻이지요?"

"친구를 잡아간 그 형사를 어떻게 생각하냐고?"

"아——잡혀 간 녀석은 아직 풋내기라 겁도 없고 아무 분별이 없는 아이였어요. 먼저 그런 어린 놈에게 대마초를 피우라고 준 게 나쁘죠. 하여튼, 그 아이는 너무 어렸어요."

"그러면 친구들은 그 아이를 잡아간 형사에게 증오심을 갖지 않았다는 것인가?"

"뭐라고요?"

"그 아이를 잡아간 형사에게 적의를 품지 않았나 해서 말이야."

면도칼의 눈이 갑자기 조심스러워졌다.

"당신, 뭘 알고 싶어서 그러세요?"

"별다른 뜻은 없어."

"당신 이름이 뭐라고 했죠?"

"새비지."

"왜 우리한테 형사를 어떻게 생각하느냐는 둥 그런 질문을 하죠?"

"특별한 이유는 없어."

"그럼, 무엇 때문에 자꾸 물어요?"

"그냥 호기심 때문에."

"그래요?" 면도칼이 쌀쌀하게 말했다. "그럼, 난 이만가 보아야겠어요. 친구들도 올 것 같지 않고."

"어이, 조금만 더 있다 가면 어때?" 새비지가 말했다.

"좀더 할말이 있는데."

"그래요?"

"그래, 이야기할 것이 있어."

"미안하지만. 나는 더 들을 말이 없어요." 면도칼이 자리에서 일어났다. "미안해요. 또 만날 수 있겠지요."

"좋아……."

새비지는 청년이 다리를 질질 끄는 걸음걸이로 술집에서 나가는 것을 쳐다보고 있었다. 드디어 문이 닫히고 청년은 가버렸다.

새비지는 손에 든 술잔을 바라보았다. 클로버 그룹의 불량배들과 경찰, 게다가 형사들 사이에 그런 소란이 있었다. 그렇다면 그의 생각도 많이 빗나간 것은 아니었다.

새비지는 남은 술을 홀짝거리면서 생각했다. 다 마시고는 또 한 잔 주문했다. 그가 술집을 나온 것은 10분 뒤였다. 돌아오는 길에 말쑥한 복장의 두 남자와 스쳤다.

두 남자는 스티브 캐레라와 사복으로 바꿔 입은 경찰 버트 클링이었다.

II

부시는 그의 아파트에 돌아와서 축 늘어져 버렸다.

그는 귀찮고 성가신 사건은 아주 싫어했는데, 그것은 단지 그가 그러한 사건을 처리하는 데에는 어쩐지 적임이 아니라는 기분이 들었기 때문인지도 모른다. 형사라고 해서 특별히 머리가 좋은 사람이라고는 생각하지 않는다던 캐레라의 말도 농담으로만 들리지는 않았던 것이다. 그는 마음속 깊이 자주 그런 생각이 들었고, 어려운 사건이 일어날 때마다 그의 이런 생각이 신앙처럼 굳어지는 것이었다.

하루 종일 사건에 매달려 있다가 집으로 돌아오는 것, 그뿐이었다. 지금까지 여기저기 쫓아다녀 보았지만, 수사는 원점으로 돌아오고 범인에게 한 걸음도 다가서질 못했다. 끈기 있게 버티는 것이 문제가 아니다. 물론 범인들이야 사건이 해결될 때까지 잡히지 않으려고 어떻게든 버티겠지만. 언제 해결이 될 것인가? 오늘? 내일? 아니면, 영원히 해결되지 못할 것인가?

부시는 이런 사건이 지긋지긋하다고 생각했다. 나는 지금 집에 돌아온 것이다. 적어도 집에 있는 시간만큼은 직

장에서 있었던 기분 나쁜 일들은 잊어버릴 수 있어야 한
다. 아내와 몇 시간이라도 다정하게 지낼 권리는 있어야
할 것이다.

열쇠를 꺼내어 열쇠 구멍에 맞추고 문을 열었다.

"행크?" 앨리스의 목소리가 들렸다.

"응."

아내의 음성은 시원스러웠다. 앨리스는 언제나 시원스
러운 목소리로 이야기한다. 앨리스는 화려한 여자이다.

"한잔 하시겠어요?"

"아니, 여보, 어디서 말하는 거야?"

"침실이에요. 들어오세요. 시원한 바람이 불어요."

"바람? 농담이겠지."

"아니에요. 정말이에요."

부시는 윗도리를 벗어 의자에 던졌다. 침실로 들어가면
서 셔츠도 벗었다. 부시는 러닝셔츠를 입지 않았다. 러닝
셔츠가 땀을 흡수한다는 말을 믿지 않기 때문이다. 그는
러닝셔츠도 다른 옷과 마찬가지로 이런 더위에서는 하나
라도 벗고, 되도록이면 옷을 덜 입는 편이 상책이라고 생
각한다. 그는 되는 대로 옷을 벗어서 마구 던져 버렸다.
넓은 가슴에는 머리와 같은 색깔의 붉은 털이 텁수룩하
고 오른쪽 팔에는 칼자국이 밑으로 죽 나 있었다.

앨리스는 활짝 열어젖힌 창 옆의 긴의자에 비스듬히
누워 있었다. 하얀 블라우스에 검은 타이트 스커트를 입

고 있었다. 맨발은 창가에 얹은 채로. 창에서 들어오는 연한 미풍에 검은 스커트가 스치는 소리가 났다. 머리는 금발을 뒤로 묶어 땋아 내렸다. 남편이 그녀 옆으로 오자 그녀는 남편에게 키스를 받으려고 고개를 들었다. 아내의 코 밑에 땀이 나 있는 것이 보였다.

"술은 어디 있지?" 부시가 물었다.

"지금 가져올게요." 앨리스는 그렇게 말하고 창틀에서 다리를 내렸다. 스커트가 약간 밀려 올라가 허벅다리가 그의 눈에 흘끗 보였다. 이 여자는 어떻게 이렇게 남자의 마음을 동하게 만드는지. 결혼해서 10년이 지난 이 세상의 남편들도 아내에게 모두 이런 기분을 갖고 있을까?

"이상한 눈으로 보지 마세요." 아내는 남편의 얼굴을 살피면서 말했다.

"왜?"

"그렇지 않아도 이런 더위에 짜증이 나는데."

"이런 경우를 비유해서 어떤 사람이 이렇게 말했지. 피서로 제일 좋은 것은……."

"그런 이야기는 알고 있어요."

"일년 중 가장 더운 날에 방을 잠그고, 창도 닫고, 담요를 4장이나 걸치고……라고 말했지."

"진 토닉으로요?"

"응."

"보드카 토닉이 맛있는데."

"그럼, 보드카를 사올까?"

"오늘은 바빴나요?"

"응, 당신은 어땠어?"

"하루 종일 빈둥거리며 당신 걱정만 했어요." 앨리스가 말했다.

"정말? 그러다간 흰머리만 늘겠어."

"사람 마음도 모르면서." 앨리스는 허공을 향해 말했다. "살인범은 잡았어요?"

"아직."

"라임을 넣을까요?"

"넣으면 좋지."

"부엌에 가는 것도 귀찮은데, 그냥 참고 마시세요."

"좋아."

그녀는 남편에게 잔을 건네주었다. 그는 침대 끝에 앉아서 술을 한 모금 마시더니, 손으로 잔을 만지작거렸다.

"피곤하세요?"

"완전히 녹초가 된 상태야."

"그렇게 피곤해 보이지는 않는데요."

"그럼, 녹초가 된 것이 아니라 덜덜 떨린다고 할까?"

"당신은 항상 그런 식으로 말해요. 그런 말투는 쓰지 않았으면 좋겠어요. 그리고 그 말투말고도 또 다른 나쁜 말버릇을 갖고 있다고요."

"어떤 버릇."

"그러니까 예를 들자면 지금 같은 경우지요."

"또 다른 것이 있으면 말해 봐."

"차를 타고 외출할 때, 당신은 교통신호에 묶여 꼼짝하지 못하다가 다시 출발할 때는 꼭, '어휴! 악마한테 붙잡혔다 가네.' 라고 말하잖아요."

"그 말의 어디가 나쁘다는 거야?"

"그만두세요."

"알겠소, 알았어. 나는 덜덜 떨리지도 않고, 녹초가 된 것도 아니야."

"난 더워요."

"더운 것은 마찬가지야."

앨리스는 블라우스의 단추를 풀면서 남편이 얼굴도 들기 전에, "이상한 생각은 하지 않기로 해요." 하고 선수를 쳤다.

블라우스를 벗고 긴 소파에 앉았다. 풍만한 가슴에 얇고 흰 브래지어가 터질 듯했다. 젖가슴은 얇은 나일론 천으로 덮여 있었지만, 젖꼭지 주위의 옷감이 딱 달라붙어서 형태를 다 드러내고 있었다. 그것을 보고 있던 그는 치과에 갔을 때, 대합실에 걸린 그림 속에 나온 발리 섬의 여자가 생각났다. 발리 섬의 여자처럼 풍만한 가슴을 가진 여자는 없다고 하지만 앨리스만은 예외인 것 같았다.

"하루 종일 무엇을 했어?" 그가 물었다.

"별일 없이 그냥 지냈어요."

"계속 집에 있었어?"

"그렇지요, 뭐."

"그럼, 무엇을 하며 지냈어?"

"그냥 빈둥빈둥 놀았어요."

"음." 부시는 그 브래지어에서 눈을 떼지 못했다.

"쓸쓸했어?"

"당신이 없으면 늘 쓸쓸해요." 애교가 없는 말투였다.

"나도 그래."

"마시세요."

"아냐. 사실은 마시고 싶지 않았어."

"그럼, 됐어요." 그녀는 잠깐 웃었다. 부시는 그 웃는 얼굴을 가만히 바라보았다. 이내 그 미소는 사라졌는데, 묘하게도 그것은 억지 웃음 같아 보였다.

"주무세요."

"아직 자고 싶지 않아." 그는 아내를 보면서 말했다.

"행크, 만일 당신이……."

"만일?"

"아무것도 아녜요."

"조금 있다가 또 나가 봐야 돼."

"이번 사건은 모두가 진지하게 전력을 다하겠지요?"

"모두가 다음은 자기 차례라고 잔뜩 겁을 먹고 있어."

"반드시 이번 사건으로 끝이 나겠지요? 더 이상 살인

사건은 없을 거라고 생각해요."

"그렇게는 볼 수 없어."

"자기 전에 뭐 좀 먹을래요?"

"아직 자고 싶지 않아."

앨리스는 한숨을 쉬었다. "이번 더위는 이길 도리가 없어요. 어떻게 해도 더우니." 그녀의 손이 스커트 옆에 달린 단추로 갔다. 단추를 열고 지퍼를 내렸다. 치마를 벗은 그녀는 그 안에 얇은 레이스가 달린 팬티를 입고 있었다. 그녀는 창 쪽으로 갔다. 부시는 아내를 쳐다보고 있었다. 죽 빠진 길고 예쁜 다리였다.

"이리 와." 부시는 아내를 불렀다.

"안돼요. 싫어요."

"좋아."

"오늘밤엔 좀 시원해질까요?"

"글쎄." 그는 아내를 지그시 바라보았다. 아내가 옷을 벗는 것은 남편인 자기를 위해서라고 직감적으로 느꼈었는데, 아내는 왜 입으로는 싫다고 하는 것일까……? 그는 고개를 갸웃했다.

앨리스는 창가에서 돌아섰다. 하얀 슬립을 입은 그녀의 피부는 백옥처럼 희고, 브래지어 안에서는 커다란 유방이 출렁거렸다.

"당신, 이발소에 가야겠어요."

"내일 가지. 오늘은 전혀 시간이 없었어."

"아, 왜 이렇게 덥지." 앨리스는 손을 등뒤로 돌려서 브래지어를 풀었다. 부시는 자유스럽게 풀려난 유방을, 그리고 방구석으로 브래지어를 집어던지는 아내를 지켜보고 있었다. 술을 가지러 가는 아내에게서 눈을 뗄 수가 없었다. 아내는 왜 저러는 것일까? 나를 도대체 어떻게 하려는 심산이지? 그는 가만히 생각해 보았다.

그는 벌떡 일어나서 아내에게로 갔다. 껴안고 양손으로 유방을 만졌다.

"그만둬요."

"아니……."

"그만두라니까요." 그녀의 목소리는 차갑고 무겁게 들렸다.

"왜 안된다는 거야?"

"제가 싫다고 말했잖아요."

"그럼, 왜 그렇게 벗고 야하게 보이는 거야."

"행크, 손을 떼고 저리로 가세요."

"알았다고……."

그녀는 남편의 손을 뿌리쳤다.

"주무세요. 피곤하다고 그랬잖아요." 그녀의 눈에는 묘한 느낌이 있었다. 증오에 가까운 눈빛이었다.

"그냥 잠들 수 없는데……."

"안돼요."

"제발, 앨리스!"

"싫어요."

"그럼, 좋아."

그녀는 잠깐 웃더니, "그럼, 좋아." 하면서 남편의 흉내를 냈다.

"그럼, 자야겠군."

"그래요. 그게 좋겠어요."

"그런데 당신을 이해할 수 없군. 왜 그러는지……."

"이런 무더위에는 침대 시트도 필요없어요."

앨리스는 남편의 말을 무시하듯 그렇게 말했다.

"그래, 필요없겠지."

그는 침대에 앉아서 슬리퍼와 양말만 벗었다. 알몸으로 되고 싶지는 않았다. 그도 아내를 기분좋게 하고 싶지도 않았다. 남편의 마음을 잔뜩 흥분시켜 놓고, 그 요구도 들어주지 않았기 때문이다. 그는 바지만 벗고 얼른 침대로 들어가 모포를 머리까지 덮어썼다.

앨리스는 웃으면서 남편을 바라보고 있었다.

"저 말이에요, 「안나푸르나 등반기」를 읽었어요. 지금 그 이야기를 생각하고 있었어요."

부시는 옆으로 돌아누웠다.

"그래도 역시 덥군요. 샤워를 하고 냉방장치가 되어 있는 영화관에라도 갔으면 좋겠어요. 그렇지요?"

부시는 대답도 않고 투덜대기만 했다.

그녀는 침대 옆으로 와서 남편을 내려다보고 있었다.

"더운데 샤워나 해야지." 그녀는 허리에 손을 대고 천천히 팬티를 벗었다. 매끄럽고 탄력 있는 배, 그리고 그 밑으로 약간 볼록하게 튀어나온 아랫배의 끝, 하얀 허벅지. 팬티를 바닥에 떨어뜨리고 그녀는 다리를 벌린 채 침대 옆에 서서 웃음 띤 얼굴로 남편을 내려다보았다.

부시는 꼼짝도 하지 않았다. 시선을 바닥에 둔 채. 그녀의 발과 다리가 보였지만 부시는 꼼짝도 하지 않았다.

"잘 자요." 앨리스가 작은 목소리로 속삭이고 목욕탕으로 갔다. 샤워하는 소리가 들려왔다. 끈적끈적한 시트 위에 누워 있으니 쉴새없이 들려오는 물소리가 마치 기관총 소리 같았다.

때마침 샤워하는 소리를 끊기라도 하듯 전화벨이 방안의 정적을 깨고 울렸다.

부시는 일어나서 수화기를 들었다.

"여보세요."

"부시인가?"

"그런데."

"해빌랜드야. 곧장 나와 줘야겠어."

"왜 그러지?"

"클링이라고 하는 젊은 신참을 알고 있지?"

"아! 알고 있어."

"그가 지금 칼버 가 술집에서 총에 맞았다네."

12

87분서의 형사실에 부시가 도착했을 때는 한 무더기의
소년들이 라커룸에 꽉차 있었다. 칸막이로 쓰이는
책꽂이와 책상이 있는 쪽에 적어도 스물댓 명 정도의 10
대 소년들이 웅성거리고 있었다. 거기다 열 명이 넘는 형
사들이 격한 어조로 소년들을 문책하고 있었다. 질문에
대답하고 있는 목소리는 무슨 말인지 너무 시끄러워서
마치 수소폭탄이 터지는 소리처럼 들렸다.

소년들은 빨간색과 금색의 대비를 이룬 화려한 윗도리
를 입고 있었고, 그 등뒤에는 '클로버'라고 하는 글자가
쓰여 있었다. 부시는 혼잡한 그 방에서 캐레라를 찾아 그
가 있는 쪽으로 걸어갔다. 예쁘장한 얼굴에 고집이 센 형
사 해빌랜드가 어떤 소년 옆에 붙어 있었다.

"이 조무래기들, 내게 허풍떨지 마. 그러면 내가 그 팔
을 꺾어 버릴 것이다."

"부러뜨려도 괜찮아요." 소년이 대답했다. 해빌랜드는
그 입을 세게 내리쳤다. 소년은 뒤로 넘어져서 지나가고
있던 부시에게 부딪쳤다. 부시가 얼른 어깨를 움츠리자
소년은 튀어 날아가듯이 다시 해빌랜드의 품속으로 뛰어

들었다.

　캐레라는 부시가 가까이 갔을 때 두 명의 소년과 이야기를 하고 있었다.

　"권총을 쏜 사람은 누구냐?" 캐레라가 물었다. 둘은 어깨를 으쓱했다.

　"너희들을 모두 공범으로 처넣어 버리겠어." 캐레라가 단호히 잘라 말했다.

　"도대체 어떻게 된 거야?" 부시가 물었다.

　"난 클링과 맥주 한잔 하고 있었어. 비번이라서 기분좋게 맥주를 마신 뒤, 나는 먼저 돌아왔어. 그리고 10분쯤 지나서 클링이 술집을 나오는데, 이 조무래기들이 달려들더니 그 중 누군가가 총을 쏜 거야."

　"클링은 어떻게 되었어?"

　"병원으로 옮겨졌어. 총탄은 22구경인데, 오른쪽 어깨를 관통했어. 사제 권총인 것 같은데."

　"다른 살인과 관계가 있다고 생각하나?"

　"글쎄, 수법은 달라."

　"그럼, 왜 그런 일이?"

　"난들 알겠나? 사람들은 경찰 저격이 시작되었다고들 생각하는 모양이야." 캐레라는 소년들 쪽으로 다시 향했다.

　"경찰이 피습되었을 때, 너희들은 그놈과 같이 있었지?"

둘 다 대답을 하지 않았다.

"좋아, 이놈들!" 캐레라가 말했다.

"제멋대로 굴고, 그렇게 건방지게 나오면 나중에 어떻게 되는지 알아? 클로버 그룹의 어느 놈이 이런 일을 저질러 놓고 목숨을 부지하려 해! 두고 봐."

"경찰 아저씨, 저희들이 쏘지 않았어요." 한 소년이 말했다.

"쏘지 않았어? 그럼, 어떻게 된 거냐? 그 사람이 스스로 쏘았단 말이냐?"

"저희들이 어떻게 알아요?" 또 한 소년이 말했다.

"형사를 쏠 이유가 없잖아요."

"형사가 아니야. 그냥 경찰이야."

"그런데 사복을 입고 있었어요." 처음 말한 소년이 이야기했다.

"경찰도 비번 때에는 사복을 입는 거야." 부시가 말했다. "자——, 어떻게 된 거야?"

"아무도 경찰 아저씨를 쏘지 않았어요."

"쏘지 않았어? 누군가가 쏘았잖아." 번스 경감이 집무실에서 나와 소리를 질렀다. "좋아! 모두 그만둬! 그만둬!"

사무실은 쥐죽은듯이 조용해졌다.

"너희들 중 대표자가 누구냐?" 경감이 물었다.

"저예요." 키 큰 소년이 대답했다.

"이름은?"

"두두예요."

"본명은?"

"살바도르 예즈스 산테스."

"좋아. 이리 와, 살바도르."

"모두 두두라고 불러요."

"알았어. 이리 와."

산테스는 경감이 서 있는 곳으로 나갔다. 넉살좋게 엉덩이를 건들거리며, 다리를 질질 끌면서 걸었다. 사무실 안의 다른 조무래기들은 멍하니 바라보고 있었다. 그들의 대표이니까 두두라면 무엇이든지 맡길 수 있고, 또 두두는 이야기하는 것도 조리 있게 잘할 것이다.

"어떻게 된 거야?" 경감이 물었다.

"호출 연락을 받고 모두 거기로 모인 거예요."

"어떤 호출?"

"아시잖아요? 탐색하러 온 자가 있다고 하길래."

"아니 뚱딴지같이 도대체 무슨 말을 하는 거야?"

"저, 형님……." 산테스가 입을 열었다.

"그 따위 말 집어치워." 경감이 쏘아붙였다. "형님이라니? 또 그런 말을 쓰면 그냥 안 두겠어."

"어이, 참! 형님, 무슨 말을 듣고 싶으세요?"

"왜 너희들이 경찰을 습격했는지를 듣고 싶어."

"경찰? 무슨 말씀이세요? 그렇다면?"

"어이, 산테스, 그렇게 놀라는 척하지 마. 너희들이 술집에서 나온 순경에게 달려들었잖아. 그리고는 너희들 중한 놈이 그의 어깨에 총 한 발을 쏘았어. 자, 어떻게 된일이야? 왜 그랬어?"

산테스는 경감의 질문에 멍청히 서 있었다.

"자——, 어떻게 된 거야?"

"경찰이었다고요?"

"누구라고 생각했어, 그럼?"

"그는 엷은 감색 양복을 입고 있었어요." 산테스는 놀란 눈을 동그랗게 뜨고 있었다.

"그게 어째서? 왜 그렇게 습격했느냐는 말이야? 왜 쏘았어?"

산테스의 등뒤 쪽에서 웅성웅성하는 소리가 들렸다. 경감이 웅성거림을 듣고 다시 소리를 질렀다.

"입 다물어. 대표가 나와 있잖아. 네가 말해."

산테스는 가만히 있었다.

"어떻게 된 거야, 산테스?"

"잘못 본 거예요." 산테스가 말했다.

"분명히 그랬어?"

"저희들은 전혀 순경이라고 생각하지 못했어요."

"그런데 그 사람을 왜 기습했어?"

"사람을 잘못 본 거예요. 정말이에요."

"처음부터 차근차근 말해 봐!"

"알았어요." 산테스가 말했다.

"저희들은 요즘에는 조용하게 지냈어요. 소란을 피워서 경찰을 성가시게 하지는 않았잖습니까?"

"그래서?"

"그래요. 저희들은 조심하려고 노력했어요. 클로버 조직의 소문이 사람들 입에 오르내리고 나쁜 풍문이 도는 것은 좋지 않거든요. 그래서 저희들은 행동을 함부로 하지 않았어요. 일전에 일어난 그 패싸움은 실버 캘버스 조직의 비겁한 행동 때문에 우리편 아이가 잡혀 갔기 때문에 그런 일이 있었던 거고요."

"그래, 이야기를 계속해 봐."

"오늘 어떤 사람이 탐색하러 왔었어요. 술집에서 우리 조의 간부 한 명을 잡고서 이것저것 물어보더래요."

"어떤 간부?"

"그건 기억이 안 나요."

"상대 남자는 누구였어?"

"신문사 사람이라고 했대요."

"뭐라고?"

"그래요. 새비지라고 했다던데, 알고 계세요?"

"알고 있어." 경감이 불끈 화가 치밀어서 말했다.

"하여튼 그 사람이 우리에게 권총은 어느 정도 있는지, 45구경 총은 있는지, 경찰을 어떻게 생각하는지에 대해 묻더래요. 그 애의 말이, 그 사람은 이 부근의 경찰 살인

사건이 클로버 그룹과 관계가 있는 듯이 생각하더라고 저희에게 전해 주었어요. 정말 그 사람이 신문사의 기자라면 우리는 그 소문을 막지 않으면 안되죠. 우리들은 경찰과 말썽을 일으키고 싶지 않으니까요. 그 사람이 신문사에 돌아가서 우리들이 사건과 관계 있다고 기사를 쓴다면 우리 입장이 난처해지지 않겠어요?"

"산테스, 그래서 어떻게 했나?" 경감은 새비지를 생각하면서 다그쳐 물었다. 그 기자의 목을 어떻게 비틀어 버려야 될까?

"거기서 그 애가 돌아왔어요. 우리는 그 기자가 멋대로 기사를 쓰기 전에 협박을 해주자고 생각한 겁니다. 그래서 술집 부근에서 놈을 기다렸다가 덮쳤지요. 그런데 그쪽에서 먼저 권총을 빼어들었어요. 그래서 우리측의 누군가가 방어 목적으로 한 발 쏜 겁니다."

"그래, 누가 쏜 거야!"

"모르겠어요. 저희들 중 누군가가 쏘았을 거예요."

"상대를 새비지라고 생각했군."

"그래요. 경찰이라고는 꿈에도 생각하지 못했어요. 연한 감색 양복을 입은 금발머리의 그 기자와 인상착의가 똑같아서 쏜 거예요. 사람을 그만 잘못 보고……."

"산테스, 너는 그렇게 간단히 말하지만, 그 착오가 얼마나 큰 사건을 불러일으켰나 이제 알겠어? 총을 쏜 놈이 누구야?"

산테스는 어깨를 추스렸다.

"이야기를 전해 준 애는 누구야?"

산테스는 또 어깨를 추스렸다.

"이 중에 있어?"

산테스는 입을 다물어 버렸다. 이 중에 있는 것 같았다.

"너희 불량배들 명단이 여기에 다 있는 거 알지?"

"예."

"좋아, 해빌랜드! 명단을 갖고 오게. 호명해 보지. 여기에 없는 놈은 달아났는지도 모르니까, 빨리 잡아와야 돼."

"저, 잠깐만요." 산테스가 말했다.

"사람을 잘못 보고 저질른 일이라고 했잖아요? 제가 순경 아저씨를 잘못 보고 총을 쏜 건데, 죄없는 아이들까지 괴롭히려고 하십니까?"

"산테스! 잘 들어. 너희 불량배들은 요즘은 좀 잠잠했어. 그 점은 인정해주지. 일종의 휴전이라고 할까, 뭐라고 해도 상관없어. 하지만, 산테스, 나는 이 관할 내에서 상대가 누구든 사람을 쏜 것을 그냥 보고 넘길 수는 없어. 산테스, 너희들은 내가 보기에는 단지 불량배 패거리에 지나지 않아. 이상한 윗도리를 걸친 불량아들 말이야. 열일곱 살의 깡패들이 오십 살의 깡패들보다 덜 위험하다고 하는 건 아니야. 너희들을 지금까지 너그럽게 봐준 것은 너희들이 그래도 얌전하게 잘 지냈기 때문이었어. 그러나 오늘부터 너희들을 그렇게 대하지는 않겠다. 너희들

은 내 구역 내에서 사람을 쏘았어. 이건 보통 일이 아니
야. 너희들은 이제 스스로 무덤을 판 거야."

산테스는 눈을 끔벅이고 있었다.

"이놈들을 밑에 데리고 가서 점호를 해봐." 경감이 말
했다.

"그래서 여기 없는 놈은 빨리 잡아들여."

"자, 가자!" 해빌랜드가 말했다. 그는 소년들을 데리고
사무실을 나갔다.

서무 경찰인 콜 양이 그들을 가로질러 경감이 있는 곳
으로 왔다.

"경감님, 만나려고 하는 사람이 와 있는데요."

"누구지?"

"새비지라는 신문기자입니다. 오늘 오후의 사건이 어떻
게 된 건지 물어보려고……."

"계단에서 밀어 떨어뜨려 버려." 번스 경감은 내뱉듯이
말하고 그의 집무실로 들어가 버렸다.

13

살인사건은 바로 자기 주위에서 일어나지만 않는다면 상당히 흥미 있는 것이다.

분서의 일반적인 사건 중에서도 살인사건은 거의 없으므로, 일단 살인사건이 일어나면 모두가 전력을 기울인다. 살인은 가장 무서운 범죄이다. 인간의 생명을 앗아가는 것이기 때문이다.

불행하게도 분서에는 재미없는 통속적인 사건들이 많이 있다. 87분서에서도 이러한 통속적인 사건 때문에 시간을 많이 빼앗긴다. 강간, 패싸움, 흉기로 인한 사건, 여러 가지 유형의 폭행, 강도, 도둑, 뺑소니 차량 등. 길거리의 싸움에서부터 하수구에 고양이가 빠진 것까지 다 손을 대야 하는 그런 상황이다. 이런 것 중에서 눈에 띄는 범죄는 시경 본부 각 부서 전문가에 맡겨지지만, 처음 신고는 범죄가 발생한 관할 지역의 분서에 먼저 오므로 그 신고에 대해 응답해 주는 것만으로도 바빠서 정신이 없을 지경이다.

이렇게 무더운 날에 이리저리 바쁜 것은 결코 즐거운 일이 못된다.

경찰도 인간인 이상 처음 듣는 사건에는 놀라고, 다른 사람들과 마찬가지로 땀을 흘리며 일하고 싶지도 않은 것이다. 그 중에는 시원해도 일하는 것을 싫어하는 사람도 있다. 라인업(경찰이 용의자들을 한 줄로 세워놓고 목격자들에게 지목하게 하는 것)하는 것을 좋아하는 사람은 한 사람도 없지만, 더욱이 더울 때는 더하다.

스티브 캐레라와 행크 부시는 7월 27일 목요일에 라인업에 호출되었다.

라인업은 월요일에서 수요일까지만 있고 이번 주 목요일에는 해당되지 않음에도 불구하고 다음 주까지 호출되어서 두 사람은 기분이 몹시 상해 있었다. 그러나 어쩌면 그때가 되면 더위도 한풀꺾일지도 모른다.

그날 아침도 그 주일의 다른 날과 마찬가지로 잠에서 깨었다. 처음에는 좀 시원한 듯이 느껴졌다. TV에서는 일기예보를 진행하는 남녀 아나운서가 나와서 오늘 역시 더운 날이 될 거라고 했지만, 어쩐지 오늘은 시원하고 맑은 날이 될 것 같은 기분이었다. 그렇다고 해서 헛된 기대를 갖고 있지는 않다. 잠에서 깨어나 30분 정도 지나자 오늘도 또 무서운 무더위가 기승을 부리겠다는 것을 알수 있었다. 누구를 만나도, "덥군요." 라고 한다든가, "이렇게 더운 것은 습도 때문이지." 라고 하면서도 기분좋게 말을 하는 그런 하루가 되어야 할 텐데.

하여튼 더운 날임에는 틀림없었다.

캐레라가 사는 리버헤드의 교외도 더웠고, 도시의 중심부——라인업이 기다리고 있는 시경 본부가 자리잡은 하이 가(街)도 더웠다.

부시는 도시 외곽에서 서쪽 방향에 있는 컴스 포인트——리버헤드의 약간 남쪽에 살고 있으므로 두 사람은 8시 45분에 시경 본부 앞에서 만나기로 했다. 비상 근무가 시작되기 15분 전이다. 캐레라는 약속시간에 맞게 도착했다.

8시 50분에 부시가 나타났다. 완전히 녹초가 되어 마치 보도를 기어오르듯이 걸으며, 서서 담배를 피우고 있는 캐레라 옆으로 다가왔다.

"불지옥이 어떤 곳인지 알 것 같아." 부시가 말했다.

"아냐, 해가 떠올라서 한낮이 되기 전에는 아직 몰라."

"자네같이 낙천적인 사람들은 언제나 새벽부터 웃고 있겠지. 담배나 한 대 주게나."

캐레라는 손목시계를 보았다. "이제 올라가 볼 시간이야."

"아직 2~3분 남았잖아." 부시는 캐레라가 건네준 담배를 받아서 불을 붙여 연기를 내뿜었다. "오늘 새로운 시체는 없나?"

"아직은?"

"그것 참 유감이군. 모닝 커피 한 잔과 새로운 시체를 보지 않으면 어쩐지 허전한 것 같던데."

"이 거리가 있잖아." 캐레라가 말했다.

"무슨 말이야, 그게?"

"잘 봐! 이 이름 없는 괴물을."

"털북숭이 괴물이군." 부시도 손뼉을 쳤다.

"하지만, 나는 이 도시가 좋아."

"그렇지." 부시도 무심하게 대답했다.

"오늘은 일하기에 너무 더울 거야. 이런 날은 바닷가에 놀러 가기에 딱 좋은 날인데."

"바닷가도 혼잡할 텐데 뭐. 좋은 라인업에 참석하게 된 것을 고맙게 생각해야지."

"알았어. 푸른 파도가 철썩이는 시원한 바닷가에 가고 싶은 것은 누구나 마찬가지야."

"자네는 중국인 같아."

"뭐?"

"사람 괴롭히는 방법을 많이 알고 있으니까 말이야. 중국인처럼."

"빨리 가세."

두 사람은 담배를 버리고 시경 본부 안으로 들어갔다. 이 건물은 옛날에는 조그마한 붉은 벽돌로 장식되어 깔끔한 외형을 자랑하고 있었지만, 지금은 그 벽돌이 50년의 세월에 많이 낡아 있었다.

대리석으로 된 1층 현관으로 들어가서 형사부실과 과학수사연수소 앞을 빠져나가 여러 가지 자료실 앞을 지

나갔다. 기다란 복도에는 우유빛 유리창들이 늘어서 있고,
한곳에 '경찰본부장실'이라고 쓰여 있었다.

"꼭 바닷가에 갈 거야." 캐레라가 말했다.

"아니, 이 와중에? 차라리 책상 그늘에 숨는 것이 어
때?" 부시가 말했다. "87분서 구역 내의 어떤 미치광이가
다음 차례는 나를 목표로 하고 있다는 생각이 들어."

"바닷가에 가지 않아도 될 것 같군." 캐레라가 말했다.
"이 빌딩 지하에 풀장이 있으니까."

"풀장이 두 개나 있어." 부시는 그렇게 말하며 엘리베
이터 버튼을 눌렀다. 한참을 아무말 없이 기다렸다. 스르
륵 하고 엘리베이터의 문이 열렸다. 그 안에 탄 경관도
땀을 흘리고 있었다.

"철로 된 찜통이에요. 타세요!" 경관이 말했다.

캐레라는 웃었고, 부시는 싫다는 표정을 지었다. 두 사
람은 엘리베이터에 올라탔다.

"라인업에 갑니까?" 경관이 물었다.

"아니, 우리는 풀장에 가요." 부시가 농담을 했다.

"이런 무더위에는 농담도 안 통해."

"그럼, 아무 말도 하지 말게나." 부시가 말했다.

"애버트와 코스테로의 명콤비 같은데요." 경관은 그렇
게 말하고 입을 다물었다. 엘리베이터는 기어올라가듯 건
물 내부 속을 뚫고 올라갔다. 스르륵 스르륵 소리를 내
면서.

"9층입니다." 경관이 말했다. 문이 열리자 캐레라와 부시는 아침 해가 비치는 복도로 나왔다. 두 사람은 똑같이 방패 모양의 경찰 배지를 핀으로 고정시킨 가죽 케이스를 꺼냈다. 그 배지를 핀으로 옷깃에 꽂고, 경관 한 사람이 앉아 있는 책상 쪽으로 걸어갔다.

경관이 배지를 보고 고개를 끄덕이자 두 사람은 책상 앞을 지나 커다란 사무실로 들어갔다. 시경 본부에서 여러 용도로 쓰는 큰 사무실이었다. 창은 높고 길게 나 있었고, 금색 망이 쳐져 있었다. 이 사무실은 실내 경기나 강의, 신입 경관들의 선서식장으로도 사용되고, 때에 따라서는 경찰자선협회나 퇴직경찰연맹의 모임 장소로도 쓰일 때가 있었다. 물론 라인업에도 사용되었다.

이번 월요일부터 목요일까지 매일 누범자를 세워두는 행사가 있으며, 사무실 안쪽에 마치 영구적인 무대 같은 것이 만들어져 있다. 바로 실내 발코니 같은 그 무대 밑에 농구 골대가 있었다. 무대에는 조명이 휘황찬란하게 비치고 있었다. 그 뒤에는 흰 벽이 있고, 벽에는 사람들이 키를 재기 위해 그어 놓은 선과 숫자가 쓰여 있었다.

무대 앞에서 뒤쪽 입구까지는 접는 의자가 열 개 정도 나란히 놓여 있었다.

부시와 캐레라가 들어갔을 때는 그 의자가 이 도시 전체의 경찰에서 온 형사들로 거의 꽉차 있었다. 창의 블라인드는 모두 내려져 있고, 나란히 있는 의자 뒤쪽의 한

단계 높은 연단 같은 곳에는 시경 본부의 수사 주임이 앉아 있었다. 곧 '딸기 축제'의 품평회가 시작된다는 것을 알 수 있었다. 무대 왼쪽에는 잡혀 온 중범죄자들이 한 무더기 모여 있었다. 검거해 온 형사와 경찰 몇 사람이 그들을 태평스럽게 감시하고 있었다. 시내에서 전날 잡힌 중범죄자들은 모두 오늘 아침 이 무대에서 여기 모인 사람들에게 보여지는 것이다.

라인업이라 하면 일반인들은 용의자를 피해자가 직접 확인하는 것이라고 오해하고 있는 것 같다. 그렇게 하는 것은 이론적으로는 도움이 될지 모르지만, 실제로는 그다지 도움이 되지 않는다. 라인업의 실제 목적은 될 수 있으면 많은 형사들에게 그 도시에서 나쁜 짓을 하는 사람들의 얼굴을 자세히 보여 주자는 것이다. 이상적으로야 각 분서의 형사들 전원을 다 라인업에 참석시키면 수사에 더 많은 도움이 되겠지만, 그럴 수는 없는 것이다. 그래서 각 분서에서는 매일 2명씩 정해서 시경본부로 보내게 되어 있었다. 형사 전원이 모든 범죄자의 얼굴을 알 수는 없어도, 적어도 그 중의 몇 사람만이라도 며칠 동안에 잡힌 범죄자들을 알고 있으면 도움이 된다는 이유에서일 것이다.

"좋아, 시작해." 수사 주임이 확성기로 말했다.

캐레라와 부시가 다섯 번째 줄의 의자에 앉자마자 먼저 2명의 범죄자가 무대에 올라왔다. 범죄자는 잡혔을 때의 모습 그대로 보여 주는 것을 원칙으로 하는데 2인조, 3인조, 4인조라고 말해 주었다. 그렇게 말해 줌으로써 범죄 수법을 알 수 있기 때문이다. 만일 어떤 범죄자가 2인조로 한번 범죄를 저질렀다면, 또다시 범행을 하게 될 때에도 역시 2인조로 범행하게 마련이다.

경찰의 속기사가 메모장 위에 펜을 준비했다. 수사 주임은 신나는 말투로 불러댔다.

"다이아몬드백 관할 구역 1호." 검거한 지역 이름과 그날 그 지역의 사건 번호이다.

"다이아몬드백 1호. 조지프 안셀모, 17, 프레더릭 디 패럴모 16세. 케임브리지 가와 크리블 가 모퉁이의 아파트 문을 파괴. 도움을 요청하는 주인의 비명으로 순찰중이던 경찰이 현장에 도착. 자백 없음. 조지프, 왜 그랬지?"

조지프 안셀모는 검은 머리에 진한 갈색 눈을 가진, 키가 크고 야윈 소년이었다. 얼굴이 새하얘서, 그 때문에 눈이 더 검게 보였다. 얼굴이 새하얀 것은 어떤 감정의 움직임 때문인 것 같았다. 조지프 안셀모는 겁에 질려 있는 것이다.

"왜 그랬어?" 주임이 또 물었다.

"무슨 이야기를 해야 되나요?" 안셀모가 물었다.

"그 아파트의 문을 부쉈다는데 정말인가?"

"예."

"왜?"

"모르겠습니다."

"문을 부수었다면 그게 목적은 아닐 거 아냐? 아파트에 누가 있다는 것을 알고 있었나?"

"아니오."

"혼자서 문을 부수었나?"

안셀모는 대답하지 않았다.

"어떻게 된 거야, 프레더릭? 자물쇠를 부술 때 너도 같이 했나?"

프레더릭 디 패럴모는 금발머리에 푸른 눈을 가지고 있었다. 안셀모보다 키가 작고 예쁘장했다. 다만 둘의 공통점이 있다면 그들은 둘 다 재범이라는 것, 그리고 둘 다 겁에 질려 있다는 것이다.

"같이 했습니다." 디 패럴모가 말했다.

"어떻게 문을 부수었지?"

"자물쇠를 쳤습니다."

"무엇으로?"

"망치요."

"큰소리가 난다고는 생각지 못했나?"

"살짝 한방 쳤을 뿐입니다." 디 패럴모가 말했다. "누가 집에 있다는 것을 몰랐어요."

"그럼, 그 아파트에 들어가면 무엇이 있을 거라고 생각했지?" 주임이 물었다.

"모르겠습니다." 디 패럴모가 대답했다.

"좋아." 주임은 끈질기게 물었다. "둘이서 아파트에 침입했다는 것은 이미 알고 있고, 너희들도 이제 그것을 인정했다. 그렇다면 문을 부수고 들어갈 때는 무슨 이유가 있었을 게 아닌가?"

"여자 아이들에게 이야기해 주려고요." 안셀모가 대답했다.

"어떤 여자들?"

"그냥 여자 아이들 말이에요." 디 패럴모가 대답했다.

"어떤 식으로?"

"그냥 문을 부수었다고."

"왜 그런 말을 하지?"

"자주 그랬어요." 안셀모가 말했다.

"무슨 이유로?"

"스릴도 있고 재미있어서요."

"스릴만으로?"

"저는 왜 문을 부수었는지 제 자신도 모르겠어요." 안셀모가 그렇게 말해 놓고 흘끗 디 패럴모의 얼굴을 보았다.

"아파트 안에서 무엇인가를 갖고 나오려고 그런 건 아닌가?" 주임이 다그쳤다.

"아마……."

"아마 뭐?"

"금이라도 있었다면 조금 갖고 나왔을지도 모르지요."

"그럼, 강도짓을 하려고 그랬단 말이지? 그런가?"

"예, 그렇게 했을지도 모르겠습니다."

"아파트에 사람이 있다는 걸 알았을 때 어떻게 했어?"

"여자가 비명을 질렀어요." 안셀모가 대답했다.

"그래서 도망쳤습니다." 디 패럴모가 대답했다.

"다음." 주임이 소리쳤다.

두 소년은 그들을 체포한 경찰이 기다리는 쪽으로 내려갔다. 확실히 두 소년은 필요없는 말까지 해 버리고 만 것이다. 라인업에서는 아무 말도 안하는 것이 자기들에게 유리하다는 것을 조금도 모르고 잡힌 것이다. 그들은 자백을 했기 때문에 입장이 더 나빠졌다는 것도 모르고, 이 자리에서 겁에 질려 순순히 수사 주임의 질문에 대답한 것이다. 수완 좋은 변호사를 붙였더라면, 일시적인 충동으로 인한 불법주거침입으로, 도둑질할 의도는 없는 것으로 해서 경범죄에 해당됐을 것이다. 그러나 둘은 그것을 인정함으로써 다음과 같이 제1급의 중죄가 되었다.

야간에 어떤 범행을 할 목적으로 주거지 등에 침입한 자에 대해서,

1. 위험한 흉기를 사용했을 경우.
2. 해당 건물 내에 있는 흉기로 무장한 경우.
3. 공범자를 끌어들였을 경우……

이젠 어쩔 수가 없다. 이 두 소년은 세상을 모른 탓에 아직 젊은 나이에 중죄의 굴레를 스스로 써버린 것이다. 아마 그들은 제1급의 야간 강도가 주형무소에서 10년 이상 30년 이하의 징역이라고 하는 부정기형을 받는 중죄라는 사실을 까맣게 모르고 있을 것이다.

확실히 그 여자들이 소년들로 하여금 그런 실수를 범하게 만든 것 같다.

"다이아몬드백 2호." 주임이 말했다.

"버지니아 플리쳇. 34세. 어젯 밤 새벽 3시에 '내연의 남편'의 머리와 목을 도끼로 내리침. 공범 없음."

주임이 이야기하고 있는 사이에 버지니아 플리쳇이 무대 위로 올라갔다. 5피트 1인치(155cm) 선에도 닿지 않을 만큼 조그마한 여자였다. 뼈대가 약하고 몸이 많이 야위어 보였으며, 붉은 머리를 거미줄같이 높이 틀어 올렸다. 루즈는 바르지 않고, 웃음기가 전혀 없는, 마치 죽은 사람 같은 눈을 하고 있었다.

"버지니아 맞지요?" 수사 주임이 물었다.

여자가 얼굴을 들었다. 두 손을 허리 부근에서 꼭 마주 잡고 있었다. 눈에는 생기가 없었으며, 빛을 발하는 전등이 눈부시지도 않은 듯이 회색 눈동자로 쳐다보고 있었다.

"버지니아 맞죠?"

"예, 그래요." 아주 조그만 목소리로 잘 들리지도 않게 대답했다. 캐레라는 그 여자의 말을 들으려고 몸을 앞으로 내밀었다.

"버지니아, 여태까지는 사건을 일으킨 적이 없나요?" 주임이 물었다.

"예, 없습니다."

"이번 사건은 어떻게 된 겁니까?"

여자는 어깨를 움츠렸다. 마치 자신이 어떤 일을 저질렀는지 알지 못하는 듯한 모습이었다. 손으로 눈을 비비는 것과 같은 몸짓으로 또 어깨를 약간 움츠렸다.

"왜 그랬소, 버지니아?"

여자는 있는 힘을 다해 조금 앞으로 나왔다. 하나는 눈앞에 있는 마이크에 좀더 가까이 가기 위해서이고, 또 하나는 많은 사람들의 눈을 의식하며 몸가짐을 바로 하기 위해서였다. 사무실 안은 물을 끼얹은 듯이 조용해졌다. 밖의 시가지에는 한 점 바람도 불지 않았다. 눈부신 조명등 맞은편에는 형사들이 앉아 있었다.

"싸움을 했습니다." 여자가 한숨을 쉬면서 말했다.

"그 이야기를 해봐요."

"아침부터 싸웠어요. 일어나서 얼마 되지 않았는데 더워서……. 아파트 안은 무척 더웠어요. 누구나……누구나 그런 더위에는 짜증이 날 거예요."

"그래서?"

"오렌지 주스를 가지고 그 사람은 신경질을 냈습니다.

오렌지 주스가 시원하지 않다고. 밤새 아이스 박스에 들어 있었던 것인데, 차지 않은 것이 제 탓은 아니라고 말했습니다. 다이아몬드백 주변은 부자촌이 아니라, 그 부근의 아파트에는 대부분 전기 냉장고가 없습니다. 이런 무더운 날씨에 박스 안의 얼음이 다 녹아 버린 겁니다. 하여튼 그 사람은 오렌지 주스에서부터 불평을 늘어놓기 시작했지요."

"그 남자와 정식으로 결혼했소?"

"아뇨."

"같이 지낸 것은 몇 년이나 되었소?"

"7년입니다."

"아까 하던 이야기를 계속하시오."

"그 사람은 아침을 밖에 나가서 먹겠다고 했습니다. 쓸데없이 돈을 쓰는 것이 좋지 않기 때문에 그러지 말라고 했습니다. 그 사람은 나가지는 않았지만, 아침식사를 하면서 오렌지 주스 일로 자꾸 잔소리를 늘어놓았습니다. 하루 종일 그런 상태였습니다."

"오렌지 주스 일로 말이지?"

"아뇨, 그밖에 여러 가지 다른 일도 있었습니다. 어떤 일이었는지 잘 생각이 나지 않습니다. 그 사람은 맥주를 마시면서 TV의 야구 중계를 보고 있었는데, 줄곧 잔소리만 늘어놓았어요. 더워서 그 사람은 팬티만 입고 있었고, 저도 너무 더워서 속옷만 걸치고 있었습니다."

"그래서?"

"저녁식사를 늦게 했습니다. 뻣뻣한 고기 토막뿐이었습니다. 그때까지도 그 사람은 저를 나무라기만 했어요. 그 사람은 침실에서 자는 것은 싫다, 그러니 부엌 바닥에서 자고 싶다고 했습니다. 아무리 침실이 덥다고 하더라도 그런 바보 같은 말이 어디 있느냐고 제가 말했습니다. 그러자 그 사람은 저를 때렸습니다."

"어떻게?"

"얼굴을 때렸어요. 그리고 저를 노려보았습니다. 저는 한번 더 제 몸에 손을 대면 창문으로 뛰어내리겠다고 했습니다. 그 사람은 소리내어 웃더군요. 그리고는 부엌 바닥의 창문 옆에 담요를 깔고 라디오를 틀었습니다. 저는 침실로 갔습니다."

"이야기를 계속하시오."

"너무 더워서 저도 잠을 잘 수가 없었어요. 거기다 그 사람은 라디오를 너무 크게 틀었습니다. '제발 라디오 볼륨 좀 낮춰 주세요.' 라고 말했습니다. 그 사람은, '침실에 처박혀 있어.' 하고 대꾸하더군요. 저는 욕실에 가서 얼굴을 씻었습니다. 손도끼를 본 것은 그때였습니다."

"어디에 있었습니까?"

"그 사람은 도구 같은 것을 욕실 선반에 두고 사용했어요. 스패너, 망치 등. 손도끼도 거기에 같이 있었어요. 하여튼 그 무더위에 라디오 소리도 귀찮고 해서 저는 잠이

나 좀 자고 싶어서 한 번 더 그 사람에게 라디오 소리를
낮춰 달라고 할 생각이었어요. 그러다 또 맞을까 봐, 그
사람이 난폭해지면 제 몸을 지키기 위해 손도끼라도 가
지고 가는 것이 좋겠다고 생각했죠."

"그래서 어떻게 되었지요?"

"손도끼를 갖고 부엌으로 갔습니다. 그 사람은 일어나
서 창문 옆에 있는 의자에 앉아 라디오를 듣고 있었습니
다. 등을 이쪽으로 향해 앉은 채였어요."

"그래서?"

"저는 옆으로 다가갔습니다. 그는 돌아보지도 않았습니
다. 저도 아무 소리 안 했습니다."

"왜?"

"그냥 손도끼로 그 사람을 내리쳤습니다."

"어디를?"

"머리와 목을."

"몇 번 정도?"

"확실히는 모르겠지만, 계속 내리쳤어요."

"그리고는?"

"그 사람은 의자에서 고꾸라져 떨어졌어요. 저는 도끼
를 버리고 이웃집 앨러노스 씨에게 가서 도끼로 남편을
내리쳤다고 말했는데, 내 말을 믿지 않았습니다. 집에 돌
아와 있는데, 그가 경찰에게 전화해서 잠시 뒤에 경찰이
왔습니다."

"남편이 병원에 실려간 것은 알고 있나요?"

"예."

"상태도 알고 있나요?"

그녀의 목소리는 아주 낮았다. "죽을 거라고 했습니다." 이렇게 말하고는 얼굴을 숙이고 두번 다시 고개를 들지 못했다.

"다음." 수사 주임이 말했다.

"남편 살인이군." 부시가 중얼거렸다. 묘한 두려움이 섞인 말투였다. 캐레라도 고개를 끄덕였다.

"마제스터 1호." 주임이 불렀다. "데이비드 브론킨. 27살. 어젯밤 10시 24분 위버 가와 북69번가의 모퉁이에서 가로등을 부수었음. 전기회사에서 신고가 들어왔는데, 두 구획 남쪽의 가로등이 부서지고 총소리가 들렸다고 했다. 순찰 경관이 디센 가와 북69번가의 모퉁이에서 브론킨을 체포. 브론킨은 술에 취해 가로등을 부수며 길을 걸어갔다. 데이브, 왜 그런 짓을 했지?"

"나를 데이브라고 친근하게 부르는 것은 내 친구들뿐이에요." 브론킨이 말했다.

"왜 그랬는지 말해 봐!"

"무슨 얘기를 듣고 싶으세요? 나는 술에 취해서 가로등 두세 개 부수었어요. 가로등은 내가 물어 준다고요."

"권총을 가지고 무슨 짓을 했지?"

"무엇을 했는지 모르겠어요. 아마 가로등을 부수었나

봐요."

"처음부터 그럴 작정으로 나간 거야? 가로등을 깨기 위해서?"

"그래요. 나는 여기서는 더 이상 아무 말도 않겠어요. 변호사를 불러 주세요."

"변호사를 부를 기회는 얼마든지 있어."

"하여튼 변호사를 부를 때까지는 어떤 질문에도 대답하지 않겠어요."

"누가 질문했어? 전신주를 총으로 쏘는 그런 바보 같은 짓을 왜 생각해 냈는지 듣고 싶을 뿐이야."

"취했기 때문이죠. 아니, 당신은 술 취한 적 없어요?"

"아무리 취해도 가로등을 쏘면 되겠어?"

"그런가요? 하지만, 나는 그랬어요. 사람들은 저마다 다 다른 점이 있거든요. 그러니까 경마 같은 것도 생기고 그런 거 아녜요."

"권총에 대해 묻겠다."

"아아! 어차피 그거에 대해 물을 거라고 생각했어요."

"자네의 것인가?"

"물론이지요. 내 거예요."

"어디서 난 거야?"

"형님이 보내 주었어요."

"형님은 어디에 살지?"

"한국에 살아요."

"권총 허가증을 가지고 있나?"

"선물받은 거예요."

"예를 들어 자신이 만든 것이라도 마찬가지야. 허가증은 있어?"

"아뇨."

"그럼, 어째서 그것을 갖고 다녀도 괜찮다고 생각하지?"

"나말고도 권총을 갖고 다니는 사람은 얼마든지 있습니다. 무엇 때문에 그런 일로 나만 잡혀야 됩니까? 내가 쏜 것은 가로등뿐인데, 왜 사람을 쏜 악당처럼 취급하는 겁니까?"

"브론킨! 자네가 사람을 쏘는 악당인지 아닌지 어떻게 아나?"

"내가 살인자인지 흉기를 휘두르는 놈인지, 당신들이야 모르겠지요."

"자네, 45구경을 갖고 다니면서 가로등을 깨뜨린 것은 다른 목적이 있어서 그런 것 아냐?"

"그래요. 난 시장님을 저격할 생각이었어요."

"45구경이래." 캐레라가 부시에게 속삭였다.

"음." 부시는 즉시 의자에서 일어나 주임이 있는 곳으로 걸어갔다.

"좋아, 제멋대로 지껄이는 놈이군." 주임이 이어서 말했다. "너는 총기불법소지죄를 범한 거야. 알겠어?"

"모르겠어요, 똑똑한 아저씨. 무슨 뜻이지요?"

"나중에 알게 돼. 다음!"

주임의 등뒤에서 부시가 말했다. "주임님, 지금 그놈에게 잠깐 물어 볼 것이 있습니다만."

"그만두시오." 주임이 말했다. "다음은 힐사이드 1호. 피터 매지슨, 45살……."

14

데이비드 브론킨은 심문받기 위해 형사 법정 건물로 연행되어 가는 도중에 캐레라와 부시를 만난 것이 기분 나빴다.

적어도 6피트 3인치(190cm)는 될 정도로 키가 컸는데, 듣기 싫은 목소리로 당장 싸움이라도 걸어 올 태세였다. 도대체 캐레라의 첫번째 요구부터가 그는 기분이 좋지 않은 모양이었다.

"발을 들어 봐!" 캐레라가 말했다.

"뭐라고요?"

그들은 시경 본부의 형사부실에 들어갔다. 87분서의 형사실과 똑같은 사무실이었다. 캐비닛 위에서는 작은 선풍기가 열심히 돌아가고 있고, 사무실 안은 조용했다.

"발을 들어 봐." 캐레라가 또 말했다.

"무엇 때문에요?"

"내가 그렇게 하라면 해!" 캐레라가 엄하게 말했다.

브론킨은 잠시 그의 얼굴을 보고 나서 말했다. "그 배지만 아니면 그냥 두지 않을 텐데……."

"나는 아직 배지를 빼지 않았어. 발을 들어!"

브론킨은 투덜거리며 오른쪽 발을 들었다. 캐레라가 그 발을 잡자 부시는 발 뒤꿈치를 보았다. "파형(波型)이야." 부시가 말했다.

"또 다른 신발은 없어?" 캐레라가 물었다.

"물론 다른 것도 있어요."

"집에 있나?"

"왜 그러세요?"

"45구경을 손에 넣은 지 얼마나 되었나?"

"이제 2개월 됐어요."

"일요일 밤에는 어디에 있었지?"

"변호사를 불러 주세요."

"변호사? 좋지. 그렇지만 내 질문에 우선 대답해." 부시가 말했다.

"무슨 질문인데요?"

"일요일 밤에는 어디에 있었어?"

"일요일 밤 몇 시쯤 말인가요?"

"11시 40분쯤."

"영화보러 갔을 거예요."

"어느 극장이야?"

"스트랜드 극장이에요. 그래요, 영화를 보러 갔었어요."

"그때 45구경을 갖고 있었나?"

"기억나지 않는데요."

"가지고 있었어, 없었어? 대답해!"

"기억 안 나는데요. 그렇게 물으시면 갖고 있지 않았다고 대답할 수밖에. 내가 바보가 아니라면……."

"어떤 영화를 보았지?"

"오래 된 영화였어요."

"제목을 말해 봐!"

"'검은 늪의 괴물'이에요."

"어떤 영화였지?"

"물속에서 튀어나오는 괴물 이야기였어요."

"동시상영 극장이니까, 또 하나는 무슨 영화였지?"

"기억나지 않아요."

"생각해 봐."

"존 거필드의 뭐라고 했는데."

"뭐라고?"

"권투 선수에 대한 영화였어요."

"제목은?"

"잊어버렸어요. 처음에는 부랑아였던 사람이 챔피언이 되었다가 다시 빈털터리가 되는 그런 줄거리예요."

"'육체와 영혼'이었나?"

"맞아요. 그랬어요."

"행크! 스트랜드 극장에 전화해 봐." 캐레라가 말했다.

"어――, 무엇 때문에 그렇게까지?" 브론킨이 물었다.

"일요일 밤에 그런 영화를 했나 안 했나 확실히 알아보기 위해서!"

"했어요. 틀림없어요."

"브론킨, 45구경의 탄환을 검사해야겠다."

"왜요?"

"여기 있는 탄환과 맞나 안 맞나 보려고. 시원하게 바른말을 해버리면 서로가 수고를 덜게 될 텐데."

"어떻게?"

"월요일 밤에는 무엇을 했지?"

"월요일……, 월요일요? 기억나지 않는데요."

부시는 전화번호부를 보고, 그 번호를 찾아 다이얼을 돌렸다.

"저, 전화해 볼 필요는……." 브론킨이 소리를 질렀다. "확실히 그 영화를 했어요."

"월요일 밤에는 무엇을 했어?"

"영화를 보러 갔었어요."

"또 영화인가? 이틀 밤 계속해서 보았단 말이야?"

"예. 영화관은 냉방장치가 잘되어 있으니까요. 더운 곳을 쏘다니며 헐떡거리는 것보다야 낫지요. 그렇잖아요?"

"무엇을 보았어."

"아주 오래 된 영화였어요."

"옛날 영화를 좋아하나?"

"영화라면 다 좋아해요. 피서로도 가장 좋고……. 오래된 영화를 상영하는 조그만 극장이 싸거든요."

"무슨 영화였지?"

"'7인의 도둑과 신부들', 그리고 '폭력의 토요일'이었어요."

"이번에는 이상하게도 확실히 기억하는군."

"그럼요. 아무래도 하루 늦게 본 것이니까."

"월요일 밤에 무엇을 했는지 기억나지 않는다고 해놓고, 어떻게 그런 것을 잘 기억하나?"

"내가 그렇게 말했나요?"

"그래!"

"곰곰이 생각해 보니까 기억나는데요."

"무슨 극장이었어?"

"월요일 밤에 간 영화관 말이에요?"

"그래."

"북80번가에 있어요."

부시가 수화기를 놓았다.

"스티브, 알아보았어. '검은 늪의 괴물'과 '육체와 영혼'이 녀석이 말한 대로야." 부시는 극장 영화 상영 시간을 물어서, 어느 영화가 몇 시에 시작되고 몇 시에 끝났는지도 알고 있었지만 그것은 입도 뻥긋하지 않았다. 슬쩍 캐레라에게 휘갈겨쓴 메모지를 넘겨 주었다.

"몇 시에 들어갔지?"

"일요일 말인가요, 월요일 말인가요?"

"일요일."

"8시 30분쯤이었어요."

"꼭 8시 반이었나?"

"그렇게 확실히 기억하는 사람이 어디 있어요? 너무 더워서 그냥 들어갔는데."

"그럼, 어떻게 8시 반이라고 생각했나?"

"잘 모르겠어요. 그쯤 되었을 거라고 생각한 거예요."

"극장을 나온 것은 몇 시였지?"

"글쎄요. 12시 15분이 좀 못 되었을 거예요."

"그리고 나서 어디로 갔지?"

"커피하고 뭘 좀 먹으러 갔어요."

"어디에 갔지?"

"흰 탑이라는 곳엘 갔어요."

"거기서 얼마 정도 있었나?"

"30분 정도."

"무얼 먹었지?"

"아까 말했잖아요. 커피랑 뭐 그런 것 말이에요."

"커피와 뭘 먹었다고?"

"젤리 도넛."

"그것 먹는 데 30분이나 걸렸어?"

"담배 한 대 피웠어요."

"음식점에서 아는 사람 만나지 않았나?"

"아뇨."

"영화관에서는?"

"만나지 않았어요."

"그리고 확실히 권총은 갖고 있지 않았고?"

"갖고 있지 않았다고 생각하는데요."

"항상 갖고 다닌 거 아냐?"

"때에 따라서."

"경찰에게 잡혀 구속된 적 있나?"

"예."

"이야기해 봐."

"싱싱 형무소에서 2년 살았어요."

"무슨 일을 저질렀지?"

"흉기 폭행."

"언제였지? 흉기는 무엇이었지?"

브론킨은 입을 다물었다.

"솔직하게 말해." 캐레라가 힘주어 말했다.

"45구경 권총."

"이번의 그 총인가?"

"아뇨."

"그럼, 어디서 난 거야?"

"다른 거예요."

"지금도 갖고 있나, 그 총?"

브론킨은 또 입을 다물어 버렸다.

"아직 갖고 있어?" 캐레라가 반복해서 물었다.

"예."

"어째서? 경찰이 회수하지 않았단 말인가?"

"그렇게 하기 전에 버렸어요. 찾을 수가 없었던 거지요. 친구 한 놈이 주웠다면서 내게 주었어요."

"그것을 이용해서 장사라도 하려고 했나?"

"아뇨. 총의 손잡이를 사용했을 뿐이에요."

"누구한테 무슨 짓을 했지?"

"지금 와서 그게 무슨 상관이 있다고 그러세요?"

"아니, 알고 싶어. 누구였지?"

"저──, 여자였어요."

"여자?"

"나이는 어느 정도 되는 여자였지?"

"마흔인가 쉰쯤 되어 보이는……."

"확실히 말해."

"쉰 살이었을 거예요."

"대단한 놈이야."

"그럼요." 브론킨이 대꾸했다.

"너를 체포한 사람은 누구였지? 어느 분서였어?"

"92분서였던가?"

"틀림없겠지?"

"예."

"너를 잡은 경찰은 누구였어?"

"모르겠습니다."

"형사였어?"

"아뇨."

"그게 언제쯤이었나?" 부시가 물었다.

"1952년이에요."

"또 하나의 45구경 총은 어디에 있지?"

"내 방에 숨겨 놨어요."

"집이 어디야."

"헤이븐 831번지요."

캐레라는 그 주소를 적었다.

"방안에는 그밖에도 무엇이 있지?"

"눈감아 주시겠어요?"

"무엇을 눈감아 주기 바라나?"

"실은 권총을 아직 몇 자루 더 가지고 있습니다."

"얼마나 갖고 있나?"

"여섯 자루요." 브론킨이 말했다.

"뭐라고?"

"저——."

"어떤 것들인지 말해 봐!"

"45구경 두 자루, 그리고 루거에 모제르, 토카레프를 한 자루씩 갖고 있어요."

"그 외에는? 아, 22구경이 한 자루 있어요."

"모두 네 방에 있나?"

"예, 수집을 좀 했죠."

"구두도 거기에 있겠지?"

"글쎄요. 그런데 구두는 왜?"

"그 권총은 허가증이 하나도 없는 거지?"

"예, 멍청해서 말이에요."

"그러면, 행크, 92분서에 전화해서 1952년에 브론킨을 잡은 사람이 누구인지 조사해 주게. 포스터는 처음부터 우리 분서에서 근무했지만, 리어던은 그쪽 분서에서 전속해 왔는지도 몰라."

"아――아!" 브론킨이 갑자기 소리를 질렀다.

"왜 그래?"

"그래서 이런 것을 물은 거군요. 두 형사 살인사건으로."

"그래."

"잘못 봤어요. 난 아니에요." 브론킨이 그렇게 말했다.

"그럴지도 모르지. 그 극장을 나온 것이 몇 시였지?"

"비슷한 시각인데요, 11시 반에서 12시였어요."

"행크, 그것도 좀 알아봐 주겠나?"

"알았어."

"북80번가의 그 극장에 전화해서 알아보는 것이 좋을 거야. 브론킨, 이젠 가도 좋아. 같이 갈 사람이 복도에서 기다리고 있으니까……."

"예, 알겠어요." 브론킨이 말했다. "뭐 좀 주는 거 없어요? 나도 힘껏 수사에 협력을 했는데, 도움이 되지 않았나요?"

캐레라는 흥 하고 코웃음을 쳤다.

브론킨의 아파트에 있는 구두에는 과학수사연구소 직

원이 갖고 있는 뒷굽 모형과 조금이라도 닮은 구두는 하나도 없었다. 탄환 검사 결과, 형사 살인에 쓰인 탄환은 브론킨이 갖고 있는 45구경의 어느 총과도 달랐다.

92분서에서는 마이크 리어던이나 데이비드 포스터가 그 분서에서 근무한 적이 없다고 말해 주었다.

그들은 무감각해져 버렸다. 단지, 그 지겨운 더위만을 느낄 뿐이었다.

15

그 날 목요일 저녁 7시 26분, 도시 모든 사람들이 하늘을 우러러보고 있었다.

우르릉 우르릉 하는 소리가 나면, 그 소리가 멈추기를 기다리듯이 길가의 사람들은 입을 다물었다. 그것은 멀리 천둥이 울려퍼지는 소리였다.

게다가, 마치 무슨 하늘의 계시가 있는 것처럼 갑자기 북쪽에서 미풍이 불어와서 타버린 듯한 도시의 지면을 깨끗이 쓸며 지나갔다. 무서운 하늘의 울림이 가까워지고 이내 번갯불이 빛나더니, 큰 하늘을 칼로 자르듯이 변덕스러운 번개가 내리쳤다.

이 도시의 사람들은 모두 하늘을 우러러보며 비를 기다리고 있는 것이다.

비가 올 것 같은 기미는 보이지 않았다. 마른 번개만이 요란하게 쳐대는 것이다. 높은 빌딩에도 번개가 치고, 지평선에서도 번개가 쳤다. 우레소리와 천둥소리가 여기저기서 무섭게 울려퍼졌다.

그러다가, 갑자기 하늘이 둘로 갈라진 듯이 비가 퍼붓는 것이었다. 큰 빗줄기가 길 위에서 도랑으로, 온 도시를 두드리듯이 내리고 있다. 오랜만에 빗줄기를 맞은 아스팔트나 콘크리트에서는 쉬쉬 소리가 났다. 온 도시 사람들이 웃는 얼굴로 비를 바라보며, 큰 방울의 빗줄기가 온 대지에 소리를 내며 신나게 내리는 것을 보고 있었다. 와! 굵은 빗줄기다. 드디어 사람들은 기쁜 얼굴로 웃으면서, 서로 어깨를 두드리며 좋아했다. 마치 모든 사람들이 함께 좋은 날을 만난 것처럼 소란을 떨었다.

그러나 그것은 비가 그칠 때까지의 짧은 시간뿐이었다.

비는 내렸을 때와 마찬가지로 당돌하게도 금방 그쳐 버렸다.

하늘의 댐이 터진 것처럼 정신없이 내리던 비가 4분 30초쯤 내리더니 그쳐 버렸다. 누군가가 그 댐의 문을 갑자기 닫은 것처럼 비가 멈춘 것이다.

하늘에는 아직도 번개가 치고, 천둥소리도 울려퍼지고 있었으나 비는 더 이상 내리지 않았다.

그 비로 인한 잠깐 동안의 시원함은 10분을 넘기지 못했다. 비가 그쳤을 때 거리는 다시 타는 듯이 뜨거워지고, 사람들은 중얼중얼 불평을 토하면서 땀을 흘리고 있었다.

장난 화살을 맞고 기뻐할 사람은 없다. 예를 들면, 오늘의 날씨는 하나님의 장난 같은 것이라고나 할까.

비가 그쳤을 때 그녀는 창문 옆에 서 있었다. 그녀도 마음속에는 불만을 가지고 있고, 스티브에게도 불만스러

운 게 있다는 것을 알리고 싶어서 수화법이라도 배워야
겠다고 생각하고 있었다. 스티브는 오늘밤에 오겠다고 약
속을 했다. 그녀는 지금 가슴이 너무나 벅차서, 오늘밤에
는 무슨 옷을 입고 그를 반길까로 고민하고 있었다.

알몸으로 있는 것이 가장 좋을지도 모른다. 그녀는 자
신이 왜 이렇게 우스운 생각을 하며 기쁨에 들떠 있는지
알 수 없었다. 그녀는 그가 오면 이 우스운 이야기를 잊
지 말고 해주어야겠다고 생각했다.

거리는 갑자기 초연해진 느낌이다. 비가 반가움을 가져
다 주었는데, 지금 그 비는 그쳤고 엄숙한 회색의 거리로
변해 버렸다. 죽음과도 같은 엄숙함으로……

죽음…….

두 사람이 죽은 것이다. 그이와 함께 근무하고, 또 잘
알고 지내던 두 사람. 왜 그들은 도로 미화원이나 샌드
위치 가게 아저씨 같은 그런 일을 선택하지 않고 경찰이
된 것일까? 더구나 형사로.

몇 시쯤이나 되었을까 하고 그녀는 자꾸만 시계를 보
았다. 그가 올 때까지 앞으로 몇 시간이나 더 기다려야
되는 것일까? 얼마나 더 기다려야 저 문의 손잡이가 좌
우로 움직이는 것을 볼 수 있을까? 시계를 쳐다보아도
진정이 되질 않았다. 아직 몇 시간 더 기다려야겠지. 그는
온다면 꼭 오는 사람이니까. 아니면, 무슨 사건이 생겨서
분서를 나올 수 없는 상황이 된 것일까? 또 살인사건

이? 경찰 살인사건이……?

안돼. 이런 생각은 하지 말자. 그런 생각을 하는 것은 스티브에게도 나빠.

그의 몸에 위험이 닥쳤을까?

그에게는 절대 그런 일은 없어…….

절대로 그런 일이 있어서는 안돼. 스티브는 강하고 우수한 경찰이니까 자신의 몸은 지킬 것이다. 하지만, 리어던도 우수한 형사였고, 포스터도 마찬가지였다. 그런데 그들은 둘 다 당했다. 뒤에서 45구경으로 쏘는데 어떤 형사가 당해 낼 수 있으랴. 살인마에게 걸리면 어떤 형사도 어쩔 수가 없는 것이 아니겠는가?

안된다. 그런 생각을 하면 안돼.

살인은 이제 끝난 일이야. 더 이상 그런 일은 일어나지 않아. 포스터가 마지막이겠지. 끝난 거야. 다 끝난 일이야.

스티브, 빨리 오세요!

그녀는 아직도 몇 시간이나 기다려야 된다는 것을 알고 있었지만, 현관문을 바라보며 손잡이가 돌아가는 것을 기다리고 있었다. 문의 손잡이가 그가 오는 것을 알려주기 때문에 그녀는 그것을 기다리고 있는 것이다.

남자는 일어났다.

팬티 차림이었다. 야한 무늬의 팬티가 그의 몸에 착 달

라붙어 있다. 이상한 안짱다리 걸음걸이로 침대에서 장식
장이 있는 곳까지 갔다. 키가 크고 멋있는 체격이었다. 장
식장 위의 거울로 자신의 옆모습을 자세히 살펴보다가
갑자기 시계를 보고는 한숨을 내쉬고 다시 침대 속으로
들어갔다.

아직 시간이 남아 있다.

침대에 누워서 천장을 바라본다. 갑자기 담배를 피우고
싶었다. 그는 벌떡 일어나 또 장식장으로 간다. 이렇게 멋
진 체격의 사나이가 상상하지도 못할 집오리 같은 걸음
걸이로 걷다니. 그는 담배에 불을 붙이고 다시 침대로 갔
다. 담배를 피우며 가만히 누워서 생각에 잠겼다.

언젠가 밤늦게 자기가 살해한 그 경찰을 생각하는 것
이다.

그날 밤, 번스 경감은 돌아가기 전에 분서의 서장 '플릭'
에게 이야기할 것이 있어서 그에게 들렀다.

"어쩐 일이야?" 플릭이 물었다.

번스는 어깨를 추스렸다. "이 도시에서 시원한 짐을 안
은 것은 우리들뿐인 것 같습니다."

"무슨 이야기야?"

"이번 사건 말이에요."

"아, 그렇군!" 서장이 말했다. 플릭 서장은 지쳐 있었
다. 옛날과 달라서 이제는 자주 피로를 느낀다. 이런 시끄

럽고 골치 아픈 사건은 듣기만 해도 피곤해졌다. 형사가 살해된 것도 어쩌면 운명인지 모르는 일이다. 성할 때가 있으면 반드시 쇠할 때가 오는 것이고, 만남이 있으면 반드시 헤어짐이 오는 법. 누구나 언젠가는 죽게 되고, 언제까지나 이 세상에 남아서 살 수는 없는 것이다. 물론 범인은 잡아야겠지만, 그렇게 애쓰고 싶지는 않은 모양이다. 이런 더위에는 더더구나. 게다가 옛날과 달라서 나이가 드니까 자꾸 피곤해진다.

사실 플릭은 스무 살 때도 게으른 사람이었다. 번스 경감은 그것을 알고 있었다. 경감은 이 서장에게 특별한 경의를 가지고 있지는 않지만, 그래도 윗사람이기 때문에 예의를 지키는 것이다. 예의 있는 수사 주임이라면, 서장을 돌대가리라고 생각하더라도 가끔은 찾아가 의논하는 것이 마땅할 테니까.

"부하들에게 조심스럽게 다니라고 해야 되겠네."

"예." 그 정도는 돌대가리라고 해도 알고 있는 일이라고 생각하며 번스 경감이 대답했다.

"난 말이야, 이 범인이 미치광이 정신병자가 아닐까 생각하는데……." 서장이 말했다. "마음이 답답하고 기분이 나빠서 거리로 뛰쳐나와 아무나 쏘아 버린 거라고 생각해."

"그럼, 왜 하필 형사를?" 번스가 물었다.

"이상할 것 없네. 미치광이가 한 짓이니까. 리어던을

죽인 것은 우연이고, 그가 경찰이라는 것도 몰랐겠지. 그리고 나니까 신문에 형사라고 보도된 것을 보고 이 녀석은 잘되었다 싶어서, 다음번에는 일부러 형사를 또 쏘게 된 거야."

"포스터가 경찰인 것을 어떻게 알겠어요? 포스터도 리어던과 똑같이 사복을 입고 있었는데요."

"전에 경찰과 관계가 있었던 미치광이인지도 모르지. 이해하겠어? 단 한 가지 분명한 사실은 범인은 미치광이라는 점이야."

"그럼, 미치광이가 그렇게 간교한 지혜를 가졌다는 말씀이세요?"

"왜 그렇게 생각하나? 방아쇠를 당기는 데 무슨 머리가 필요하단 말인가?"

"다른 머리는 필요없지요. 단지 범인을 잡는 데 머리가 필요할 뿐이죠."

"그런 상대가 아니야." 플릭 서장은 그렇게 말하고는 보란 듯이 하품을 했다. 서장은 피곤했기 때문이다. 이제 나이가 들어 흰머리도 자꾸 늘어간다. 이런 무더위에 노인은 어려운 문제를 풀고 싶지가 않은 것이다.

"너무 더워." 플릭 서장이 말했다.

"그렇군요." 번스 경감도 응수를 했다.

"이제 퇴근해야지."

"예."

"조심해. 나도 조금 있다 갈 거야. 자살미수사건 때문에 몇 사람이 나가 있거든. 어떻게 된 것인지 결과를 들어 봐야지. 어떤 여자가 지붕에 올라가서 당장이라도 뛰어내리겠다고 한다던데." 서장은 고개를 흔들었다. "그 여자도 정신병자인가 봐."

"그렇겠군요." 경감이 말했다.

"마누라와 아이들은 산에 갔어." 서장이 말했다. "잘됐지 뭐. 이런 더위를 누구라고 참을 수 있겠어. 짐승이라도 돌아 버릴 정도니."

"그렇죠." 번스 경감은 맞장구를 쳤다.

서장의 책상 뒤에서 전화가 울렸다. 플릭 서장은 전화기를 들었다.

"예, 플릭입니다. 뭐라고? 응, 그래? 좋아, 좋아. 그럼, 됐어." 서장은 수화기를 놓았다.

"자살했답니까? 아니면, 지붕 위에서 머리를 말리고 있대요?" 번스 경감이 물었다.

"지붕 끝에 매달려 있는 모양이야. 그 여자도 미친 여자지."

"정말이에요. 그럼, 전 가보겠습니다."

"권총을 손 가까이에 넣고 다니는 것이 좋을 걸세. 범인의 다음 목표가 자네인지도 모르잖아."

"어느 놈이?" 경감이 문을 나서며 물었다.

"그놈 말이지. 범인 말이야."

"누구라고요?"

"그 미치광이 말이야!"

로저 해빌랜드 역시 형사다.

동료 형사를 포함해서 사람들은 그를 '황소 형사'라고 부른다. 진짜 황소 같았다. 그러나 형사를 황소라고 부르는 것과는 다른 의미에서 황소 형사라는 별명을 갖고 있었다. 해빌랜드는 체격도 황소같이 컸고, 먹는 것도 황소같고, 또한 강인했으며 숨쉬는 것도 황소처럼 거칠었다. 그를 황소 형사라고 하는 것은 별명과 딱 어울리게 정직하고 듬직한 황소라는 의미였다.

그런데 그는 인간성이 썩 좋지는 않았다. 이 해빌랜드가 훌륭한 사람이라고 여겨진 적도 있긴 있었지만, 지금은 아무도 그때의 일을 기억하고 있지는 않았다. 해빌랜드 자신도 그것을 잊고 있었다. 해빌랜드에게는 붙잡혀온 남자에게 손을 대지 않고, 끝까지 입으로만 이야기하며 몇 시간이고 질문하던 그런 시절도 있었다. 욕설을 내뱉지 않고, 신경질도 내지 않으며 묵묵히 잘 지내던 시절도 있었던 것이다. 해빌랜드도 옛날에는 남자답고 점잖은 경찰이었던 것이다.

그러나 해빌랜드에게 불행한 사건이 한 번 있었다. 어느 날 밤 그는 분서에서 집으로 돌아가던 도중, 거리에서 벌어진 싸움을 말리려고 거기에 끼여들었다. 당시 그는 자신의 직업이 하루 24시간 활동하지 않으면 안되는 일이라고 생각하는, 이른바 양심적인 경찰이었던 것이다. 싸움은 크게 벌어진 것이 아니고 흔히 볼 수 있는 대수롭지 않은 싸움이었다. 그러니까 친한 친구끼리 하는 말다툼 정도에 지나지 않는 그런 언쟁이었기 때문에, 권총을 얼굴에 들이댈 필요가 없는 상황이었다.

해빌랜드는 중간에 끼여들어 그 싸움을 말리려고 했다. 그가 권총을 빼들고 싸움을 하고 있는 한 사람의 머리 위로 두세 발을 쏘았다. 어디를 어떻게 맞은 것일까? 순간 싸움을 하고 있던 사람 중에서 누군가가 해빌랜드의 오른 손목을 부서진 연통으로 내리쳤다. 권총은 해빌랜드의 손에서 떨어지고, 거기서 불행한 사건이 시작된 것이다.

싸움을 하고 있던 사람들은 그때까지 자기네들끼리 치고 박고 하다가 갑자기 경찰한테 달려들어 그의 머리를 때렸다. 권총을 빼앗긴 해빌랜드에게 모든 사람이 달려들어 덮쳐서 노상으로 끌고 가 순식간에 난장판이 되고 말았다.

연통을 갖고 있던 사람은 해빌랜드의 팔을 네 군데나 부러뜨렸다. 복합골절의 아픔은 견딜 수 없을 만큼 심한 통증을 가져 왔고, 거기다 잘 치유가 안되어 부득이 다시 뼈를 교정시켜야 했기 때문에 고통은 더욱 심했다.

병원에 있는 동안 해빌랜드는 자신이 경찰직을 계속할 수 있을지 없을지 의심스러워했다. 수사부의 3급 형사로

서, 먼젓번 일을 생각하면 별로 장래가 희망적이지는 않
다고 생각했던 것이다. 그러나 팔의 상처는 나았다. 팔도
나았고, 몸도 완전히 원상태로 되어 병원에서 퇴원을 했
지만, 그의 사고 방식은 많이 변해 있었다.

해빌랜드는 그 뒤로 진짜 황소처럼 되어버렸다. 이 사
건이 그에게는 좋은 교훈이 되었던 것이다. 그는 두번 다
시 얼간이 바보짓은 하지 않았다.

이후 해빌랜드의 사전에는 용의자들의 저항을 막는 수
단은 한 가지밖에 없었다. 조용하고 얌전하게 대하는 일
은 일체 없이 상대를 기세좋게 차버리는 것이다.

잡혀 온 놈들 중에 해빌랜드에게 호의를 가지는 사람
은 그다지 없었다. 경찰 동료들조차 그랬다.

해빌랜드 스스로도 자기 자신에게 호의를 가지고 있는
지 의심스러운 일이었다.

"이 더위 때문에 아무것도 머리에 들어오질 않아." 그
가 캐레라에게 말했다.

"난 머릿속까지 땀을 흘리고 있어." 캐레라가 말했다.

"지금 북극해 한복판에서 얼음 덩어리에 타고 있다고
생각하면 조금은 시원해지지 않겠나?"

"조금도 시원해지지 않는데."

"그것은 자네가 감수성이 둔하기 때문이야." 해빌랜드
가 소리쳤다. 해빌랜드는 항상 소리치듯이 크게 말한다.
목소리를 죽여 조용히 이야기할 때도 해빌랜드의 경우는

소리치는 것처럼 들렸다.

"자신이 시원해지고 싶기 때문에 덥다고 생각하는 거야. 덥다는 것, 그것만으로도 일하고 있는 기분이 들어."

"나는 지금 일하고 있네."

"나는 돌아가겠어." 해빌랜드가 불쑥 말했다.

캐레라가 시계를 보았다. 10시 17분이었다.

"할말 있어?" 해빌랜드가 또 소리쳤다.

"아냐, 아무것도 없어."

"10시 15분이 조금 지났네. 그래서 그렇게 얼굴을 찡그리고 있었군." 해빌랜드가 말했다.

"난 울상지은 적 없어."

"아, 됐어. 자네가 어떤 얼굴을 하든 나는 괜찮아. 난 돌아가겠어."

"그럼, 잘 가! 나는 교대원이 올 때까지 기다렸다가 ……."

"그 좋은 말이 마음에 안 들어."

"왜?"

"내가 교대원이 올 때까지 기다리지 않는 것을 빈정대는 것 같아서."

캐레라는 어깨를 으쓱하고 밝은 표정으로 말했다. "형제여, 양심이 이끄는 대로 따르라."

"내가 이런 일을 하며 몇 시간이나 근무했는지 아나?"

"어느 정도인데?"

"36시간이야. 하수구에라도 끌려들어간 듯이. 크리스마스 휴가까지는 제대로 쉬지도 못하겠어."

"그렇게 말하면 우리들의 수도물이 더러워지잖아." 캐레라가 되받았다.

"멋대로 지껄여!" 해빌랜드가 소리치며 출근부에 사인을 했다.

캐레라가, "기다려!" 하고 말했을 때는 이미 사무실에서 나가고 있었다.

"왜?"

"살해당하지 않도록 조심해!"

"걱정 마." 하고 해빌랜드가 소리치며 밖으로 나갔다.

그 남자는 조용하고 빠른 손놀림으로 옷을 입었다. 검은 바지를 입고, 깨끗한 흰 셔츠를 입고, 금색과 검은색 무늬가 든 넥타이를 맸다. 진한 감색 양말을 신고 나서, 구두를 집으려고 손을 뻗었다. 그 구두에는 오설리번제의 새로 붙인 굽이 붙어 있었다.

그는 검은 양복 윗도리를 입고 장식장 쪽으로 가서 제일 위쪽 서랍을 열었다. 손수건 위에 섬뜩하게 보이는 새까만 45구경 총이 놓여 있었다. 그는 탄창을 넣은 새로운 탄창을 권총에 집어넣고 나서 그 권총을 윗도리 주머니 속에 넣었다.

집오리와도 같은 걸음걸이로 입구 쪽으로 걸어가 문을

열었다. 마지막으로 한번 더 방안을 훑어보더니 전등을
끄고 밤거리로 나섰다.

　스티브 캐레라는 헬 윌리스라고 하는 교대 형사가 왔
으므로 11시 33분에 해방될 수 있었다. 긴급한 용건만을
윌리스에게 인계해 주고 그에게 모든 것을 맡긴 뒤 밑으
로 내려갔다.

　"스티브! 그 여자를 만나러 가나?" 당직 경감이 소리
쳤다.

　"예." 캐레라가 대답했다.

　"나도 그렇게 젊다면 좋겠네."

　"무슨 말씀을⋯⋯. 아직 일흔도 되지 않으셨으면서."
캐레라가 응수했다.

　교대하러 온 형사가 웃었다.

　"맞아, 아직 일흔은 넘지 않았으니까."

　"그럼, 수고하세요." 캐레라가 말했다.

　"살펴가게."

　캐레라는 분서를 나와서 차 있는 쪽으로 갔다. 자동차
는 두 구획 정도 앞에 있는 '주차금지' 지역에 세워져 있
었다.

　행크 부시는 교대원이 나타난 11시 52분에 분서에서
나왔다.

"오지 않는 줄 알았어." 부시가 말했다.

"그럴 작정이었네." 교대 형사가 대꾸했다.

"왜?"

"근무하기에는 너무 더워서."

부시는 씁쓸한 표정을 지으며, 전화기 앞으로 가서 자기 집 전화번호를 돌렸다. 시간이 좀 걸리는 것 같았다. 저쪽에서 전화벨이 울리는 소리가 들려왔다.

"여보세요."

"앨리스?"

"예." 앨리스는 한숨을 돌리고, "당신이에요?" 하고 말했다.

"지금 곧장 돌아갈게. 냉커피를 만들어 놓으면 좋겠어."

"네, 만들어 놓을게요."

"거기도 덥지?"

"예, 오실 때 아이스크림이라도 사오는 게 좋겠어요."

"알았어. 그럼, 곧 갈게."

"그러세요, 여보."

부시는 수화기를 놓았다. 그는 교대 형사 쪽으로 뒤돌아보았다.

"이봐, 자네도 내일 아침 9시에 교대가 안되었으면 좋겠어."

"더위로 이 사람이 돌았군." 그 형사가 허공을 바라보았다.

　부시는 홍 하고 코웃음을 치더니 출근부에 사인을 하고 분서를 나갔다.

　45구경을 가진 남자는 음침하게 숨어서 기다리고 있었다.

　윗도리 주머니 속의 밤색 권총을 쥔 손에 땀이 배어 있었다. 어둠 속에서 검은 옷을 입고 있어서 자신의 모습이 눈에 잘 띄지 않는다는 건 알지만, 그래도 그는 신경이 날카로워지고 조금은 겁을 먹고 있었다. 어떻게 해서든 깨끗이 해치우지 않으면 안된다.

　가까이 다가오는 발소리가 들렸다. 급해서 빨리 내딛는 남자의 발자국 소리다. 그는 가만히 길을 지켜보고 있었다. 역시 자기가 노리던 그 남자였다.

　45구경을 가진 손에 힘을 주었다.

　노리던 경찰이 바로 가까이 다가오고 있다. 검은 옷을 입은 남자가 갑자기 길가로 나왔다. 형사는 그곳에 멈춰섰다. 둘 다 키가 비슷했다. 모퉁이의 가로등이 두 사람의 그림자를 드러내 주었다.

　"성냥 있소?"

　경찰이 검은 양복의 남자를 가만히 쳐다보았다. 곧이어 그는 뒤쪽 주머니의 총을 잡았다. 검은 옷의 남자도 그것을 알고, 빠르게 45구경을 주머니에서 빼들었다. 두 사람은 거의 동시에 서로를 쏘았다.

검은 옷의 남자는 경찰의 총알이 어깨에 맞았다는 것을 느낌과 동시에, 자기 총으로 상대를 쏜 그 반동도 손으로 느껴졌다. 경찰이 가슴을 누르며 바닥에 쓰러져 있는 것이 눈에 들어왔다. 형사용 권총은 몇 미터 저쪽에 굴러떨어져 있었다.

그는 뒷걸음질치며 경찰에게서 떨어져 도망치려고 했다.

"이놈." 경찰이 소리쳤다.

뒤돌아보니 경찰이 일어나서 그를 쫓아오고 있었다. 그는 한 번 더 총을 쏘았지만 맞지 않았다. 경찰이 쫓아와 그의 양팔을 덮쳤다. 그는 뿌리치려고 그와 엉켜서 싸웠다. 경찰의 손이 그의 머리를 잡고, 머리카락이 쥐어뜯기는 것을 느꼈다. 이번에는 경찰의 손이 얼굴에 와서 손톱으로 얼굴을 할퀴었다.

검은 양복의 남자는 또 총을 쏘았다. 경찰은 몸을 구부리더니 마침내 길 위로 넘어져 콘크리트 바닥에 얼굴을 처박았다.

16

샘그로스먼은 계급이 경감이지만 동시에 감식기사(鑑識 技師)이기도 했다. 키가 크고 골격도 큰 남자로, 시경 본부 1층을 반이나 차지하고 있는 과학수사연구소의 무 미건조한 사무실에 있는 것보다는 뉴잉글랜드의 바위투 성이 농장에 있는 편이 더 어울릴 것 같은 사람이다.

그로스먼은 안경을 꼈는데, 안경 너머로 푸른 눈을 번 쩍이고 있었다. 태도는 점잖았고, 냉엄한 과학적 사실을 처리하는 재빠르고 정확한 말투를 지니고 있었지만 어쩐 지 옛시대의 온화함과 따스함이 풍기는 사람이었다.

"행크라는 사람은 머리 좋은 형사였지?" 그는 캐레라 에게 물었다.

캐레라도 머리를 끄덕였다. 형사에게는 사고하는 능력 이 크게 필요하지 않다고 말한 사람이 행크였다.

"내 생각으로는 행크가 자신이 살아남지 못할 것을 예 상한 것 같아." 그로스먼은 이야기를 계속했다. "해부해 보니, 상처가 네 군데나 된다는 것을 알았어. 세 군데는 가슴이고, 머리 뒤통수에도 한 군데 있었어. 머리의 상처 는 숨을 끊어 버리기 위해 마지막으로 쏜 것이 틀림없어."

"그래서요?" 캐레라가 재촉했다.

"두세 발의 총알을 맞고 자기는 살아날 수 없다는 것을 깨달았겠지. 그래서 어떻게 해서든지 우리가 그 범인을 잡는 데 단서가 될 만한 것을 남기려고 한 거야."

"머리카락 말입니까?" 캐레라가 물었다.

"그래. 보도에 머리카락이 많이 빠져 있는 것을 보았어. 머리카락엔 모두 살아 있는 모근이 붙어 있었지. 그러니까 만일 행크의 손바닥이나 손가락에 붙어 있지 않았다 하더라도 그 머리카락은 일부러 뽑은 것임을 알 수 있었어. 그런데 행크는 그때에 또 다른 것을 생각한 거야. 그는 엎드려 있는 범인의 얼굴을 할퀴어 그 살점을 남겨놓은 거지. 그것 또한 우리에게 무엇인가를 알게 하려고 한 거야."

"그리고 그밖에는?"

"혈액이야. 행크는 범인을 보았어. 아니, 그것은 자네도 이미 알고 있는 일이지만."

"예, 그런 것들을 종합해서 뭐 좀 알아냈습니까?"

"많이 알 수 있었어." 그로스먼은 책상 위의 보고서를 들었다.

"행크가 남겨 준 단서를 종합해 볼 때, 이런 사실만은 확실해." 그로스먼은 헛기침을 한번 하고 보고서를 읽기 시작했다.

"범인은 남자. 50세 이하의 성인. 인종은 백인. 직업은 기계공이며, 상당히 고급 수준임. 머리는 진한 갈색으로 사건 이틀 이내에 흐트러진 머리를 가지런히 하기 위해 드라이어를 썼음. 동작은 민첩하고, 살찐 남자는 아닌 것 같음. 머리카락으로 판단해서 체중은 180파운드(약 82*kg*) 정도. 상처를 입은 것은 허리 윗부분으로 추정. 그것도 작은 상처는 아닌 것으로 보임."

"하나하나 자세하게 설명해 주십시오." 캐레라는 잠시 어안이벙벙해 있었다.

"좋아." 그로스먼이 말했다.

"남자라고 단정한 것은——요즈음은 상당히 가려내기 힘든 경우도 있어——특히, 머리카락만 가지고는 어렵지. 그러나 이번 경우에는 운이 좋게도 행크가 그 점을 해결해 주었네. 머리카락은 남녀 모두 평균적으로 0.08*mm* 이상의 굵기를 가지고 있어. 만일 머리칼 하나만으로 남자인가 여자인가 알아보기 위해서는 다른 것을 참고해야 돼. 옛날에는 머리의 길이가 기준이 되었어. 8*cm* 이상의 머리 길이이면 여자의 머리카락이라고 추정을 할 수 있었어. 그런데 요즘 여자들은 머리를 남자처럼 짧게 깎고 다니는 경우도 많아서——물론, 남자보다 짧게 하는 경우가 그렇게 많지는 않지만——행크가 만일 범인의 얼굴을 할퀴지 않았더라면 남자인지 여자인지 단정할 수 없었을지도 모르는 일이야."

"할퀸 것이 무슨 도움이 되나요?"

 "그것 때문에 알게 된 것은, 첫째로 범인의 피부 견본을 손에 넣을 수 있었어. 그래서 그놈이 약간 거무스레한 지성(脂性) 피부의 백인이라는 것을 알 수 있었지. 거기다가 수염까지 손에 넣을 수 있었으니까."

 "어째서 수염이라고 단정할 수 있지요."

 "그건 간단해. 현미경으로 보면 자른 면이 凹자형으로 된 삼각형으로 나타나거든. 그런 모양을 한 것은 수염뿐이야. 남자의 것이지."

 "기계공이라고 했는데, 그것은 어떻게 알아냈습니까?"

 "머리카락에 금속 가루가 붙어 있었어."

 "상당히 고급품을 취급하는 숙련공이라고 하셨는데, 그것은 또 왜 그렇습니까?"

 "머리에 헤어 오일을 바르고 있었어. 알아보니까 이것은 대단히 고급품이더군. 가게에서 사면 한 병에 5달러나 하는 비싼 물건이야. 수염을 깎고 난 뒤에 뿌리는 탤컴 파우더와 세트로 되어 있는 제품이야. 그래서 10달러에 판다는군. 이 범인은 헤어 오일과 탤컴 파우더 둘 다 쓰고 있었어. 그래서 돈을 잘 쓰고 고급스러운 물건을 사서 쓰는 사람이라면 상당한 숙련공일 것이라고 추정을 하는 것이지."

 "쉰 살을 넘기지 않은 사람이라고 하셨는데, 그것은 어떻게 아셨습니까?" 캐레라가 물었다.

 "이것 또한 머리 굵기와 색소로 알 수 있지. 잠깐 이

표를 보게나." 그는 캐레라에게 종이 한 장을 꺼내서 보
여 주었다.

나이	머리 굵기(직경)
생후 12일	0.024*mm*
6개월	0.037*mm*
1년 반	0.038*mm*
15살	0.053*mm*
성인	0.07*mm*

"범인의 머리카락 직경은 0.071*mm*였어." 그로스먼이
말했다.

"그것만으로 성인이라고 단정짓는 것은 아니겠지요?"

"물론이야. 모근에 붙어 있는 머리카락을 조사해 보았
지. 거기에 피부의 색소 조직이 붙어 있지 않았다면 노인
의 머리카락으로 생각할 수도 있겠지만, 그의 경우는 노
인의 머리카락이 아니었어. 범인의 머리카락은 질기고 굵
은 것이었거든."

캐레라는 한숨을 쉬었다.

"너무 빨라서 못 알아듣겠나?"

"아뇨. 범인이 헤어 드라이어를 사용했다는 추측은 왜
그렇습니까?"

"그런 추측은 간단한 것이지. 머리카락 끝이 상해 있었

고, 드라이어를 가까이에서 사용했기 때문에 머리색도 자연스러운 색깔이 아니었어. 이해할 수 있겠나?"

"머리가 흐트러져 있다는 것은 어떻게 아셨나요?"

"범인이 범행을 저지르기 전에 이발소에 갔다면 머리카락 끝이 가지런하고 정리가 잘되어 있을 것인데 그렇지가 않았거든."

"키가 6피트(180cm)라고 하셨지요?"

"아——, 그 점은 탄환검사를 한 직원의 도움을 받아야 하는데."

"설명해 주십시오." 캐레라가 말했다.

"그 재료로서는 우선 혈액을 들 수 있어. 범인의 혈액은 O형이라고 했지?"

"맞아요, 당신이……." 캐레라가 말을 이었다.

"어이, 스티브, 그런 것은 간단해."

"그래요?"

"그럼. 좋아, 스티브! 인간의 혈청에는 응집반응이라는 것이 있어……." 그는 여기서 숨을 들이쉬고, "즉, 다른 사람의 적혈구와 섞였을 때 거기에 녹아 버리든가, 아니면 응고해 버리지. 혈액형에는 4가지가 있어. O형, A형, B형, AB형이야. 그건 알고 있지?" 하고 말했다.

"예."

"우리는 혈액의 표본을 채취해서 네 가지 혈액에다 섞어 보았어. 그것도 이 표를 보면 잘 알 수 있지." 그는 캐레라에게 표를 건네주었다.

1. O형 ; 어느 혈장과도 응고되지 않음.
2. A형 ; B형의 혈장과 응고.
3. B형 ; A형의 혈장과 응고.
4. AB형 ; A형, B형의 혈장과 응고.

"범인이 달아나다 흘린 피도 있고, 행크의 셔츠 뒤에 묻어 있는 피도 있고 해서 조사해 보니까 어느 혈장과도 응집반응이 일어나질 않았어. 따라서 그자는 O형이고, 또한 여기서도 백인이라는 추정이 가능하지. 백인들에게는 A형과 O형이 가장 많아. 백인의 45%는 O형이야."

"키가 6피트되는 것과는 무슨 상관이 있나요?"

"그래, 그래. 지금 말하는 것과 같이 그것은 탄환검사에서 알아낸 거야. 물론 내가 직접 조사해서 추정할 수도 있어. 행크의 셔츠 등에 묻은 피는 옷에 곧 흡수되어 버렸기 때문에 범인의 키 추정에는 도움이 안되었지만, 길위에 흘린 핏자국을 가지고 조사한 결과 여러 가지를 알수 있었지."

"무엇을 알 수 있었나요?"

"첫째로 그가 상당히 민첩한 사람이라는 거야. 발걸음이 빠르면 땅에 떨어진 피의 모양이 가늘고 길게 나타나고 자잘하게 흩어지듯이 보이거든. 스티브! 잘 생각해 보면 알 거야."

"알겠어요."

"좋아. 이렇게 가늘고 길게. 또한, 주위에 점점이 흩어져 있는 흔적을 보고 그가 빠르게 달아났다는 것과, 피가 지상 2야드(180cm) 정도의 간격으로 떨어졌다는 것을 알았어."

"그래서요?"

"그래서, 그렇게 빨리 달렸다면 다리나 배에 맞았다고는 생각할 수 없지. 피가 흐른 것이 지상 2야드 정도라면 그가 총에 맞은 곳은 허리 윗부분임이 틀림없어 탄환검사를 한 직원이 행크가 맞은 탄환을 건물의 벽돌에서 빼내었어. 그 각도로 볼 때 만일 행크가 총을 빼들고 바로 쏠 수밖에 없었다면, 범인의 어깨 부근을 쏘았다는 추측을 할 수 있어. 이런 모든 것을 종합해서 그는 키가 큰 남자라는 것을 알 수 있었던 거야. 피의 흔적과 탄환검사를 종합해서 생각해 보면 말이지."

"작은 상처는 아니라고 하셨는데, 그건 또 어떻게 아셨습니까?"

"피를 보면 알지. 상당히 멀리까지 피를 흘리면서 뛰어갔거든."

"체중이 180파운드 정도라고 하셨는데, 그건 왜……."

"머리카락은 건강한 사람의 것이었고, 발걸음도 빠르고 민첩한 것으로 보아 뚱뚱한 사람은 아닐 거야. 키가 6피트 정도 되는 남자가 체중이 대략 180파운드쯤 되니까, 내 말이 틀렸나?"

"대단히 많은 참고가 되었습니다. 감사합니다." 캐레라가 인사를 했다.

"인사는 천천히 하고, 각 병원에 총기 사고로 치료받고 있는 사람이 있나 없나 조사해 봐. 회사에 나오지 않은 직공을 상대로 빨리 수사해 보는 것이 좋겠어. 그리고 헤어 오일이나 탤컴.파우더를 사용하는 사람들은 물론이고. 특히 '종달새표'를 사용하는지 잘 알아봐.

"하여튼 고맙습니다."

"내게 고맙다고 인사하지 마."

"왜요?"

"인사를 하려거든 행크에게 해야지."

17

텔 레타이프 송신으로 수배서가 14개 주(州)로 뿌려졌다. 내용은 다음과 같다.

살인 용의자 수배서
- 성명 미상. 50세 미만의 백인. 성인 남자.
- 추정 신장 6피트, 또는 그 이상.
- 추정 체중 180파운드.
- 피부는 약간 검고, 검은 머리. 수염이 많음.
- '종달새 표'의 헤어 오일과 텔컴 파우더를 사용.
- 구두는 '오설리번'에서 만든 구두 굽으로 고친 것일지 모름.
- 숙련 기계공이라고 추정되므로, 거기에 관계되는 직장을 찾고 있을 가능성도 있음.
- 상반신, 아마 어깨 높이 정도에 총상 입음. 의사를 찾을 가능성 있음. 콜트 45구경 자동 권총을 갖고 있는 위험 인물임.

"불확실한 말이 너무 많은 수배서 같은데." 해빌랜드가 말했다.

"맞아, 그런 것 같아." 캐레라도 맞장구를 쳤다. "그러
나 하여튼 이것으로 범인을 잡으면 되네."

사건 수사에 나선다 해도 그리 수월하지는 않을 것이
다. 물론 법에 규정된 대로 총상 환자에 대해서는 의무적
으로 신고를 해야 하는 것이 당연하지만, 그렇지 않을 의
사가 있을지도 모른다. 이 도시에 있는 병원을 일일이 방
문하여 물어볼 수도 있으나, 그러기에는 병원 의사들이
너무 많다. 정확한 수는 다음 표와 같다.

컴스 포인트 4,283명
리버헤드 1,975명
아이솔라(다이아몬드백과 힐 사이드 포함) 8,728명
마제스터 2,614명
베스타운 264명
합계……세어 본 결과 17,864명

의사의 수는 너무 많았다. 한 군데 전화해서 물어보는
데 걸리는 시간을 약 5분으로 잡는다면 직업별 전화번호
부에 나와 있는 의사들에게 전화하는 데 약 89,320분이
걸린다. 물론 시 경찰은 모두 22,000여 명이 있다. 만일
한 사람당 4명의 의사를 맡는다면 20분 이내에 할 수 있
으나, 유감스럽게도 각각의 경찰들도 각기 자기 일에 바

쓰고, 각자 사건을 처리하기에 정신이 없다. 그래서 이들은 그냥 기다리기로 했다. 총상을 입은 환자에 대한 신고가 들어오기를 기다리는 것이다. 탄환은 범인의 몸에서 빠져나왔기 때문에 상처는 아마 곪지는 않을 것이다. 그렇다면 범인은 의사의 손을 빌리지 않고 집에서 치료할지도 모른다. 그럴 경우 이렇게 기다린다는 것이 얼마나 무모한 짓인가?

이 도시만 해도 의사의 수가 전부 17,864명이라면, 이 도시에서 일하는 직공들의 수는 세어 볼 필요도 없이 비교도 안될 만큼 엄청나게 많을 것이다. 그래서 수사도 그 선에서 멈추어 버렸다. '종달새표'라고 하는 죄없는 상표의 헤어 오일과 탤컴 파우더도 화제가 되었다.

조사해 보니까 이 남성 화장품은 전 시내의 어느 드러그스토어(미국에서는 이곳에서 약품류 이외에 일용 잡화, 화장품, 담배, 책 등도 판다)에서도 판다는 것을 알게 되었다. 다만, 가격이 비쌀 뿐이지, 아스피린처럼 어디에서나 구하기는 쉽다는 것이다.

그래서 경찰은 자료실에 비치해 둔 서류를 가지고 수사를 시작했다. 게다가 연방수사국의 거대한 서류 더미에 약간의 기대를 걸고.

수사 대상은 50세 미만의 백인 남자에 검은 머리, 약간 검은 피부, 키 6피트, 체중 180파운드, 콜트 45구경 자동권총을 잘 쓰는 사람.

범인은 이 도시 안에 있을지도 모른다. 그러나 미국이
라는 거대한 건초 더미 속에서 바늘 한 개를 찾는 것만큼
이나…….

"스티브, 어떤 여자가 면회왔는데요." 콜 양이 소리쳤
다.

"무슨 일로?"

"경찰 살해범을 수사하는 사람과 이야기하고 싶은 것
이 있다고 해요." 콜 양은 이마의 땀을 닦았다. 사무실에
는 커다란 선풍기가 있기 때문에, 그녀는 사무실을 나서
는 것이 싫은 모양이었다. 특별히 수사실 사람들과 이야
기하는 것이 싫어서 그런 것은 아니었다.

콜 양은 이 더운 날에 땀을 흘리며, 소용없는 이야기로
제복을 땀에 젖게 하고 싶지가 않은 것이다. 그것뿐이었
다.

"좋아, 들여보내." 캐레라가 말했다.

콜 양은 잠시 나갔다가 조그마한 몸집의 작은 새와 같
은 느낌이 드는 여자를 데리고 왔다. 여자는 갑자기 주위
를 죽 둘러보았다. 머리를 갸웃하며 사무실 중간 칸막이
를 쳐다보다가 다음에는 서류 캐비닛에서 책상으로, 다시
철망을 친 창문으로 옮기며 형사실의 모든 곳을 샅샅이
훑어보았다. 그리고는 전화를 받고 있는 형사들을 똑바로
쳐다보는 것이었다. 누가 보아도 정도가 지나칠 정도로

부자연스러운 태도를 하고 있었다.

"이분이 캐레라 형사입니다." 콜 양이 소개를 했다. "수사를 담당하고 있는 형사입니다."

콜 양은 크게 한숨을 쉬고는 큰 선풍기가 있는 작은 사무실로 돌아갔다.

"어서 오십시오, 부인." 캐레라가 말했다.

"미스인데요." 그녀는 고쳐 주었다. 캐레라는 그때 윗도리를 벗은 채였다. 그녀는 안 좋은 얼굴로 그를 보다가, 이번에는 날카롭게 실내를 한 바퀴 훑어보았다.

"개인 방 없나요?"

"유감스럽게도 개인 방은 따로 없습니다."

"사람들이 듣지 않는 곳으로 갔으면 좋겠는데."

"어떤 사람들 말입니까?"

"저기에 있는 같은 직원들 말입니다. 어디 구석에라도 ......?"

"좋아요. 그런데 성함이 어떻게 되는지 알고 싶은데요, 미스!"

"올리사 베일리예요." 그녀가 말했다. 젊게 본다 해도 50살은 되어 보인다고 캐레라는 생각했다. 마치 마법사처럼 날카롭게 생겼다. 칸막이의 안쪽으로 그녀를 데리고 가서 오른쪽 구석의 빈 책상으로 갔다. 하필 그 구석은 창문에서 바람이 전혀 들어오지 않는 곳이었다.

그녀를 자리에 앉히고 캐레라가 물었다.

"베일리 양, 어떤 일로 찾아오셨습니까?"

"이 구석에는 바퀴벌레 같은 건 없나요?"

"예, 바퀴벌레요?"

"저런, 녹음장치 말이에요."

"없어요."

"당신의 이름이 뭐라고 했죠?"

"캐레라 형사입니다."

"그럼, 영어 할 수 있습니까?"

캐레라는 웃음을 참았다. "예, 나도 우리 나라 말을 계속 쓸 작정입니다."

"미국인 경찰이 좋습니다." 베일리 양은 제딴은 진지한 듯이 말했다.

"그러나 저도 미국인으로 통할 때도 있습니다." 캐레라는 재미를 느끼며 대답했다.

"그것이 무엇보다도……."

한동안 침묵. 캐레라는 기다렸다.

베일리 양은 말을 계속할 것 같지 않았다.

"저……."

"쉿!" 그녀가 예민하게 막았다.

캐레라는 가만히 있었다.

몇 분인가 지나서 그녀가 말을 했다.

"그 경찰을 누가 죽였는지 난 알고 있어요."

캐레라는 눈을 번쩍이며 몸을 일으켰다. 때로는 생각하

지도 않은 곳에서 최상의 단서가 굴러오곤 하는 것이다.

"누구죠?" 캐레라가 물었다.

"당신은 전혀 생각지도 못할 사람일 거예요." 그녀가 대답했다.

캐레라는 가만히 기다렸다.

"그놈은 앞으로도 더 많은 경찰을 살해할 계획을 갖고 있어요." 베일리 양이 말했다. "그것이 그 사람의 계획이에요."

"누구의 계획인가요?"

"법의 수호자, 즉 경찰들을 해치우면 그 다음은 간단하기 때문이지요. 그놈의 계획은 그런 거예요. 첫번째로 경찰, 다음이 국경 경비대, 그 다음이 정규 군대라고요."

캐레라는 의아한 얼굴로 베일리 양을 쳐다보았다.

"그 녀석은 나에게 연락을 보내 주곤 해요. 확실히는 모르겠지만, 나도 그놈과 같은 처지라고 생각하고 있나 봐요. 벽에서 빠져나와 나에게 이야기해 주는 겁니다."

"누가 벽에서 빠져나온다는 겁니까?" 캐레라가 물었다.

"바퀴벌레 인간 말예요. 그래서 내가 여기에 벌레가 없냐고 물은 것입니다."

"바퀴벌레 인간이라고요?"

"그래요."

"알겠습니다."

"내가 바퀴벌레와 닮았나요?" 그녀가 물었다.

"아뇨, 전혀 그렇지 않은데요."

"그럼, 그는 왜 나를 친구라고 착각하고 있을까요? 그 사람은 바퀴벌레와 많이 닮았어요."

"아, 네."

"그 사람은 핵열선(核熱線)으로 이야기를 합니다. 그가 다른 별나라에서 왔다고 나는 생각하는데, 그렇게 생각하지 않으시나요?"

"그럴지도 모르겠군요." 캐레라가 대답했다.

"내가 그의 일을 알고 있는 것은 불가사의한 일이에요. 아마 그 녀석이 내 마음을 점령해 버린 것 같아요. 이해할 수 있겠어요?"

"어떤 것이라도 있을 수 있는 일이지요." 캐레라가 맞장구를 쳤다.

"그 사람은 리어던을 살해하기 전날 그 계획을 나에게 들려 주었답니다. 그 남자는 제3구의 위원이었기 때문에 첫번째로 죽이게 되었다고 말하더군요. 그 남자에게는 살인 적외선을 쏜다고 말했어요, 아시겠어요?" 베일리 양은 한숨을 쉬고 고개를 끄덕였다. "45구경 말이에요."

"예, 알고 있어요." 캐레라가 말했다.

"포스터는 알거트의 검은 왕자였어요. 그래서 어떻게 해서든지 그 사람을 해치워야 된다고 말했답니다. 그 녀석의 신호는 들어 본 적이 없는 외국어였지만, 또 그래서 확실히 알 수 있었습니다. 캐레라 씨! 당신이 미국인이라면 좋았을 텐데. 요새는 여기도 외국인이 많아져서 누구를 믿어야 할지 모르겠어요."

"글쎄요." 캐레라가 말했다. 땀이 셔츠의 등뒤로 축축이 젖어 있는 것을 느낌으로 알 수 있었다.

"그 녀석이 부시를 살해한 것은 부시가 숲이 아니고 서 있는 나무로 변장했기 때문이에요. 그 녀석은 식물 전부를 증오했어요."

"그렇군요."

"특히 나무를 증오했어요. 나무는 탄산가스를 빨아들이잖아요? 식물도 탄산가스를 빨아들이지만, 나무는 더 많은 탄산가스를 빨아들이거든요."

"그렇군요."

"그럼, 이 정도 아셨으니 그 녀석을 잡아 주세요." 베일리 양이 말했다.

"할 수 있는 일이라면 무엇이든지 하겠습니다."

"그 녀석을 잡으려면……." 베일리 양은 숨을 크게 들이 쉬고 핸드백을 야윈 가슴에 안고 서 있었다. "바퀴벌레 인간을 잡는 가장 좋은 방법을 듣고 싶지 않으세요? 그 녀석에게는 총은 도움이 되지 않습니다. 그 핵열선이 있으니까요."

"그건 몰랐습니다." 캐레라가 말했다. 두 사람은 칸막이 바로 안쪽에 서 있었다. 캐레라가 문을 열어 주자 여자는 밖으로 나갔다.

"그만두게 할 수 있는 방법은 한 가지뿐입니다." 그녀는 말했다.

"그것이 무엇입니까?"

베일리 양은 입을 다물었다. "꼭 없애버려야 돼요!" 그렇게 말하고는 황급히 걸어서 서무실 앞을 빠져나가 계단을 내려갔다.

버트 클링은 그날 밤 기분이 좋았다.

캐레라와 해빌랜드가 병실에 들어가자 그는 침대 위에서 일어나 앉아 있었다. 오른쪽 어깨의 넓은 붕대가 안 보이면 어디가 아픈지 모를 정도였다. 그는 병문안 온 두 형사와 이야기하고 싶어서 자리를 고쳐 앉았다.

클링은 두 사람이 사온 캔디를 아작아작 먹어치웠다. 병원 생활이 예상외로 활기차다면서, 하얀 가운을 입은 백의의 간호사들을 한번 보여 주겠다고 떠들어댔다.

자기를 쏜 소년들에 대해서 아무런 미운 감정을 갖고 있지 않은 것 같았다. 이런 운명도 그에게는 하나의 게임인 것 같은 느낌이었던 것이다. 클링은 캔디를 먹으며 익살을 떨더니 두 경찰이 돌아갈 때까지 계속 떠들어댔다.

두 사람이 돌아가기 바로 전에도 그는 고환이 3개 있는 어떤 남자의 이야기를 늘어놓고 있었다.

버트 클링은 그날 밤 아주 기분이 좋았다.

18

세 사람의 장례식이 뒤를 쫓듯이 이어졌다. 이들의 죽음을 슬퍼하고 애도하는 장례식에서도 더위는 여전했다. 관 뒤를 따르는 상주들은 땀을 흘리고 있었다. 햇빛은 모든 것을 태워 버릴 듯이 뜨거웠고, 관을 묻기 위해 파놓은 흙은 축축이 젖어 있었으며, 메마른 무정함으로 그 관은 덮였다.

그 주일에 해안은 사람들로 초만원을 이루었다. 모츠 섬의 컴스 포인트에서도 해변에 모인 인파가 247만이라고 하는 대기록을 세웠고, 아나운서들은 그런 것들을 보도하기에 바빴다. 경찰은 여러 가지 문제를 안고 있었다. 놀러 온 사람은 누구나 도로에 차를 멋대로 대놓았기 때문에 경찰은 교통정리하기에도 바빴다. 또 소화전 문제도 있었다. 시내의 어느 곳에서나 어린이들이 소화전을 열고 즉석 샤워를 즐기는 바람에 그것을 찾아다니며 다시 원상태로 만들어 놓아야 했다. 또 야간 강도 문제도 있었다. 누구나 창을 열어놓은 채로 자고, 자동차도 창을 열어놓은 채 잠그지도 않고 세워두었기 때문이다. 가게를 지키는 사람들도 너무 심한 무더위를 피해 콜라 한 병이라도 더 빼내서 도시를 떠나 버렸으므로 빈 가게가 많았다. 또 강에 물놀이를 가서 빠지는 사람이라도 있으면, 물에 빠져서 퉁퉁 붓고 눈알이 튀어나온 사람을 건져 내어 처리하는 것도 문제였다.

딕스 강의 워커 섬에서도 경찰은 감옥에 있는 죄수들의 문제까지 처리해야 했다. 수감되어 있던 죄수가 이 무더위를 참지 못해 컵으로 찜통 같은 감방의 축축한 이슬이 맺힌 철책을 마구 두드려댄 것이다. 이 소란을 들은 경찰은 산탄총을 가지고 그에게 덤벼들어야 했다.

경찰은 이러한 갖가지 어려운 문제를 감당하고 있는 것이었다.

캐레라는 그녀가 검은 옷을 입지 않았으면 좋겠다고 생각했다.

그도 이런 생각을 하는 자신이 바보스럽다는 것은 알고 있었다. 남편이 죽었을 때 모든 미망인들은 검은 옷을 입는 것이 마땅한 일인데.

심야의 순찰차에서 별로 할 일이 없을 때에는 몇 시간이고 쓸데없는 이야기를 하며 행크와 같이 시간을 보냈었다. 행크는 그의 아내 앨리스가 잠자리에 들기 전에 검은 잠옷으로 갈아입는다는 이야기를 몇 번이고 반복해서 자세하게 들려주었었다. 그러나 아무리 애를 써도 검은 옷이 갖는 두 가지 의미를 캐레라는 알 수가 없을 것 같았다. 약간 비밀스러워 보이는 매혹의 검은 옷과, 상복의 어두운 검은 옷을……

앨리스 부시는 컴스 포인트의 아파트 거실에서 그와 마주앉아 있다. 창은 활짝 열려 있고, 컴스 포인트 대학 구내의 높이 솟은 고딕 건축물이 빛나는 창공 속에 무정하게 우뚝 서 있는 것이 보였다. 캐레라는 부시와는 오랫동안 같이 일해 온 사이였지만, 그의 아파트에 들어와 보기는 이것이 처음이고, 그래서 그런지 검은 옷을 입은 앨리스 부시와 만나는 것이 어쩐지 생소하다는 느낌이 들었다.

그 아파트는 행크 부시의 집이라고는 생각되지 않는 그런 분위기였다. 행크는 덜렁거리고 꾸밈이 없는 남자였는데, 이 아파트는 어딘가 꾸미기 좋아하는 독신녀가 사는 아파트 같았다. 행크가 이 방에서 지내며 편안히 쉬었다는 것이 캐레라에게는 믿어지지 않았다. 가구를 둘러보고 의자를 보았다. 여기에서 부시가 그의 아내와 희희낙락하며 다리를 죽 뻗고 있었다는 것이 상상이 안되었다. 창의 커튼은 주름을 잡은 사라사 천으로 되어 있었다. 거실의 벽은 기분이 좋지 않은 엷은 레몬 색이었고, 벽에 붙여 놓은 테이블엔 소용돌이 모양의 상감 세공이 되어 있었으나 여기저기 상처가 나 있었다. 방구석에는 장식장이 있고, 거기에는 조그만 동물들의 세공품과 깨지기 쉬운 난쟁이 인형의 유리 세공품이 진열되어 있었다. 잠자는 귀여운 인형까지 만들어 앉혀 놓았다.

이 방도, 이 아파트 전체도 캐레라에게는 어쩐지 고상함과 희극적인 분위기처럼 서로 어울리지 않는 공간으로 느껴졌다. 행크는 마치 문학 서클의 다과회에 뛰어든 연통 기술자같이 이 아파트 분위기와는 어울리지 않는 존재 같았다.

부시 부인은 그런 남편의 분위기와는 달랐다.

부시 부인은 푹신한 연두색의 작은 소파에 앉아서 맨살의 예쁜 다리를 의자 위에 올려놓고 앉아 있었다. 부시 부인은 이 방에 잘 어울리는 그런 여자였다. 이 방은 부시 부인을 위해 꾸며진 것 같았고, 부시와는 정말 어울리지 않는 것이었다.

그녀는 비단으로 된 옷을 입고 있었다. 풍만한 가슴과 믿기지 않을 정도의 가늘고 긴 허리로 몸매가 아주 좋았는데, 어쩐지 아이를 낳은 여자의 몸매 같지는 않았다. 캐레라는 그녀의 몸에서 아이를 낳았다는 것을 상상할 수가 없었다. 그의 머리에 떠오르는 것은 행크가 들려주었던 자기 아내의 모습——매력적인 앨리스의 모습뿐이었다. 검은 비단옷이 도리어 그런 느낌을 강하게 해주었다. 예쁘게 꾸며진 이 방이 더욱 그 느낌을 확실하게 해주었다. 이 방은 앨리스 부시의 연기 무대였던 것이다.

그녀의 옷은 가슴을 깊이 판 것이 아니었다. 거기에다 그녀의 옷은 특별히 몸에 딱 붙는 그런 것도 아니었다.

이 여자는 무엇을 입어도 잘 어울릴 것 같았다. 이 행크
의 아내에게는 낡은 보자기를 걸쳐 놓아도 멋있는 옷으
로 보일 것이다.

"저는 지금부터 어떻게 해야 좋을지 모르겠어요." 앨리
스가 말했다. "분서 직원들의 일상사를 돌보며 살아가야
되는지? 경찰 미망인들은 모두 그런 일을 하면서 생계를
이어나간다지요?"

"행크는 보험 같은 것을 들어 놓지 않았나요?" 캐레라
가 물었다.

"보험은 들지 않았어요. 경찰 봉급으로는 그냥 생활하
기도 빠듯해요. 게다가 그이는 아직 젊어서 이런 일이 생
기리라고는 꿈에도 생각하지 못했어요. 이런 일이 있을
줄 누가 알았겠어요?" 그녀는 두 눈을 크게 뜨고 캐레라
를 쳐다보았다. 그 눈은 진한 갈색이고 머리는 선명한 금
발이었으며, 해맑은 피부에는 잡티 하나 없었다. 캐레라
는 그녀가 미인이라고 생각하며 안타까운 마음이 들었다.
그녀가 차라리 남자에게 호감을 주지 않는 여자라면 좋
겠다고 생각했다. 그녀가 젊고 미인인 것을 캐레라는 바
라지 않았던 것이다. 이 방에서 남자가 거북하게 느껴지
는 것은 대체 무슨 까닭일까? 캐레라는 자신이 남국의
섬에 잡혀 와서 가슴을 내놓은 미인들에게 둘러싸인 최
후의 남자인 것 같은 느낌이 들었다. 아마조니아라는 여
신이 섬에 마지막으로 남겨놓은 단 한 명의 남자.

이 방의 분위기와 앨리스 부시 때문이었다.

여자 내음이 온통 그를 감싸는 것처럼 느껴졌다.

"스티브, 그런 것은 잊어버리고," 앨리스가 말했다. "한 잔 드릴까요?"

"예, 주신다면······." 캐레라가 대답했다.

그녀는 일어섰다. 일어서자 길고 하얀 다리가 보였다. 연꽃잎과 같은 그녀의 움직임을 보았다. 그 여자는 늘 이런 모습으로 생활해 왔으리라. 그녀는 지금 자신의 매력 같은 것에는 신경쓰지 않을 것이다. 자신이 매력 있다고 생각하고 행동하는 사람은 벌써 다른 사람들에게는 자신의 매력을 잃어가고 있는 것이다. 어느쪽이든 그게 나와 무슨 상관이 있단 말인가? 앨리스의 다리는 앨리스의 다리일 뿐이다. 내게 무슨 특별한 의미가 있겠는가?

"스카치, 좋아요?"

"예, 좋아요."

"이런 일이 생기면 어떤 기분이세요? 예를 들면······." 앨리스가 서서 물었다. 서 있는 모습이 패션 모델처럼 느껴졌다. 패션 모델들은 대개 가슴이 거의 없고 허리가 버드나무처럼 야윈 그런 여자가 많으나, 앨리스는 그렇지 않았다.

"예를 들면이라고 하셨는데, 그게 무슨 뜻이지요?"

"친하게 지내던 동료의 죽음을 수사하는 기분 말이에요."

"좋지 않습니다."

"그렇겠지요."

"그래도 부인은 참으로 침착하시군요." 캐레라가 말했다.

"어쩔 수 없는 일이니까요." 앨리스가 분명히 대답했다.

"그래도……."

"그렇다고 정신차리지 않고 기진맥진해서 슬퍼하기만한다면 그것이 무슨 소용 있겠어요? 그 사람은 벌써 무덤에 가 있는걸요. 제가 울고불고한다고 어떻게 되는 것도 아닌데."

"그건 그렇지요."

"뒤에 남겨진 사람이라도 살아나가야 되지 않겠어요? 사랑하는 사람이 죽었다고 해서 저도 따라 죽을 수는 없는 일이지요. 그렇지 않습니까?"

"그렇습니다." 캐레라도 맞장구를 쳤다.

그녀는 캐레라 옆에 와서 잔을 건네주었다. 순간 두 사람의 손가락이 부딪쳤다. 캐레라가 얼굴을 들었다. 그녀는 태연한 얼굴을 하고 있었다. 손가락이 부딪친 것은 아무 의미가 없는 일이라고 캐레라는 확실히 느꼈다.

그녀는 창가에 가서 대학 쪽을 바라다보았다.

"그 사람이 없으니 여기도 쓸쓸하군요."

"분서에도 그 사람이 없으니 썰렁하더군요." 캐레라가 이렇게 내뱉으며 생각했다. 지금까지 그는 자신이 얼마나

행크에게 우정을 가지고 있었는지 자신도 잘 몰랐었는데
…….

"저는 여행이라도 떠날까 생각해요. 그 사람을 생각나
게 하는 모든 것에서 도망치고 싶어."

"어떤 일에서?" 캐레라가 물었다.

"이를테면, 저녁때 장롱 위의 머리빗을 보면 그이의 붉
은 머리카락이 빗 사이로 떠오르겠지요. 보는 것마다 그
이의 모습이 배어 있어서……. 그이는 거친 면이 있었어
요. 스티브! 그이는 무척 거칠고 덜렁대는 사람이었어요."
한숨을 돌리고서, "정말 거친 사람." 하고 끝을 맺었다.

이 말 속에는 여성적인 냄새가 풍겼다. 캐레라는 또 행
크가 이야기해 준 그녀의 모습과 지금 현재 창가에 서 있
는 앨리스의 모습을 보며 생각에 잠겼다. 이렇게 말한다
고 해서 그녀가 나쁘다는 것은 절대 아니다. 그녀는 단지
앨리스 부시로서, 한 사람의 여성으로서 있는 그대로 그
녀에 대한 느낌을 표현한 것뿐이다. 그녀도 운명에 의해
조정되는 장기판의 말에 지나지 않는다. 우연히 여자의
몸으로 태어난 말처럼…….

"수사는 어느 정도 진척이 있나요?" 그녀가 물었다. 천
천히 창가에서 돌아와 작은 소파에 앉았다. 그다지 우아
한 몸짓은 아니었지만 역시 여자다움이 엿보였다. 작은
소파에 웅크리고 앉아 또 발을 의자 위에 올려놓았다. 그
녀가 거기에서 고양이 소리를 냈다 하더라도 캐레라는

별로 놀라지 않았을 것이다.

그는 살인 용의자에 대해 알고 있는 것을 들려주었다. 앨리스는 고개를 끄덕이며 듣고 있었다.

"그럼, 잡히겠군요." 그녀가 말했다.

"그렇게 볼 수만도 없어요."

"그래도 만일 그 남자가 치료받기 위해 의사를 찾는다면 잡을 수 있지 않겠어요?"

"아마 가지 않을 겁니다. 자기가 직접 치료할 수도 있을 테니까요."

"많이 다쳤다고 그러셨잖아요?"

"그렇긴 하지만 내장은 괜찮으니까요."

"행크가 쏘아 죽였다면 좋았을걸." 그녀가 말했다. 놀랍게도 그 어조에는 증오의 빛이 조금도 들어 있지 않았다. 말 자체는 몸을 사린 뱀과 같이 무서운 의미를 숨기고 있었지만, 도리어 아무 피해도 없다는 어조로 말했던 것이다.

"그렇고말고요. 그놈을 죽였으면 얼마나 다행이겠어요."

"지금부터 취해야 할 방법은?" 앨리스가 물었다.

"글쎄, 모르겠습니다. 북 본부의 강력계에서도 이 연속적인 살인사건에는 이렇게도 저렇게도 하지 못하고 있어요. 어떻게 검거를 해야 될지 우리들도 두세 가지 착상이 있기는 하지만."

"단서 말인가요?"

"아뇨. 사소한 실마리 정도입니다."

"어떤 것이지요?"

"들으셔도 따분하실 텐데."

"살해된 사람은 제 남편이에요." 앨리스가 차갑게 말했다. "남편을 죽인 범인을 잡는 단서에 관한 이야기를 하는 데 따분하다니요, 그렇지 않아요."

"그렇지만, 저도 확실히 모르는 것을 제멋대로 짐작하여 이야기하고 싶지는 않습니다."

앨리스는 미소를 머금었다. "그럼, 할 수 없지요. 당신은 술을 입에도 안 대시는군요."

캐레라는 잔을 입으로 가져갔다. 아주 진한 술이었다.

"와, 이건 상당히 알코올 농도가 높은 술이군요."

"행크는 센 것을 좋아했지요. 그이는 어떤 것이든 강렬한 것을 좋아했어요."

여기서 또 앨리스는 남편의 성품이 도발적인 그 육체를 닮았기 때문인가 하고 생각했다. 캐레라는 이 여자가 달리(1904~ 스페인의 초현실주의 화가)가 그린, 이상한 풍경 위에 수백 수천 개의 가슴과 엉덩이와 다리의 파편들이 사방에 흩날리며 폭발해 버린 그림 같은 느낌이 들었다.

"이젠 가 봐야겠는걸요." 캐레라가 말했다. "대낮부터 술마시고 떠들고 있으면 월급을 어떻게 받겠습니까?"

"조금만 더 계시다가……." 그녀가 말했다. "저도 두세 가지 생각한 점이 있어요."

캐레라는 얼른 얼굴을 들었다. 그녀의 어조에는 무언가 숨은 뜻이 있는 것 같았기 때문이다. 그러나 이것은 캐레라의 오해였다. 그녀는 캐레라에게 등을 돌린 채 창밖을 바라보았다. 그녀의 얼굴이나 몸도 캐레라 쪽에서는 옆모습만 약간 보였다.

"말씀해 보시지요." 캐레라가 말했다.

"경찰에게 원한을 갖고 있는 사람이 아닐까요?"

"그럴지도 모르지요."

"그렇게밖에 생각할 수가 없어요. 경찰을 세 사람이나 살해하는 그런 미친 짓을 달리 생각할 수가 있겠어요? 경찰에게 원한을 가지고 있는 미치광이가 틀림없을 거예요. 본부의 강력계에서는 그렇게 생각하고 있지 않나요?"

"요 2~3일간은 거기 직원들과 만나지는 못했지만, 그 사람들도 확실히 처음에는 그렇게 생각했었어요."

"그럼, 지금은 어떤데요?"

"그놈을——뭐라고 확실히 말할 수가……."

"당신은 어떻게 생각하고 있나요?"

"경찰을 증오하는 미치광이인지도 모르지요. 리어던과 포스터의 경우는 거기에 해당될지 모르겠습니다. 그러나 행크는……모르겠군요."

"그게 무슨 말씀인가요?"

"그러니까 리어던과 포스터는 두 사람이 한 조로 일을 했으므로 누군가가 두 사람에게 원한을 갖고 있을지 모

른다고 생각할 수가 있지요. 두 사람이 같이 사건을 처리
했으니까……. 어떤 얼간이를 지독하게 다룬 적이 있을지
도 모르거든요."

"그래서요?"

"그런데 행크는 그 두 사람과 함께 사건을 담당한 적이
한 번도 없습니다. 아니지, 한 번도 없다고는 말할 수 없
겠군요. 잠복근무로 한두 번은 같이 일한 적이 있을지도
모르겠습니다. 그러나 큰 사건에서는 두 사람과 같이 일
한 적이 없어요. 기록을 보면 확실히 알겠지만."

"그렇다고 무슨 개인적인 원한 관계로 그런 일이 일어
났다고는 생각하지 않아요. 어떤 무서운 미치광이의 짓일
지도 모르지요." 그녀는 화가 난 모습이었다. 지금까지의
그녀는 온화하고 침착했는데, 왜 갑자기 캐레라에게 화를
내는 것일까? 무엇 때문에? 캐레라는 그 이유를 도무지
알 수가 없었다. 숨소리가 거칠어지고, 가슴이 세게 뛰고
있는 것 같았다.

"어떤 정신이 나간 바보가 87분서의 경찰들을 모조리
죽여 버리려고 작정했나 보죠? 내 말이 너무 지나쳤나
요?"

"아뇨. 그렇잖아도 사실 이 주변의 정신병원을 상대로
해서 근래에 퇴원한 환자들 중에 그런 경력이 있는 사람
이 있는지 알아보았는데……." 캐레라는 머리를 흔들었다.
"한편으로는 편집광의 짓일지도 모른다고 생각해 보았습

니다. 경찰 제복을 보면 정신이 나가서 사건을 저지르는
사람 말입니다. 그러나 당한 사람은 모두 제복을 입지 않
고 있었지요."

"그래요, 그렇군요. 그러면?"

"하나라도 단서가 될 만한 것이 있다고 생각되면 어떤
것이라도 수사를 해봐야지요. 경찰에 원한을 품지는 않았
지만, 다만 군대에서 장교와 끊임없이 사건을 일으킨 젊
은 남자가 있는데, 최근 브램룩 병원에서 치료를 받다가
퇴원했다고 하더군요. 하지만, 이 사건과는 관계가 없을
것 같습니다. 병원의 정신병동 의사에게 물어보니 그 남
자의 병세로는 범행을 저지를 정도는 아니고, 조금 날뛴
경우에 속한다고 하더군요."

"그럼, 그것은 끝난 겁니까?"

"그 사람을 만나러 갔었습니다. 아주 점잖아 보였고 알
리바이도 확실했지요."

"그밖에도 어떤 사람들을 수사했나요?"

"불량배들 세계에도 염탐꾼을 보냈죠. 불량배들의 짓일
지도 모른다고 생각했기 때문이지요. 우리들의 처사에 원
한을 품어 온 불량배 중의 누군가가, 경찰의 힘도 절대적
인 것이 아니라는 것을 보여 주기 위해 한 짓일지도 모른
다는 생각에서. 살인청부업자를 고용해서 조직적으로 우
리들을 굴복시키려고 그런 짓을 시작한 불량배들의 복수
라면——그러나 우리는 이렇게 엄청난 결과를 가져올 만

한 사건을 일으키지도 않았고——그렇게 비밀스럽게 행동하지도 않았죠."

"다른 것은?"

"오늘 아침에는 연방수사국(FBI)의 범법자 사진을 다 대조해 보았는데, 범인의 인상과 비슷한 놈은 헤아릴 수 없을 정도였어요." 캐레라가 스카치를 한 모금 마셨다. 그는 아까보다 조금은 기분이 풀어져서 이야기하고 있었다. 그녀에게서 처음만큼 묘한 분위기를 느끼지 않았기 때문이리라. 어쨌든 분위기가 좋아졌다.

"뭐 좀 알아냈나요? 그 사진에서……."

"아직……. 반 정도는 현재 수감중이고, 나머지는 전국 각지에 흩어져 있어요. 참 난처한 일입니다. 그런데……."

"뭐가요?"

"범인은 그 세 사람이 모두 경찰이라는 것을 어떻게 알았을까요? 모두 사복 차림이었거든요. 전에 어떤 관계가 없었다면 어떻게 경찰이라는 것을 알았을까요?"

"그렇군요. 납득이 됩니다."

"분서에 출입하는 사람들을 건너편 차 안에서 보았을지도 모르지요. 잠깐 동안 그렇게 하다 보면 분서 직원들이 누구며, 사건이 발생해서 들락날락거리는 것을 알 수 있을 테니까요."

"그렇게 했을지도 모르겠군요." 앨리스가 말했다. "맞아요. 그럴 가능성이 있어요." 그녀는 무의식적으로 다리를 꼬고 있었다. 캐레라는 시선을 돌렸다.

"그러나 이 추측에는 몇 가지 문제점이 있어요." 캐레라가 말을 이었다.

캐레라는 못할 말을 해버린 것처럼 당황해서 그녀의 안색을 살폈다. 앨리스 부시는 이 심한 말에 별로 신경쓰는 것 같지 않았다. 아마 이런 천한 말을 남편에게 가끔 들었던 모양이다. 그녀는 아직도 다리를 꼬고 앉아 있었다. 늘씬한 다리였다. 스커트가 묘한 모습으로 비틀려 있었다. 캐레라는 눈길을 딴 곳으로 돌렸다.

"누군가가 분서를 지켜보고 있었다면, 우리도 그것을 눈치챘을 텐데 말입니다. 그러니까 분서의 직원들과 그냥 찾아드는 손님을 구별할 수 있을 정도라면 긴 시간 동안 지켜보아야 하고, 상당한 시간이 걸리게 되지요. 그렇게 되면 우리 쪽에서도 무언가 눈치를 챘을 테고요."

"아니면 그쪽에서 몰래 숨어서 지켜볼 수도 있지 않겠어요?"

"분서 맞은편에는 건물은 없고 공원뿐인데요."

"공원 어딘가에 숨어서……쌍안경을 가지고 지켜보았는지도 모르지요."

"그렇게 생각할 수도 있지요. 그럼, 형사와 경찰을 어떻게 구별할 수 있었을까요?"

"뭐라고요?"

"그놈이 죽인 것은 셋 다 형사입니다. 우연한 일일지도 모르지만, 저는 그렇게 생각하지 않습니다. 그렇다면 형사와 경찰을 어떻게 구분할 수가 있었을까요?"

"간단한 일이지요. 만일 그 남자가 죽 지켜보았다면, 출근하는 때를 지키고 있다가 점호가 끝난 뒤에 담당 부서로 가는 것을 보면 알겠지요. 그때에는 제복을 입고 있을 테니까요. 저는 순찰하는 경찰들을 말하는 거예요."

"예, 그렇겠지요." 그는 숨을 단숨에 들이켰다. 앨리스는 소파에서 자세를 바꿔 앉았다.

"덥군요."

캐레라는 그녀 쪽은 쳐다보지 않았다. 앨리스가 그녀 자신도 모르는 사이에 무심코 내놓은 아래쪽 부분을 보게 될 것이 싫었기 때문이다.

"이 더위에 수사를 하는 것도 무척 힘드시겠어요?" 그녀가 말했다.

"이런 더위에는 무엇을 하든지 힘들긴 마찬가지지요."

"당신이 돌아가면 저는 짧은 바지와 브래지어만 입고 있을 거예요."

"아, 제가 이제 그만 돌아가는 것이 편하시……." 캐레라가 말했다.

"아뇨. 그런 뜻으로 말씀드린 것은 아니에요. 상관없어요. 더 계신다면 제가 지금 갈아입어도 되죠, 뭐. 곧 돌아가신다고 생각하고 그냥 이 차림으로 있었던……." 그러면서 그녀는 한쪽 손을 막연하게 흔들어 보였다. "아녜요."

"가겠습니다. 조사해야 할 사건이 산더미처럼 쌓여 있어서요." 캐레라는 일어났다. "술 잘 마셨습니다." 그는 문 쪽으로 걸어가며 말했다. 그녀가 일어나는 것을 돌아보지도 않았다. 그 다리를 쳐다보고 싶지 않았다.

입구에서 그녀는 캐레라의 손을 잡았다. 따뜻하게 꼭 잡아 주었다. 그녀의 보드라운 손이 캐레라의 손을 잡은 것이다.

"수사 잘하세요. 만일 제가 도울 일이라도 있으면……."

"연락하겠습니다. 그럼, 안녕히 계십시오."

캐레라는 아파트를 나와서 거리로 향했다. 거리는 몹시 더웠다. 이상하게 그는 누군가와 같이 자고 싶었다. 아무라도 좋을 것 같았다.

19

"**맞**아. 내가 말하는 진짜 호색가는 이런 남자야." 헬 윌리스가 말했다. 헬 윌리스는 캐레라가 알고 있는 사람 중에 가장 키가 작은 형사이다. 물론 경찰의 최저 기준인 5피트 8인치(173cm)는 되지만, 그것도 겨우 넘는 정도였다. 분서의 당당한 체구를 가진 다른 형사들과 비교해 보면 강인한 형사라기보다는 얌전하고 곱살하게 생긴 발레리나 같아 보인다. 그러나 그가 강인하고 끈기 있는 형사라는 것은 틀림없는 사실이다. 예쁘장한 체격과 갸름한 얼굴에 파리도 못 잡을 것 같은 그런 인상이지만, 이 헬 윌리스와 접촉해 본 사람은 누구도 두번 다시 그의 날카로운 눈과 마주치는 것을 원치 않는다. 헬 윌리스는 무도의 달인이었다.

헬 윌리스는 악수를 하면서 동시에 하나의 움직임으로 상대의 등뼈를 부러뜨리는 기술도 갖고 있다. 헬 윌리스에게 방심했다가는 어느새 엄지손가락이 비틀리는 고통을 받게 되는 경우가 있다. 더하면 아차 하는 사이에 럭비 볼을 세게 던지듯이 공중으로 날려 버릴지도 모른다. 안다리 후리기, 업어치기, 누우며 던지기 등의 유도 동작

들이 그 빛나는 갈색 눈과 함께 핼 윌리스의 인격의 일부
가 되어 있는 것이다.

그 갈색의 날카로운 눈이 지금 캐레라의 책상에 놓인
연방수사국의 사진 한 장을 흥미있는 듯이 쳐다보고 있
었다.

사진은 그야말로 '진짜 호색한'의 사진이었다. 코는 적
어도 네 군데나 굽어 있고, 왼쪽 볼에는 아래위로 흉터가
보였으며, 눈 위에도 흉터가 많고, 귀는 콜리플라워처럼
비뚤어지고, 이빨도 변변치 않았다. 이름은 물론 '호색한
클레이야크.'

"귀여운데. 그런데 왜 이런 사진을 보여 주는 거지?"
캐레라가 말했다.

"검은 머리. 6피트 2인치(188cm)의 키. 185파운드(84kg)의
몸무게. 어둡고 쓸쓸한 밤에 이런 놈과 마주치면 어쩌
지?"

"무슨 소리야? 이 도시에 있단 말이야?"

"로스앤젤레스."

"그럼, 이놈이 그 무서운 얼굴의 아저씨로군!" 캐레라
도 쓸데없는 말을 했다.

"담배 한 대 피우고 생각해 보게나." 윌리스가 장단을
맞추며 되받았다. "체스터필드 담배는 6만 개의 필터 망
에 걸려 살아 남은 유일한 담배니까 행운이지."

캐레라가 소리를 높여 웃었다. 전화벨이 울리자 윌리스

가 전화기를 들었다.

"87분서 윌리스 형사입니다."

캐레라가 얼굴을 들었다.

"뭐라고? 주소를 말해 봐." 윌리스가 당황해서 메모지에 무엇인가를 쓴다.

"붙잡아 놔. 곧 갈 테니." 수화기를 놓고 그는 책상 서랍을 열어 권총집에서 권총을 꺼냈다.

"왜 그래?" 캐레라가 물었다.

"북35번가 의사야. 왼쪽 어깨에 총알을 맞은 상처가 있는 사람이 왔다고 하는군."

캐레라와 윌리스가 도착했을 때는 북35번가의 갈색 건물 앞에 순찰차가 한 대 서 있었다.

"신참내기 경찰이 먼저 와서 손을 쓴 것은 아닌지 모르겠네." 윌리스가 말했다.

"잘 붙잡고만 있으면……." 캐레라는 무엇을 기원하는 듯한 어조로 대답했다. 현관에 푯말이 걸려 있었다. '진찰 중. 벨을 누르고 대합실에서 기다려 주십시오' 라고 쓰여 있었다.

"어디지?" 윌리스가 말했다. "계단 위쪽인가?"

두 사람은 벨을 누르고 문을 열고 안으로 들어갔다. 거기는 길바닥과 같은 높이의 갈색 건물인데, 정원이 붙어 있었다. 순찰중이던 경찰 한 사람이 긴 가죽 의자에 앉아서 '에스콰이어' 잡지를 읽고 있었다. 형사들이 들어가자 그는 잡지를 덮고, "커티스입니다." 하고 자기 이름을 말했다.

"의사는 어디 있지?" 캐레라가 물었다.

"안에 있습니다. 컨트리가 이야기를 듣고 있습니다."

"어느 나라(country)라고?"

"제 동료입니다."

"가세." 윌리스와 캐레라는 의사의 진찰실로 들어갔다. 두 사람이 들어가자 검은 더벅머리의 큰 남자가 우뚝 서 있었다. 컨트리가 바짝 긴장을 한 모습을 하고 있었다.

"이젠 됐어, 컨트리." 윌리스가 쌀쌀하게 말했다. 그 경찰은 천천히 진찰실을 나갔다.

"러셀 선생님이십니까?" 윌리스가 물었다.

"그래요." 러셀 의사가 대답했다. 50살 가량의 남자였는데, 은발의 머리 때문에 정확한 나이는 알 수 없었다. 진찰할 때 입는 흰 가운을 입고, 넓은 어깨와 전신주처럼 죽 뻗은 몸매를 하고 있었다. 꽤 미남이고 의술도 있어 보이는 인상이었다. 돌팔이 의사인지도 모르겠지만, 캐레라는 이 사람한테라면 심장수술도 맡길 수 있을 것 같은 생각이 들었다.

"그 남자는 어디 있습니까?"

"갔습니다." 러셀 의사가 대답했다.

"어떻게 된 겁니까?"

"상처를 살펴보고 곧 전화를 했습니다. 구실을 만들어 거실에 와서 전화를 걸고 곧 나가 보니까 가버렸더군요."

"쳇." 윌리스가 내뱉었다.

"처음부터 자세히 이야기해 주십시오."

"물론이지요. 그 남자가 들어와서……. 아직 20분도 채 안되었어요. 이 시간에는 진료가 별로 없습니다. 요새 웬만한 병은 바닷가에 가면 곧 나아 버리니까요." 의사가 잠깐 웃었다. "그 남자는 총을 소제하다가 갑자기 폭발했다고 했습니다. 진찰실에 들어와 셔츠를 벗으라고 했습니다. 그 남자가 셔츠를 벗었지요."

"그리고 나서?"

"상처를 보았습니다. 사고는 언제 났느냐고 물으니까 오늘 아침이라고 하더군요. 저는 곧 거짓말이라는 것을 알았지요. 진찰해 보니까 그 상처는 꽤 오래 된 것 같았습니다. 벌써 상당히 곪아 있었거든요. 그래서 신문에 난 기사가 생각난 겁니다."

"경찰 살해범 말이지요?"

"예. 허리 위쪽으로 총상이 있는 남자에 대한 기사를 읽은 기억이 났습니다. 그래서 구실을 만들어 전화를 했지요."

"총상은 틀림없습니까?"

"의심할 여지가 없어요. 붕대는 하고 있었지만, 심한 상처였습니다. 아주 자세히 보지는 못했어요. 어떻게든 빨리 전화를 해야 한다는 급한 마음에. 그런데 소독하려고 머큐로크롬을 쓴 것 같았어요."

"머큐로크롬이라고요?"

"예."

"그러나 그것만으로는 상처가 낫지 않겠지요?"

"예, 그렇습니다. 그 남자는 조만간 또 의사를 찾지 않으면 안될 겁니다."

"어떤 남자였습니까?"

"그러니까⋯⋯어디부터 이야기해야 좋을지?"

"나이는?"

"서른다섯쯤 되어 보였어요."

"키는?"

"6피트쯤 될까? 그 정도였어요."

"몸무게는?"

"180파운드 정도 될 겁니다."

"머리는 검었나요?" 윌리스가 물었다.

"그렇더군요."

"눈 빛깔은 어떠했나요?"

"갈색이었어요."

"흉터라든가, 무슨 그런 특징은?"

"얼굴에 심하게 긁힌 자국이 있었어요."

"그놈이 혹시 진찰실에서 손을 댄 물건이 있습니까?"

"아뇨. 아, 잠깐! 댔습니다."

"어디에?"

"이 진찰대에 앉아 있었지요. 상처에 손을 대니까 그 남자는 얼굴을 찡그리며 진찰대 다리의 손잡이를 잡았습니다."

"이것이 단서가 될지 모르겠군." 캐레라가 말했다.

"그렇겠군. 러셀 선생님! 그놈은 무엇을 입고 있었지요?"

"검은 옷이었어요."

"검은 양복인가요?"

"예."

"셔츠의 색은?"

"흰색. 상처 주위는 더러워져 있었어요."

"넥타이는?"

"검정과 금색이 섞인 것."

"넥타이 핀은?"

"했습니다. 무슨 조각이 된 것으로."

"어떤 모양이었지요?"

"악기였나? 하여튼 그런 종류였습니다."

"트럼펫? 피리, 풍금?"

"모르겠습니다. 그게 어떤 것인지 구별할 수는 없었으나, 하여튼 참 드문 넥타이 핀이라서 눈에 띄었지요. 옷을 벗을 때 잠깐 보았습니다."

"구두의 색은?"

"검은색이었습니다."

"수염은 깎았습니까?"

"예, 수염을 기르지는 않았어요."

"그렇군요."

"그런데 콧수염은 많이 자라 있더군요."

"음, 반지는 끼고 있었나요?"

"모르겠습니다."

"속내의는 입었습니까?"

"입지 않았더군요."

"이런 더위에 무리도 아니지. 선생님, 전화를 좀 써도 되겠습니까?"

"물론이지요. 그 남자가 맞습니까?"

"그러면 좋겠는데……." 윌리스가 말했다.

"그렇기를 바라겠습니다."

인간이란 무섭거나 긴장을 하게 되면 땀을 흘리게 되어 있다. 예를 들어 기온이 90℉(32℃) 정도까지 오르지는 않아도 손끝에 땀샘이 있어서 98.5%의 물과 0.5~1.5%의 기타 물질이 포함되어 있는 것을 분비하게끔 되어 있다. 이 물질은 3분의 1은 무기물──주로 소금──로, 3분의 2는 유기물로 되어 있다. 그 밖에 요소라든가 알부민, 단백질, 지방 등도 인간의 손끝에서 나오는 분비물에 섞여 있다.

이 땀이라고 하는 것은 기이하게도 사람이 닿는 곳이

면 어디에나 엷은 막과 같은 흔적을 남겨 놓는다.

그 살인 용의자는 이따금 러셀 의사의 진찰대 손잡이의 매끄러운 크롬 면에 손을 대었다.

과학수사연구소 일행이 그 지문 위에 쉽게 구입이 가능한 검은 분말 같은 것을 뿌렸다. 나머지 분말은 종이 위에 떨어뜨리고, 지문 위를 타조의 날개로 가볍게 쓸었다. 그리고 사진 촬영을 했다. 용의자가 쥔 손잡이 아랫부분에도 다른 손가락의 두 번째 관절 지문이 확실히 나타나 있었다.

지문은 곧 자료실로 보내져서 기록에 있는 범법자들의 지문과 철저하게 대조되었다. 그 대조 결과 동일 지문에 해당되는 사람은 없었다. 지문은 다시 연방수사국에 보내졌고, 형사들은 그 결과를 기다릴 수밖에 없었다.

한편, 경찰에 소속된 화가가 러셀 의사에게 가서, 그 의사가 이야기해 주는 대로 용의자의 인상을 듣고 몽타주를 그렸다. 러셀 의사의 조언에 따라 그는 그 그림을 조금씩 수정해 갔다——"아니, 코는 좀더 길어요. 그래요, 그게 좋겠어요. 입술은 좀더 둥글게 그려 주세요. 그렇지요. 그대로예요."——이렇게 해서 러셀 의사가 진찰하러 온 남자의 기억을 살려 거의 비슷한 몽타주가 그려졌다. 몽타주는 곧 이 대도시의 각 신문사와 그 주변의 TV 방송국에 보내졌고, 동시에 시민들의 제보에 의한 수배도 실시되었다. 그 사이에도 형사들은 연방수사국에서 올 결

과를 기다리고 있었다. 그 다음날도 그들은 눈이 빠지게
기다리고 있었다.

　윌리스는 조간 1면의 그 몽타주를 바라보고 있었다.

　신문의 표제는 '이 남자를 보지 못했습니까?' 라는 요
란스러운 문구였다.

　"그렇게 못생긴 남자도 아니네." 윌리스가 말했다.

　"호색가 클레이야크 말인가?" 캐레라가 말했다.

　"농담이 아니야."

　"어떤 놈인지는 모르지만 개새끼야. 팔이 썩어 떨어져
나갔으면 좋겠어."

　"있을 법한 이야기로군." 윌리스가 냉담하게 말했다.

　"연방수사국의 결과는 어떻게 된 거야?" 캐레라가 가
시 돋친 투로 말했다. 그는 오전 내내 전화 응답만 하고
있었던 것이다. 살인범을 보았다는 제보가 쇄도했다. 물
론 모든 전화의 내용이든 조사해 봐야 알겠지만, 같은 시
각에 전시내의 각 처에서 보았다고 하는 전화가 걸려오
는 것이었다.

　"연방수사국의 직원들이 좀더 솜씨좋게 빨리 일을 해
주었으면 좋겠는데."

　"나도 마찬가지야." 윌리스가 말했다.

　"경감님에게 물어나 볼까?"

　"그렇게 해." 윌리스가 말했다.

　캐레라는 경감실 문 앞으로 갔다. 노크를 했더니, "어

이, 들어와!" 하는 소리가 들렸다. 캐레라는 방으로 들어
갔다. 경감은 전화중이었다. 캐레라에게 기다리라는 손짓
을 했다. 캐레라는 고개를 끄덕였고, 경감은 전화 통화를
계속했다.

"그러나 당신을 나쁘다고는 생각 안 해." 경감은 참을
성 있게 상대가 말하는 것을 듣고 있었다.

"그렇지. 그러나……." 캐레라는 창 쪽으로 가서 공원
을 보았다.

"아냐, 나는 별로 뭐 반대할 이유는 없다고 생각하는데."
'결혼 생활 말인가…….' 캐레라는 생각했다. 그리고 테
드에 대해 생각했다. 우리들은 그렇게 되지는 않으리라.

"핼리엇! 보내 줘." 경감이 말했다. "그 아이는 착실해
서 그런 싸움질에 말려들지 않아. 내가 보장하지. 왜 그
래? 그냥 유원지잖아?"

경감은 화가 나는 것을 참으며 한숨을 쉬었다. "그럼,
됐지?" 잠깐 상대방의 이야기를 듣더니, "응, 아직 몰라.
연방수사국에서 회답을 기다리라고 하니까, 결과가 오면
전화해 줄게. 아니, 아무것도 생각없어. 이렇게 더우니까
아무것도 먹고 싶지 않아. 자, 그럼."

경감이 수화기를 놓자 캐레라가 창가에서 다가왔다.

"정말, 여자란 말이야……." 경감은 그렇게 상한 기분
도 아니라는 듯이 말했다. "아이가 친구와 오늘밤 조릴랜
드에 가고 싶다고 하는 모양인데, 집사람은 보내지 않는

게 좋을 것 같다고 하는군. 주말도 아닌데 왜 그런 곳에
가고 싶어하는지 모르겠대나. 거기는 아이들이 자주 싸움
질하는 곳이라는 신문기사를 읽었대. 거기는 유원지잖아.
아이라고 하지만 열일곱 살이나 됐어."

캐레라는 고개를 끄덕였다.

"그렇게 늘 아이한테 눈을 떼지 않고 감시한다면 아이
들이 꼭 죄수 같잖아. 가끔 그런 데서 싸움박질한다고 해
도 큰 문제될 거 없잖아? 래리는 몸을 보호하는 방법쯤
은 알고 있거든. 착실하고 좋은 아이야. 스티브, 자네, 우
리 아이 만나본 적이 있나?"

"예, 분별력이 있어 보이는 아드님이던데요."

"그렇다니까. 그래서 아내에게 그런 말을 한 거야. 정
말 어쩔 수가 없어. 여자들은 그들 속성상 언제까지라도
끈으로 묶어 두려고 하니 말이야. 우리도 여자에게 키워
져서 겨우 독립인이 됐다 싶으면 이번에는 다음 여자에
게 잡혀 버린다고."

캐레라는 씩 웃었다.

"그것은 부인에 대한 반역이군요."

"가끔은 나도 그렇게 반역을 하게 되더라고." 경감이
말했다.

"하지만, 여자가 없으면 아무것도 안되지, 안 그래?"
경감은 서글픈 듯이 머리를 저었다. 사회라고 하는 커다
란 아가미에 떨어진 일개의 남성들."

"연방수사국에서는 아직 아무 연락도 없었습니까?"

"응, 아직. 제기랄! 단서가 잡혔으면 하고 비는 심정이야."

"음——."

"이젠 무언가 될 때도 되었는데, 그렇지?" 하고 경감이 말했다. 그때 노크 소리가 났다.

"들어와." 경감이 말했다.

윌리스가 봉투를 들고 들어왔다.

"지금 도착했습니다."

"연방수사국인가?"

"예."

경감이 봉투를 받았다. 급하게 봉투를 자르고 속의 것을 꺼냈다.

"쳇!" 경감이 소리쳤다. "제기랄! 어떻게 된 거야!"

"없다는 겁니까?"

"아무 기록도 없나 봐." 번스 경감이 소리쳤다. "제기랄. 에이, 더러워."

"군대의 지문기록부에도?"

"없어."

"우린 그놈에 대해 거의 알고 있잖아요." 윌리스가 방 안을 걸어다니며 토해내듯 말했다. "인상도 알고, 키, 몸무게, 혈액형까지 알고 있으며, 언제 이발소에 있었는지도. 항문 사이즈까지 알고 있는데 말이야!" 그는 주먹으로 손바닥을 쳤다. "우리가 모르는 것은 놈이 누구냐 하는 것뿐이야. 제기랄, 어디 사는 놈이지!" 캐레라도 번스 경감도 아무 말이 없었다.

그날 밤 미겔 앨리터라는 소년이 소년원에 보내졌다. 클로버 조직 멤버 중에 빠져 있었던 소년 가운데 한 명인데, 경찰에 검거되었던 것이다. 버트 클링을 권총으로 쏜 범인이 바로 이 미겔이라는 것을 경찰은 쉽게 알 수 있었다.

클링이 총에 맞은 날 밤, 미겔은 그 권총을 갖고 걸어 다녔다. 그 조직의 간부인 면도칼, 즉 레이플 데상거가 어떤 건방진 놈이 염탐꾼을 보내왔다고 모두에게 알렸을 때, 미겔은 그 건방진 놈을 혼내 주기 위해 무리들과 함께 갔었던 것이다.

그래서 그곳에 가보니까 그 건방진 놈이——그들이 건방진 놈이라고 생각한 남자가——술집 앞에서 권총을 꺼내는 것이었다. 미겔은 주머니에서 권총을 꺼내어 그 남자를 쏘았다.

물론 버트 클링은 그 건방진 놈이 아니었다. 더구나 상대는 공교롭게도 경찰이었던 것이다. 그래서 미겔 앨리터는 소년원으로 보내졌다. 미겔은 왜 경찰이 그런 행동을 했는지 궁금했다. 그래서 법정에 가보면 사태를 공평하고 확실하게 알 수 있을 것이라고 생각했다.

미겔 앨리터는 15살이었다.

그런데 진짜 건방진 사람——클리프 새비지라는 신문 기자는 나이가 35살. 그는 자신으로 인해 빚어진 사실을 알고 있어도 괜찮겠지만——그 사실을 모르고 있었다.

20

다음날 오후 4시, 캐레라가 분서에서 나가자 새비지가 기다리고 있었다.

갈색 실크 양복에 금색 넥타이를 매고 연노랑 리본이 달린 밀짚모자를 쓰고 있었다. 그가 건물 옆에서 나타나, "여보시오." 하고 소리를 쳤다.

"무슨 일이죠?" 캐레라가 물었다.

"형사시죠?"

"무슨 문제라도……? 당직 경위에게 가 보시지요. 난 집에 돌아가는 중이오."

"나는 새비지라고 합니다."

"아아──." 캐레라는 쓴 표정을 지으며 이 신문기자를 쳐다보았다.

"당신도 그룹에 들었나요?" 새비지가 물었다.

"무슨 그룹?"

"새비지 반대 그룹 말이오. 새비지 타도 모임."

"난 이래뵈도 당당한 우등생이오." 캐레라가 말했다.

"정말인가요?"

"농담이오." 캐레라는 자동차 쪽으로 걸어갔다. 새비지도 뒤따라왔다.

"당신도 나 때문에 화가 났는지 묻고 있는 겁니다." 새비지가 또 물고늘어진다.

"상관없는 일에 당신이 끼여든 거요." 캐레라가 대답했다. "덕분에 경찰 한 명이 입원하고, 소년 하나가 소년원에 보내졌소. 그 소년은 지금 재판을 기다리고 있어요. 더이상 어떻게 말할까요? 훈장이라도 받고 싶소?"

"지도자라도 사람을 쏘면 그렇게 되는 것이 당연하지요."

"당신이 끼어들지만 않았더라도 사람을 쏘는 짓은 안했을 거요."

"나는 신문기자입니다. 사실을 취재하는 것이 내 일이지요."

"경감님의 말에 의하면, 이 살인사건에 어린 불량배들이 관계하고 있을 것 같다고 당신이 말했다던데요? 그래서 경감이 그렇지는 않을 거라고 당신에게 분명히 말했는데도 당신이 멋대로 설쳐댔으니. 자칫하면 클링이 죽었을지도 모른다는 생각은 해보지 않았소?"

"지금 죽지 않고 살아 있잖아요. 내가 죽었을지도 모른다는 것은 생각해 봤어요?" 새비지가 말했다.

캐레라는 입을 다물어 버렸다.

"당신네들이 조금만 더 신문에 협력해 주신다면……."

캐레라는 걸음을 멈추었다. "이봐요, 여기서 도대체 뭘 알고 싶어서 그래요? 아직도 더 말썽을 일으키고 싶은 거요? 당신이 클로버 그룹 아이들에게 발견되었다면 괴로움을 구경하는 것은 우리들이었겠죠. 회사에 돌아가서 쓰레기 같은 짧은 기사라도 쓰는 것이 좋지 않겠소?"

"그 농담은 그냥 넘길 수가 없는데……."

"호기나 취기로 말하는 것이 아니오. 게다가 당신 같은 사람하고는 말하고 싶은 기분이 아니오. 지금 막 근무가 끝났으니 집으로 돌아가서 샤워하고 애인과 데이트라도 해야 하니까. 요즘 같으면 휴일 없이 24시간을 근무해야 하지만, 길에서 서성대는 신출내기 기자한테까지 시간을 내줄 의무는 없지 않소?"

"신출내기 기자라고?" 새비지도 정말 화가 치솟는 모양이었다. "여보시오, 좋다고!"

"도대체 무슨 말을 듣고 싶은 거요?"

"살인사건 이야기를 나누고 싶소."

"그만두겠소."

"왜지요?"

"진짜로 끈덕지군."

"나는 기자요. 실력 있고 뛰어난 기자. 왜 살인사건에 대한 이야기를 하기 싫어하지요?"

"일단 시작하면 자꾸 알려고 하니까."

"난 듣고 싶은 이야기는 다 듣는 사람이오."

"그렇겠지. 면도칼 데상거한테도 상당히 많이 들었을

테니까."

"알았소. 지난번 일은 내 착각이었어요. 그 점은 기꺼이 인정하죠. 어린 불량배들의 짓이라고 생각했는데, 그렇지 않았더군요. 지금에야 어른의 짓이라고 단정하고 있습니다. 그런데 범인에 대해 그밖에 밝혀진 게 있습니까? 왜 당신네들 경찰을 죽이는지 알고 있습니까?"

"집에까지 따라올 참이오?"

"내가 한잔 사지요." 새비지가 말했다. 그는 캐레라의 얼굴을 살폈다. 캐레라는 어떻게 할까 생각하는 것 같았다.

"좋아요." 캐레라가 말했다.

새비지는 손을 내밀었다. "나는 친구들이 보통 클립이라고 불러요. 당신 이름은?"

"스티브 캐레라."

두 사람은 악수를 했다. "잘 부탁합니다. 그럼, 한잔 하러 갑시다."

술집은 냉방이 되어 있어서, 문밖의 숨막히는 듯한 더위 속에 있다가 안으로 들어서자 아주 시원한 피서지 같았다. 각자가 마실 것을 주문하고 왼쪽 벽에 붙은 자리에 마주보고 앉았다.

"내가 알고 싶은 것은 당신의 생각이오." 새비지가 말했다.

"개인적인 것, 아니면 수사부의 의견이오?"

"당신의 견해를 듣고 싶소. 당신이 수사부의 의견을 대변해 준다고는 생각하지 않지만."

"신문에 실을 거요?" 캐레라가 물었다.

"그것과는 상관없어요. 이 사건에 대한 당신 자신의 견해를 듣고 싶은 거요. 사건이 해결되면 사건 전말에 대한 기사를 쓰게 될 텐데, 그때를 위해 수사의 여러 면을 알아두고 싶어서요."

"외부 사람이 경찰 수사의 총괄적인 면을 안다는 것은 좀 무리가 아닐까요?"

"물론, 그렇지요. 그러나 당신의 생각을 좀 듣고 싶습니다."

"좋아요. 단, 발표만 안된다면."

"보이 스카우트는 아니지만 이 세 손가락의 명예를 걸고 맹세하지요." 새비지가 말했다.

"경찰에서는 경관이 몰래 미리 말하는 걸 좋아하지 않아요."

"하나도 지면에 실지 않겠어요. 믿어 주십시오."

"뭘 알고 싶으시죠?"

"살해 수법이나 그 상황에 대해서는 알고 있지만, 동기가 무엇일까요?"

"경찰들 모두가 그 답을 알고 싶어하고 있어요."

"미치광이의 짓인지도 모르지요."

"그럴지도 모르지."

"당신은 그렇게 생각하지 않나요?"

"그렇게 생각하는 동료들도 있지만, 아무래도 그렇지는 않을 것 같습니다."

"왜 그렇게 생각하시지요?"

"그냥 그렇게 생각되기 때문이지요."

"이유는 없습니까?"

"없어요. 그냥 직감이라고나 할까. 하나의 사건을 이만큼 붙들고 있으면 감이 생기는 법이지요. 미치광이가 저질렀다고는 아무래도 생각할 수가 없군요. 그렇게 생각될 뿐입니다."

"그렇게 느끼시는 이유는 뭘까요?"

"음, 두세 가지 이유가 있긴 합니다만······."

"어떤 것이지요?"

"그건 아직 말하고 싶지 않습니다."

"한번 들어 봅시다."

"경찰 일도 다른 장사와 마찬가지예요. 단지 다른 점이 있다면 경찰에서는 취급하는 대상이 범죄라는 것뿐이지요. 예감이라고 하는 것이 있어도, 확실히 조사해 보기 전까지는 백만 달러를 준다고 해도 거래를 할 수는 없지요."

"그럼, 당신은 그 예감을 조사해 보고 싶단 말입니까?"

"아니오, 예감이라고 할 것까지는 없어요." 문득 스치는 일종의 착상 정도죠."

"어떤 착상이지요?"

"동기에 관한 것인데……."

"동기의 뭘 말입니까?"

캐레라는 웃음을 지었다. "정말 끈질긴 사람이군요."

"솜씨가 있는 기자이니까요. 아까도 그렇게 말했지요."

"그럼, 이런 식으로 생각해 봅시다. 살해당한 세 사람은 틀림없이 경찰이었소. 그것도 잇달아 살해되었소. 여기에서 자연스럽게 얻어지는 결론은?"

"경찰에게 원한을 갖고 있는 자의 짓이겠죠."

"바로 그것이오. 경찰에게 원한이 있는 사람이오."

"그래서?"

"그런데 세 사람은 경찰 제복을 입지 않았어요. 이것으로 무엇을 알 수 있습니까?"

"제복을 입지 않았다면……."

"가령, 세 사람이 보통의 시민이었다고 생각해 봅시다. 경찰이라고 생각하지 말고. 그러면 어떻습니까? 아마 경찰에게 원한을 가진 미치광이의 짓이라고는 생각할 수 없겠지요?"

"그러나 세 사람 다 틀림없는 경찰이었잖소?"

"경찰이기 전에 한 사람의 남자입니다. 경찰이라고 하는 것은 우연의 일치일 수도 있죠."

"그러면 세 사람이 경찰이라는 사실은 살해된 이유와 관계가 없다는 것입니까?"

"그럴지도 모르지요. 그 점을 좀더 깊이 파고들면……."

"잘 모르겠는데요."

"이런 것이지요." 캐레라가 말했다. "우리들은 이 세 사람을 잘 알고 있고 매일 함께 일을 해왔어요. 동료 경찰로서 세 사람을 잘 알고 있으나, 한 인간으로서의 세 사람에 대해서는 아는 것이 없습니다. 그 세 사람은 경찰이었기 때문에 살해된 것이 아니라, 그러한 한 사람 한 사람으로서의 생활상의 이유에서 살해된 것인지도 몰라요."

"음, 재미있군요." 새비지가 말했다.

"즉, 세 사람의 생활을 좀더 사적인 곳까지 파고들어가 보는 것이지요. 범인은 생각지도 않은 곳에서 어처구니없이 나타나게 될지도 모르니까. 그러나 그다지 기분좋은 일은 아닙니다."

"예를 들자면……." 새비지가 잠시 입을 다물었다. "그래요. 예를 들어 리어던이 다른 여자와 바람을 피웠다든가, 포스터가 경마에 미쳤다든가, 부시가 불량배나 깡패들로부터 깨끗치 못한 돈을 받았다든가 하는 것들 말입니까?"

"극단적으로 말하면 그렇지요."

"더구나 무슨 사정으로 세 사람의 그러한 행동이 어떤 한 사람과 결부되어, 그 남자가 이러저러한 이유로 세 사람 전부를 죽이려고 생각했다, 그런 식입니까?"

"좀 복잡하고 까다롭군요. 세 사람의 죽음은 그렇게 복잡한 관계라고는 생각되지 않습니다." 캐레라가 말했다. "그러나 경찰 세 명을 죽인 범인이 동일범이라는 것은 알고 있어요."

"예, 그 점은 거의 확실한 것 같군요."

"그렇지요. 물론입니다. 그러나 어쩌면……." 캐레라는 어깨를 움츠렸다. "내 자신도 아직 확실히 알지 못하는 일이니까 이러한 이야기를 다른 사람과 하는 것은 무리지요. 그냥 생각해 본 것뿐이오. 즉, 동기는 단지 세 사람이 붙인 경찰 배지 때문이 아니고, 더 깊은 곳에 있지 않나 하는 생각입니다."

"알겠습니다." 새비지가 한숨을 쉬었다. "어쨌든 경찰들이 각기 이 사건 해결을 위해 지혜를 모으고 있다고 생각하면 그런대로 위안이 되는군요."

캐레라는 새비지의 말을 잘 생각해 보지도 않고 고개를 끄덕이다가, 문득 더 이상 이야기를 계속하고 싶지 않았다. 그는 시계를 보았다.

"이젠 가봐야겠군요. 데이트가 있어서."

"애인인가요?"

"예."

"이름은?"

"테드. 정확하게는 시오드라예요."

"시오드라. 성은 뭐지요?"

"프랭클린."

"좋은 이름이군요. 참사랑인가요?"

"보시다시피 참사랑이오."

"지금 당신이 말한 생각을 윗사람에게 이야기했습니까?"

"그럴 필요는 없지요. 그런 자질구레한 예감 같은 것을 하나하나 이야기할 수 있나요? 조사를 해보고 좀더 확실해지면 그때 말해도 되니까."

"그럼, 테드에게는 이야기했나?"

"테드? 왜? 아직 이야기하지 않았소."

"그녀도 정말 그렇다고 생각할까요?"

캐레라가 겸연쩍게 웃었다. "그녀는 내가 하는 일은 뭐든지 틀림없다고 생각하지요."

"멋있는 여자일 것 같은데요."

"뛰어난 여자이지요. 그런데 약속시간에 늦게 가면……."

"지당하신 말씀." 새비지가 장난기 섞인 얼굴로 말했다.

캐레라는 또 시계를 쳐다보았다.

"집은 어디에 있습니까?"

"리버헤드요." 캐레라가 대답했다.

"시오드라 프랭클린도 리버헤드에 사나요?"

"그렇소."

"여하튼 당신 생각을 들려주어서 고마웠습니다."

캐레라는 일어났다. "기사로 쓰지 말고 잊어버리세요."

"물론이지요. 기사화하지 않겠어요." 새비지는 말했다.

"잘 마셨습니다." 캐레라가 말했다.

두 사람은 악수하고 헤어졌다. 새비지는 좌석에 남아서 톰 콜린스(진에 레몬즙, 소다수, 얼음을 넣은 칵테일) 한잔을 주문했다. 캐레라는 집으로 돌아와 샤워를 하고 테드와의 데이트를 위해 수염을 깎았다.

문을 열었을 때 그녀는 눈부신 차림을 하고 있었다. 그녀는 입구에서 한 걸음 물러나, 그가 자신의 아름다움에 감탄할 것을 기다리고 있었다. 하얀 마 수트에 하얀 편물 펌프스 구두. 수트 소매의 빨간 돌이 든 핀과, 새빨간 타원형의 귀고리가 아름다움을 뽐내고 있었다.

"치! 슬립을 입고 있을 때 왔으면 좋았는데."

그녀는 웃으며 윗도리의 단추를 여는 시늉을 했다.

"오늘은 좋은 곳에 갔었어."

"어디요?" 그녀는 얼굴 표정으로 물었다.

"아, '용방'이라는 술집이야."

그녀는 즐거운 듯이 고개를 끄덕였다.

"입술이 어디야?" 그가 물었다.

그녀는 생긋 웃으며 그의 옆으로 다가갔다. 그녀를 안고 키스를 하자 그녀는 10분 뒤에는 그가 먼데라도 가버릴 것 같이 강렬하게 그에게 꼭 달라붙었다.

"자아, 얼굴을 돌리고." 그가 말했다.

그녀는 옆방으로 가서 입술 화장을 고치고 자그마한 빨간 핸드백을 가지고 나왔다.

"거리에서는 모두 그런 것을 갖고 다니더군." 나오면서 그가 이렇게 말하자 그녀는 장난치듯 그의 엉덩이를 두드렸다.

그 중화요리집은 훌륭한 요리와 이국적인 장식을 자랑하는 식당이었다. 캐레라는 요리만으로 만족하지 않고, 중화요리집에서 식사를 할 때에는 중국다운 분위기와 기분을 갖고 싶어했다. 그는 식당만 넓혀서 화려하게 장식한 가짜 중화요리집은 좋아하지 않았다.

둘은 튀김 완자와 새우튀김, 뼈붙은 돼지고기 구이, 나조기, 쇠고기 구이, 거기다 탕수육을 주문했다.

훈탕(중국식 만두국)은 야채와 함께 씹는 맛이 좋았고, 달고 맛있는 하얀콩과 대합에 근채가 들어 있었다. 훈탕은 빛이 고운 갈색에, 국물도 향이 강하고, 맛도 아주 좋았다. 그 다음에는 바다새우를 먹어치우고 국물이 많은 갈색 정골육을 먹었다.

"램 이야기를 알고 있어?" 캐레라가 물었다. "수필을 쓴……."

그녀는 고개를 끄덕이며 또 먹는다.

나조기의 고기는 씹는 맛이 아주 좋았다. 둘은 접시를 핥듯이 깨끗이 먹어치웠다. 종업원 찰리가 쟁반을 가지러 왔을 때, 그는 맛있는 쇠고기가 한 점 남아 있는 것을 보고 책망하는 듯한 눈으로 우리를 쳐다보았다.

찰리는 주방에서 파인애플을 잘라서 가지고 왔다. 껍질이 한꺼번에 벗겨지고 그 안에 잘 익은 노란 파인애플이 얇게 져며져서 가늘고 길게 먹기 좋은 모양으로 되어 있었다. 두 사람은 차를 마시면서 그 향과 따스함을 맛보았다. 배가 잔뜩 불러서 몸도 마음도 노곤해졌다.

"8월 19일은 어떡하지?"

테드는 어깨를 움츠렸다.

"토요일이야. 토요일에 결혼하는 것이 싫어?"

좋다는 것을 그녀는 눈빛으로 말했다. 찰리가 점치는 종이가 넣어진 쿠키를 갖고 와서 찻잔과 바꾸어 갔다.

캐레라는 쿠키를 쪼개어 작은 종이에 쓰인 문구를 읽기 전에 말했다.

"중화요리집에서 이걸 펼쳐 본 남자에 대한 이야기를 해줄까? 알고 있어?"

테드가 머리를 옆으로 흔들었다.

"거기에는 수프를 그만 먹으라고 쓰여 있었대."

테드는 웃음을 멈추고 그 종이 쪽으로 손을 흔들었다. 캐레라가 소리를 내어 읽어 주었다.

"당신은 지상에서 가장 행복한 남자. 시오드라 프랭클린과 결혼할 것이다."

테드는 어처구니없다는 듯이 웃으며 그에게서 그 종이를 빼앗아들었다. 종이에는 작은 글씨로 이렇게 쓰여 있

었다. '당신은 타산적이다.'

"당신에 대한 나의 감정이 흥분해 있다는 뜻이야."

테드는 살짝 웃으며 자신의 쿠기를 쪼개어 보더니 갑자기 얼굴빛이 어두워졌다.

"왜 그래?" 캐레라가 물었다.

그녀는 고개를 흔들었다.

"보여 줘."

그녀는 그 종이를 건네주지 않으려고 했으나, 결국 빼앗기고 말았다. 캐레라가 그것을 읽었다.

"레오가 짖는다——잠자지 말 것."

캐레라는 인쇄된 그 종이를 응시했다.

"쿠키에 넣은 것치고는 좀 이상한 것을 집어넣어 놓았군. 무슨 뜻일까?" 잠깐 생각해 보고는 캐레라가 말했다. "아——레오는 사자라는 뜻인데, 점성술에서는 7월 22일에서 8월 며칠까지를 가리키는 것이지?"

테드가 고개를 끄덕였다.

"참, 그렇다면 알겠어. 결혼하고 나면 당신은 얼마든지 잘 시간이 많으니까."

캐레라는 싱긋 웃었다. 테드는 불안한 안색을 지우고 살짝 웃으며 테이블 위에 있는 캐레라의 손을 잡았다.

쪼개진 쿠키는 두 사람의 손 옆에 놓여 있고, 그 옆에는 똘똘 말린 점치는 종이가 있었다.

'레오가 짖는다——잠자지 말 것.'

2I

그 남자의 이름은 레오가 아니다. 그 남자의 이름은 피터, 성은 번스. 바로 그가 짖어대고 있었다.

"캐레라, 이게 도대체 무슨 짓이야?"

"왜 그러세요?"

"오늘 바로······. 이것 말이야!" 소리를 지르며 경감은 책상 위에 타블로이드판 석간을 내밀었다.

"8월 4일이야."

이 사람이 레오였나 하고 캐레라는 생각했다. "무슨 일이지요······? 무슨 말씀이세요, 경감님?"

"이게 무슨 말이냐고?" 번스 경감이 소리쳤다. "모르겠어? 누가 새비지 같은 얼간이 놈에게 이런 잠꼬대 같은 기사를 쓰게 했어?"

"뭐라고요?"

"이런 실없는 말을 지껄이고 다니니까 좌천되는 형사도 있는 거야······."

"새비지요? 보여 주세요······." 캐레라가 손을 내밀었다.

경감은 화가 나서 신문을 펼쳤다.

한 형사가 당국에 도전한다.

범인을 짐작하고 있다고 그 형사는 말한다.

"아니, 이거……."

"읽어!" 경감이 말했다.

캐레라는 신문을 읽어 내려갔다.

그 술집은 약간 어둡고 시원했다.

스티브 캐레라 형사와 기자는 마주앉아 있었다. 그 형사와 조금씩 술을 마시며 여러 가지 이야기를 주고받았는데, 그 이야기는 주로 살인사건에 관한 것이었다.

"그 세 경찰을 누가 죽였는지 짐작하는 것이 있습니다." 캐레라 형사가 말했다.

이렇게 해서 시경 북본부 강력계 직원들을 애먹이고, 또한 완고한 87분서 피터 번스 경감을 꼼짝못하게 하고 있는 그 사건에 처음으로 희망의 빛이 비친 것이다.

"아직 조사중이니까 그렇게 상세하게 이야기할 수는 없지만," 하고 캐레라 형사는 전제를 달고 이렇게 말했다. "그러나 경찰에게 원한을 품은 미치광이의 짓이라고는 생각하지 않습니다. 그 세 사람의 사생활과 관련된 사건이라고 보고 있습니다. 수사는 지금부터 시작이지만, 반드시 범인을 밝혀내겠습니다."

어제 저녁 살인 지구의 한가운데 위치한 술집에서 캐레라 형사는 이렇게 말한 것이다. 형사는 수수하고 부끄러움을 잘 타는 사람으로 그는, "결코 공을 세우기 위해 조급해 있지는 않다."고 말했다.

"경찰의 일이란 취급 대상이 범죄라는 것뿐, 다른 장사와 마찬가지다." 라고도 말했다.

"어떤 예감이 있어서 나름대로 조사를 해보고, 결과가 나오면 그때 윗사람에게 상의드리겠지만, 들어줄지 어떨지는 그때 가봐야 알겠습니다."

그때까지 그는 그 예감을 애인한테도 이야기하지 않았다고 한다. 그 애인은 리버헤드에 사는 시오드라 프랭클린이라고 하는 귀여운 아가씨이다. 프랭클린 양은 캐레라가 하는 일은 틀림없다고 믿으며, 당국이 지금까지 진행시킨 불투명한 수사에도 불구하고 캐레라가 반드시 사건을 해결할 것이라고 믿어 의심치 않는다고 한다.

"경찰의 여러 가지 결점이 나올 테지요. 그러나 그것이 범인을 잡는 단서가 될 겁니다. 그들의 사생활을 좀더 깊이 파고들어가 보아야 하겠지만, 이제는 시간 문제입니다." 하고 캐레라 형사는 말했다.

둘은 약간 어둡고 시원한 술집에 앉아 있었다. 기자는 이 형사에게서 날카롭고 조용한 느낌을 받았다. 주위의 타락한 동료들 사이에서 오가는 '경찰을 증오하는 미치광이'설에도 아랑곳없이 과감하게 이 수사를 진행하겠다는 용기 있는 남자라고 생각되었다.

캐레라 형사와 가진 대화를 통해 기자는 그가 범인을 잡을 것이라는 생각이 들었다.

피묻은 손에 무서운 45구경 자동 권총을 갖고 거리를 방황하는 미지의 살인마에 대한 공포와 불안에서 시민을 해방시켜 줄 사람은 바로 이 형사일 것이다. 이 사람이야말로…….

"개새끼!" 캐레라가 말했다.

"맞지. 자, 어떻게 된 거야?"

번스 경감이 다시 껴들었다.

"이런 말을 한 기억은 없어요. 그러니까 이런 식으로 이야기하지는 않았다고요. 게다가 그놈은 기사화시키지 않겠다고 약속했거든요!" 캐레라는 갑자기 열을 올렸다.

"전화 어디 있습니까? 이런 야비한 새끼를 명예훼손죄로 처넣겠어. 절대로 용서할 수 없어…….

"침착해!" 경감이 말했다.

"무엇 때문에 이런 일에 테드를 끌고 들어가는 거야? 이 멍청한 놈이 테드를 45구경 총에 맞힐 셈인가? 이 자식, 미친놈 아냐!"

"침착하란 말이야." 경감이 되풀이했다.

"침착하라고요? 범인을 알고 있다는 식으로 말한 기억은 없어요. 그런 말을 하다니…….

"무슨 말을 지껄였어, 그럼?"

"짐작가는 데가 있다고 말했을 뿐이에요."

"어떤 짐작이야?"

"그러니까 그놈은 특별히 경찰을 죽이려고 한 것이 아닐 거라는 얘기죠. 그냥 한 남자, 그것도 정말로 총을 쏘고자 한 것은 그 중 한 사람뿐이었을지도 모른다고 말입니다."

"한 사람이라니, 누구?"

"아직은 몰라요. 그런데 왜 그 기자 놈은 가만히 있는 테드를 끌고 들어가느냐 말이야! 개새끼, 도대체 무슨 관계가 있다고……."

"머리를 쓰는 놈한테는 못 당한다니까."

"경감님, 지금 테드한테 가봐야겠습니다. 어떤 일이 일어날지 모르니까요."

"지금 몇 시지?"

캐레라는 벽시계를 보았다. "6시 15분입니다."

"6시 반까지 기다려. 이제 곧 해빌랜드가 저녁 먹고 올 거야."

"앞으로 그 새비지 놈을 만나기만 하면 두 동강이로 만들어 버릴 테다."

검은 양복을 입은 남자가 문 앞에 서서 귀를 기울이고 있었다. 윗도리 오른쪽 주머니에 석간신문이 보였다. 왼쪽 어깨의 상처에서 오는 통증과 윗도리 한쪽 주머니에 넣어둔 45구경 권총의 무게에 끌려 약간 몸이 왼쪽으로 기울어 있었다.

안에서는 아무 소리도 들리지 않았다.

그는 신문에 나와 있는 시오드라 프랭클린의 이름을 틀리지 않게 읽고 리버헤드의 전화번호부를 찾아서 겨우 이 번지를 찾아낼 수 있었다. 그 아가씨를 만나 이야기를 듣고 싶었다. 캐레라가 어느 정도 알고 있는지 알고 싶었던 것이다. 그것을 듣지 않고는 아무래도 가만히 있을 수가 없었다.

기분 나쁘게 너무 조용하다고 그는 생각했다. 무엇을 하고 있는 것일까?

신중하게 손잡이를 돌렸다. 천천히 끝에서 끝으로 돌려 보았다. 문은 잠겨 있었다.

발소리가 들려왔다. 그는 문 앞에서 얼른 뒤로 물러나려 했지만 몸이 그렇게 되지 않았다. 그는 주머니의 권총에 손을 댔다. 문이 조금씩 조금씩 열렸다.

여자는 깜짝 놀라 그 자리에 우뚝 멈추어 섰다. 귀여운 여자였다. 자그마하고, 검은 머리에 반짝이는 눈을 가졌고, 흰 가운을 입고 있었다. 지금 막 샤워를 하고 나온 모양이었다. 여자의 시선이 그의 얼굴에서 손에 든 권총으로 옮겨졌다. 놀라서 입을 벌렸지만 소리는 나오지 않았다. 순간 문을 닫아 버리려 했으나 그 남자가 문틈에 발을 들이밀고 들어와 버렸다.

그녀는 그 남자에게서 도망치듯 방구석으로 갔다. 남자는 문을 잠그고 열쇠를 가졌다.

"프랭클린 양이지요?"

그녀는 겁에 질려 고개를 끄덕였다. 모든 신문의 제1면에 실리고 TV에도 나왔던 그 몽타주와 거의 닮았다는 것을 알 수 있었다. 틀림없이 그 남자다. 스티브가 찾고 있는 그 남자인 것이다.

"이야기를 좀 하지. 괜찮지?" 남자가 물었다.

막힘이 없는 부드럽고 온화한 목소리였다. 인상도 나쁘지만은 않았다. 이런 남자가 왜 그렇게 경찰을 죽인 것일까? 왜 이처럼 조용한 남자가……?

"내 이야기 듣고 있지?" 남자가 물었다.

테드는 고개를 끄덕였다. 남자가 말하는 것을 확실히 알아들을 수 있었다.

"아가씨, 남자 친구가 도대체 어디까지 알고 있지?"

그는 권총을 가볍게 쥐고 있었다. 지금은 그 죽음의 위력을 가진 총도 그저 무감각하게 느껴지고, 위험한 무기가 아니라 무슨 장난감같이 생각하고 있는 것처럼 보였다.

"왜? 무서운가?"

테드는 양손을 입술에 대고 있다가 아니라는 듯이 손을 떼었다.

"왜 그래?"

그녀는 그런 행동을 되풀이했다.

"어이, 부탁할 때 말해 줘! 무섭지 않아?"

다시 한번 그녀는 또 손짓을 하고 이번에는 머리를 흔들었다. 남자는 의아한 얼굴로 그녀를 쳐다보았다.

"뭐야, 벙어리인가?" 그렇게 말하고는 웃었다. 웃음소리가 방안 가득히 울려퍼져서 사방의 벽을 뒤흔들었다.

"벙어리인가? 벙어리냐고!" 웃음을 멈추고 그녀를 찬찬히 살펴보았다. "이상한 짓을 하려는 것은 아니겠지?"

테드는 크게 머리를 흔들었다. 손은 옷깃을 단정하게 여민다.

"자, 보기 좋은 꼴이 되었군. 그렇지?" 그는 실실 웃으면서 말했다. "비명도 못 지르고 전화도 안되고, 아무것도 할 수 없어. 그렇지?"

테드는 그 남자를 바라보며 숨을 죽였다.

"캐레라가 무엇을 찾아낸 거야?" 남자가 물었다.

테드는 머리를 흔들었다.

"신문에는 놈이 단서를 갖고 있다고 했어! 나에 대해 무엇을 알고 있단 말이지? 내가 누구인지를 감잡고 있단 말인가?"

테드는 또 머리를 흔들었다.

"믿을 수가 없군."

테드는 캐레라가 아무것도 모른다는 것을 믿게 해주려

고 머리를 끄덕여 보였다. 어느 신문을 보고 이러는 것일까? 무슨 뜻일까? 그녀는 아무것도 모른다는 듯이 크게 두 손을 벌려 보았다. 이 남자에게 아는 것이 있다면 가르쳐 주고 싶은 그런 심정이었다.

남자는 윗도리 주머니에서 신문을 꺼내어 그녀 쪽으로 던졌다.

"4면이야. 읽어 봐. 나는 앉아야겠어……. 아무래도 이 놈의 어깨 때문에……."

남자가 앉았다. 권총은 테드를 향해 있었다. 테드는 신문을 펼치고 기사를 읽었다. 읽으면서 고개를 가로저었다.

"왜 그래?" 남자가 물었다.

테드는 계속해서 머리를 흔들었다. 아니야. 이건 거짓말이야. 스티브는 이런 말을 하지 않아. 그 사람은…….

"놈이 뭐라고 했어?"

테드는 호소하듯 눈을 크게 뜨고 있었다. 아무것도……, 그 사람은 아무것도 이야기해 주지 않았어요.

"이 신문에는 다……."

테드는 신문을 바닥에 던져 버렸다.

"거짓말이란 말이야, 응?"

그녀는 또 고개를 끄덕였다.

남자는 생각에 잠긴 듯 눈을 가늘게 떴다. "신문은 거짓말을 쓰지 않아."

그녀는 계속해서 아니라는 몸짓만 했다.

"놈은 언제 여기에 오지?"

그녀는 표정을 억누르고 그 자리에 선 채 움직이지를
못했다. 권총을 든 이 남자에게 두려움에 떠는 안색을 보
이고 싶지 않았다.

"벌써 올 때가 되었나?"

테드는 머리를 흔들었다.

"거짓말 마. 얼굴에 그렇게 쓰여 있는데. 이제 올 때가
되었지?"

테드는 재빨리 문 쪽으로 뛰어나갔다. 남자가 그의 팔
을 잡고 방안으로 끌고 들어갔다. 그녀는 방바닥에 넘어
지면서 옷자락이 다리 위쪽으로 걷어올라갔다. 테드는 얼
른 옷을 여미고 남자의 얼굴을 올려다보았다.

"두번 다시 이런 짓 하지 마." 남자가 말했다.

테드의 숨소리가 거칠어졌다. 이 남자의 몸에는 용수철
같은 힘이 있음을 그녀도 느낄 수 있었다. 스티브가 문을
여는 순간 그는 용수철처럼 뛰어나갈 것이다. 그는 12시
까지는 올 수 없다고 했다. 그가 분명히 그렇게 말했고,
지금부터 한밤중까지는 상당한 시간이 있다. 그 시간까지
…….

"샤워하고 나왔나?" 남자가 물었다.

테드가 고개를 끄덕였다.

"다리가 늘씬하군." 남자가 말했다. 테드는 남자의 시
선을 느꼈다. "여자라." 그 남자는 문득 깨달은 어조로 말

했다. "캐레라는 몇 시에 온다고 했지?"

테드는 대답하지 않았다.

"7시? 8시? 아니면, 9시? 오늘 비번은 아니겠지?" 남자는 가만히 테드의 얼굴을 보고 있었다. "아가씨에게서 아무것도 들을 수가 없나? 이것 봐! 캐레라의 근무가 어떻게 되느냐고 묻잖아? 4시부터 밤까지 맞지? 그래, 그게 틀림없어. 그렇지 않으면 벌써 여기에 와 있겠지. 그럼, 천천히 마음놓고 있어도 되겠군. 한참 기다려야 될 것 같은데, 여기에는 뭐 마실 것이 없나?"

테드는 고개를 끄덕였다.

"무엇이 있어? 진? 라이? 버본?" 그렇게 말하며 남자는 테드의 얼굴을 본다. "진 있어? 토닉 있어? 없어? 크래브 소다는? 좋아. 그럼, 톰 콜린스를 만들어 줘. 아니, 어디 가는 거야?"

테드는 부엌 쪽을 가리켰다.

"나도 같이 가." 남자는 테드를 따라 부엌으로 들어갔다. 그녀가 냉장고를 열고 크래브 소다가 담긴 병을 꺼냈다.

"새 것은 없나?" 남자가 물었다. 테드는 남자에게서 등을 돌리고 있었기 때문에 남자의 말을 듣지 못했다. 남자는 테드의 어깨를 잡고 돌아보게 했다. 남자의 손은 그 어깨에서 떨어지지 않았다.

"입에 안 댄 것 없냐고 물었어."

테드는 머리를 끄덕이더니, 몸을 구부려 냉장고 제일 아랫단에서 새것을 꺼냈다. 과일과 채소 넣는 곳에서 레몬을 꺼내고 진을 가지러 찬장으로 갔다.

"여자라." 남자는 또 중얼거렸다.

테드는 기다란 컵에 두 잔분의 진을 부었다. 설탕을 스푼으로 넣고 서랍 있는 곳으로 갔다.

"이것 봐!"

그녀가 칼을 손에 들고 있어서 그가 놀란 것이다.

"그런 것으로 이상한 생각하지 마. 레몬을 자를 때만 써."

테드는 레몬을 두 쪽으로 자르고, 그 두 쪽 다 잔에 넣었다. 컵 4분의 3 정도 될 때까지 크래브 소다를 넣고 얼음을 가지러 냉장고에 다시 갔다. 다된 술잔을 남자에게 건네주었다.

"당신 것도 만들어."

테드는 고개를 흔들었다.

"당신 것도 만들라고 했잖아? 난 혼자서 마시는 건 싫어."

그녀는 꾹 참으며 힘없는 손놀림으로 자신의 것도 만들었다.

"이리 와. 거실로 와."

두 사람은 거실로 나왔다. 남자는 안락의자에 앉았다. 어깨가 편하도록 고쳐 앉으면서 남자는 얼굴을 찡그렸다.

"문을 노크해도 아가씨는 여기 그대로 앉아 있어! 알았지? 지금 자물쇠를 풀어 놔."

테드는 문으로 가서 자물쇠를 풀었다. 만일 지금 문이 열리고 스티브가 한 발이라도 내딛는다면 45구경 총이 불을 뿜고 그를 맞출 것이다. 순간 불안함이 자꾸 온몸으로 근질근질 퍼져 나가는 것을 느꼈다.

"무슨 생각을 하고 있지?" 남자가 물었다.

그녀는 어깨를 으쓱하고는 방안으로 들어가 남자와 마주보며 문에 기대고 앉았다.

"맛있는데. 자, 당신도 마셔!" 남자가 말했다. 그녀는 술잔에 입을 대면서 머릿속으로는 스티브가 나타날 때의 일을 생각하고 있었다.

"난 그놈을 죽여 버릴 거야." 남자가 말했다.

테드는 눈을 동그랗게 뜨고 남자를 쳐다보았다.

"지금에 와서는 어쩔 도리가 없어. 경찰 한 명을 더 죽이고 덜 죽이는 것은 내게 있어서는 마찬가지야. 안 그래?"

테드는 이상했다. 그것이 얼굴 표정에도 나타나 있었다.

"그것이 제일 좋은 방법이야." 남자는 설명을 했다. "만일 놈이 무언가를 알고 있다면, 놈에게 그대로 잡히고 싶지는 않아. 놈이 아무것도 모르더라도 놈을 해치우게 되면 지금까지의 사건 연장일 뿐이지." 남자는 앉은 채 어깨를 움츠렸다. "제기랄, 어깨가 왜 이렇게 낫지 않지!

그 돌팔이 의사가 어떻게 치료한 거야? 그런 바보 같은
놈! 난 의사라면 잘 낫게 해줄 줄 알았는데."

테드는 이 남자의 말씨는 보통사람과 다른 점이 없다
고 생각했다. 단지 사람을 죽인 것을 아무렇지 않게 이야
기하는 것뿐. 이 남자는 스티브를 죽일 것이다.

"하여튼 우리들은 멕시코로 갈 계획이었어. 오늘 오후
에 출발할 예정이었는데, 당신 애인이 신문에다 모든 것
을 알고 있는 듯이 지껄여댄 거야. 우리들은 내일 아침에
출발할 거야. 이 일만 해결하고 바로." 남자는 숨을 크게
쉬었다. "멕시코에는 훌륭한 의사가 있을까? 제기랄, 이
것이 남자가 가야만 하는 길인지?" 남자는 가만히 테드
의 얼굴을 쳐다보았다.

"사랑해 본 적 있나?"

테드는 남자의 얼굴을 응시했다. 범행을 저지를 만한
이유도 알 수 없었다. 도대체 이 남자는 살인을 할 사람
같아 보이지가 않았다. 그녀는 고개를 끄덕였다.

"어떤 놈이야? 이 형사인가?"

테드는 또 고개를 끄덕였다.

"음, 이놈, 불쌍하게 됐군." 그는 정말 불쌍하다고 생각
하고 있는 것 같았다. "정말 불쌍하게 됐어. 하지만, 이것
도 인과응보야. 딴 방법이 없다는 건 알겠지? 이런 일을
시작했을 때부터 이미 그외의 방법은 없었던 거야. 더구
나 한번 일을 저지르게 되면 끝까지 책임을 져야 되니까,

자꾸 그런 일을 하게 돼. 지금에 와서는 내가 살아남기 위한 일이 되어버렸지만. 알겠어? 그런데 아가씨도 알겠지만," 남자는 크게 숨을 쉬었다. "당신이라면 애인을 위해 사람을 죽일 수 있겠나?"

테드는 망설였다.

"그 남자를 빼앗기지 않기 위해, 또는 그 남자를 위해서라면 아가씨도 사람을 죽이겠나?" 그는 되풀이해서 물었다.

테드는 고개를 끄덕였다.

"그렇다고? 봐!" 남자는 얼굴에 웃음을 띠었다. "난 경찰에게 원한이 있어서 그들을 죽인 게 아니야. 난 기술자야. 우리 집 가업이 기술자지. 그것도 아주 솜씨 좋은 기계공이야. 멕시코에 가도 직업은 구할 수 있겠지."

테드는 어깨를 움츠렸다.

"가기로 했어. 한동안 거기 있다가 이 사건에 대한 관심이 수그러들 때 우리들은 다시 미국으로 돌아올 거야. 어떤 사건이라도 언젠가는 열기가 식고 관심이 없어지게 되거든. 그러나 내가 지금 이야기하고 싶은 것은, 나는 전문적인 살인자가 아니라는 거야. 그러니까 그렇게는 생각하지 마. 나는 그냥 건실한 보통 남자였어."

테드의 눈은 그 남자의 말을 믿지 않고 있었다.

"그렇지 않은 것 같다고? 정말이야. 때에 따라 이렇게 하지 않을 수 없는 일도 있지. 전혀 희망이 없을 때 누군가가 나타나서 이렇게 하면 원하는 것이 이루어진다고 이야기해 주면 누구라도 그 일에 덤벼들지 않겠어? 그 형사를 죽이기 전에는 나는 사람에게 상처를 입힌 적도 없어. 내가 죽이고 싶어서 죽인 줄 알아? 살기 위해서 저지른 거야. 그뿐이야. 아무리 생각해 봐도 하지 않으면 안 될 일이 있거든. 쳇! 아가씨가 무얼 알겠어? 귀머거리 같은데."

테드는 남자를 주시하면서 조용히 앉아 있었다.

"여자는 무서워. 더러는 악마 같은 여자도 있지. 난 지금까지 여러 여자와 사귀어 왔어. 상당수의 여자와 사귀었는데, 셀 수도 없을 만큼 많은 숫자였어. 그런데 이번의 여자는 특별했지. 처음부터 다른 여자와 달랐어. 나는 그녀의 포로가 된 거야. 꼼짝도 못하게 얽매인 거야 한번 그렇게 여자에게 빠지니까 밥도 못 먹겠고, 밤에 잠도 들 수 없고, 아무것도 손에 잡히지 않게 되었어. 하루 종일 그 여자만 생각했지. 그리고 그 여자를 손에 넣기 위해 ……그……제기랄, 그녀는 남편에게 헤어지자고 했어. 그 남편이 완고해서 그것을 들어주지 않았지. 그게 내 죄는 아니잖아. 그래, 놈은 고집이 세어서 통하지 않았어. 결국 지금은 죽어 버렸지만."

테드의 시선이 남자의 얼굴에 머물다가 자주 현관문 쪽으로 옮겨갔다. 그리고는 손잡이를 주시했다.

"게다가 동료 두 사람을 같이 데리고 갔잖아." 남자는

술잔을 보았다. "그것도 다 운이지. 그놈이 사리에 맞는
이야기를 들어 주었다면 좋았을걸. 그녀 같은 여자라면……
제기랄, 그런 여자를 위해서라면 누구나 무슨 일이라도
할 거야. 무슨 일이라도……그녀의 방에만 들어갈 수 있
어도 어떤 일이든지 저지를 거야."

테드는 출입문의 손잡이만 계속 보고 있었다. 갑자기
그녀가 일어섰다. 그리고 술잔을 뒤쪽으로 빼서 남자에게
던졌다. 술잔이 남자의 이마에 맞아 술이 쏟아지고 어깨
로 흘러내렸다. 남자는 놀라서 펄쩍 뛰었다. 화가 나서 얼
굴이 일그러지고 45구경 권총을 그녀에게 들이댔다. "바
보 멍텅구리!" 남자가 소리쳤다. "왜 이런 짓을 하는 거
야?"

22

캐레라는 정확히 6시 반에 분서를 나왔다. 해빌랜드는 아직 저녁식사하러 가서 돌아오지 않고 있었다. 더 이상 기다리고 있을 수가 없었다. 새비지가 그런 바보 같은 짓거리를 한 뒤라 테드를 아파트에 혼자 놓아두고 싶지가 않았다.

그는 리버헤드로 차를 몰았다. 교통신호등을 무시하고 마구 달렸다. 그의 머릿속에 가득찬 것은 45구경을 가진 남자와 입도 열지 못하는 테드의 모습뿐이었다.

그녀의 아파트 앞에 도착하자 그는 창을 올려다보았다. 셔터는 내려져 있지 않았다. 아파트는 이상하게 조용했다. 그는 조금은 마음이 놓였다. 건물 안으로 들어가 계단을 올라갔다. 심장이 고동치는 소리가 들리는 듯했다. 걱정할 일은 일어나지 않은 것 같았지만, 새비지의 기사가 테드의 신변에 위험을 불러일으킬 것 같은 집요한 생각은 버릴 수가 없었다.

그는 문 앞에서 멈추어 섰다. 안에서 라디오를 틀어 놓았는지 중얼중얼하는 소리가 계속 들려왔다. 출입문의 손잡이에 손을 대고 언제나처럼 천천히 좌우로 끝까지 돌리고 그녀가 걸어나오기를 기다렸다. 손잡이 돌아가는 것을 보면 그녀는 곧 그가 온 것을 알기 때문이었다.

삐걱 하고 의자를 빼는 소리가 나고 누군가가 소리쳤다. "바보 멍텅구리! 왜 이런 짓을 하는 거야?"

캐레라의 머릿속에 섬광처럼 스치는 것이 있었다. 그는 38구경 권총을 꺼내어 들고 다른 손으로 문을 확 열어젖뜨렸다.

남자가 뒤돌아보았다.

"이새끼……." 남자가 소리치며 홱 권총을 빼들었다.

캐레라는 방에 들어감과 동시에 바닥에 엎드려 남자를 쏘았다. 처음 두 발이 남자의 허벅지에 맞아 남자는 앞으로 쓰러졌고, 45구경 총이 손에서 떨어졌다. 캐레라는 38구경 총을 겨냥하고 기다렸다.

"개새끼!" 바닥에 엎어진 남자가 말했다. "개새끼!"

캐레라는 일어났다. 그리고 45구경 총을 주워서 바지 뒷주머니에 찔러 넣었다. "일어나!" 캐레라가 말했다. "테드, 괜찮아?" 테드는 고개를 끄덕였다. 그녀는 거친 숨을 몰아쉬며 바닥의 남자를 지켜보고 있었다.

"잘 가르쳐 주었어. 고마워." 캐레라는 테드에게 그렇게 말하고 바닥에 있는 남자에게 일어서라고 고함쳤다.

"일어나라고? 바보 같은 놈. 왜 나를 쏜 거야? 개새끼. 도대체 왜 나를 쏘았난 말이야?"

"너야말로 왜 경찰을 세 사람이나 쏘았나?"

남자는 가만히 있었다.

"이름이 뭐야?"

"머서야. 폴 머서."

"경찰에게 원한이 있었나?"

"경찰을 좋아해."

"그럼, 무슨 이유야?"

"어차피 총을 빼앗겼으니까, 앞으로 조사를 할 게 아냐."

"물론이지. 머서, 이제 너는 살아남지 못해."

"그 여자가 시켜서 돈을 받고 했을 뿐이야." 머서는 거무스레한 얼굴을 찡그리고 있었다. "진짜 범인은 그 여자야. 난 그냥 시키는 대로 돈을 받았을 뿐이야. 그녀가 어떻게든 그를 죽여야 한다고 하면서, 다른 방법은 없다고 했어. 다른 사람을 둘이나 죽인 것은 경찰을 증오하는 미치광이가 한 짓이라는 걸 보여 주기 위해 그랬을 뿐이야. 하지만, 이것도 그녀의 머리에서 나온 거야. 왜 나 혼자서 죄를 뒤집어써야 하지?"

"누가 돈을 주었다고?"

"앨리스. 알고 있나?……. 경찰에게 원한을 품은 미치광이의 짓으로 꾸미려고 했어. 우리는 다만……."

"잘 들었어." 캐레라가 말했다.

앨리스 부시가 연행되어 왔을 때는 그냥 회색 복장을 하고 있었다. 순수한 회색 옷이었다. 그녀는 형사실에서 다리를 꼬고 앉아 있었다.

"스티브, 담배 있어요?" 그녀가 물었다.

캐레라는 한 개비를 주고 불은 붙여 주지 않았다. 그녀는 담배를 물고 한참 기다렸다가 할 수 없다는 듯이 조금도 당황하지 않고 자기 손으로 성냥을 그었다.

"어떻게 된 겁니까?" 캐레라가 물었다.

"뭐가 어떻게 돼요?" 그녀는 어깨를 으쓱하며 되물었다. "다 끝난 일이에요. 그렇잖아요?"

"정말로 그를 미워한 것 같군요. 자신의 남편을 지독히도 싫어한 것 같아요."

"연출은 당신이 하고, 나는 무대 위에 춤추는 스타가 된 거지요." 앨리스가 말했다.

"쓸데없는 말은 하지 마시오!" 캐레라는 화가 났다. "난 지금까지 여자를 때린 적이 없소. 하지만, 제기랄, 이번에는 아무래도……"

"침착하세요." 앨리스가 말했다. "이제 다 끝난 일이에요. 당신은 금메달을 받아서……"

"앨리스……"

"나에게 도대체 어떻게 하라는 건가요? 흑흑 흐느껴 울까요? 나는 분명히 그 사람을 미워했어요. 그럼 됐지요? 그 사람의 거칠고 큰 손도 싫었고, 얼간이 같은 붉은 머리도 싫었고, 그 사람의 모든 것이 싫었어요. 알겠어요?"

"머서 얘기로는 헤어지자고 남편에게 말했다는데, 그게 정말이오?"

"거짓말이에요. 헤어지자는 말은 하지 않았어요. 행크는 어차피 응해 주지도 않았을 거예요."

"그래도, 왜 일단 그런 기회를 주어 보지도 않고 그랬어요?"

"무엇 때문에? 그 사람이 나를 위해 생각해 주는 것이 있는 줄 알아요? 그 아파트에 꼭 갇혀서 그 사람이 도둑이나 강도들을 추적하는 일을 처리하고 돌아오는 것을 기다리기나 하려고? 여자에게 있어서 그것이 어떤 생활인가 생각해 봤어요?"

"그러나 결혼할 때는 그가 경찰이라는 것을 알고 하지 않았습니까?"

앨리스는 대답하지 않았다.

"헤어지자고 이야기해 볼 수도 있는 일이고, 노력해 볼 수도 있는 일이잖소?"

"싫었어요. 나는 그 남자를 죽여 버리고 싶었어요."

"분명히 당신의 남편은 죽었어요. 그것도 두 사람을 덤으로 해서 같이. 조금은 양심의 가책을 받을 텐데?"

앨리스가 갑자기 씩 웃었다. "난 그다지 걱정하지 않아요."

"뭐가 걱정이 안된다는 거요?"

"배심재판에는 반드시 남자가 들어오니까요." 그녀는

숨을 돌리고 또 이렇게 말했다. "나는 남자들에게 인기가
있거든요."

   정확하게 배심재판에는 남자가 여덟 명 들어와 있었다.
배심원의 판결은 꼭 6분 걸렸다.
   배심원의 대표가 판결 결과를 읽어 주고 판사가 판결
을 내리자, 머서는 울고 있었다. 앨리스는 남의 일인 것처
럼 아무렇지 않은 얼굴로 판사의 말에 귀를 기울이고 있
었다. 가슴을 펴고 머리를 똑바로 든 채.
   배심원들은 두 사람을 제1급 살인죄로 인정했고, 판사
는 두 사람에게 전기의자에 의한 사형을 선고했다.

   8월 19일, 스티브 캐레라와 시오드라 프랭클린도 자신
들의 결혼 선고를 받아들였다.
   "이 혼인이 법적으로 저촉되는 여하한 이유가 있으면
쌍방 모두 지금 그것을 밝히시기 바랍니다. 아니면, 여기
에 참석한 분들 가운데 이 두 사람의 법적 혼인에 반대할
만한 정당한 이유를 제시할 수 있는 분은 그 내용을 지금
밝히시기 바랍니다. 이후에는 이 가정의 평화를 꼭 지켜
주어야 합니다."
   번스 경감은 그 평화를 지켜 주기로 했다. 핼 윌리스
형사도 아무 말이 없었다. 친구들과 친척들로 구성된 단
출한 하객들은 눈물을 글썽이며 그 광경을 지켜보고 있

었다.

시의 관리가 캐레라 쪽으로 얼굴을 돌렸다.

"스티브 루이스 캐레라. 당신은 이 여자를 부부생활을 함께 하는 법적 아내로 맞아들이겠습니까? 성실한 남편으로서 건강할 때나 아플 때나, 좋을 때나 슬플 때나 아내를 애정과 경의를 갖고 사랑하며, 생명이 다할 때까지 아내 이외의 여성을 가까이 하지 않을 것을 서약하겠습니까?

"예." 캐레라가 대답했다. "예, 그렇게 하겠습니다. 서약합니다."

"시오드라 프랭클린, 당신은 이 남자를 부부생활을 함께 하는 법적인 남편으로 받아들이겠습니까? 성실한 아내로서 건강할 때나 아플 때나, 좋을 때나 슬플 때나 남편을 애정과 존경을 갖고 대하고, 생명이 다할 때까지 남편 이외의 남성을 가까이 하지 않을 것을 서약하겠는가?"

테드는 고개를 끄덕였다. 그 눈에는 눈물이 고여 있었지만, 아련한 미소가 떠오르는 것을 막을 수는 없었다.

"입회인이 있는 자리에서 주(州)의 법이 정하는 바에 따라 나에게 주어진 권한으로 지금 이 두 사람을 부부로 선언합니다. 이 결혼에 하나님의 가호가 있기를……."

캐레라는 그녀를 안고 키스를 했다. 관리는 싱긋 웃음을 지었다. 번스 경감은 헛기침을 하고, 윌리스는 천장을 쳐다보았다. 이어서 관리가 테드에게 키스를 하고, 번스 경감, 윌리스도 그녀에게 키스를 해주었다. 친척들도 모두 그녀에게 키스해 주었다.

캐레라는 바보처럼 싱글벙글 웃고 있었다.

"빨리 돌아와야 해." 번스 경감이 말했다.

"빨리 돌아오라고요, 경감님? 신혼여행을 가는 겁니다!"

"아아, 그래도 빨리 돌아와! 자네가 없으면 분서의 일을 누가 다하나? 하여튼 자네는 완고한 번스 경감의 결정에 반항하는, 이 도시에 하나뿐인 용기 있는 경찰이니까."

"쳇! 그만하십시오." 캐레라는 싱글벙글 웃고 있었다.

윌리스가 악수를 청했다. "스티브, 건강하게 잘 다녀오게. 아주 아름다운 신부야."

"고마워, 헬."

테드가 옆으로 다가왔다. 그는 테드의 어깨를 감싸 안았다.

"그럼, 갑니다."

둘은 나란히 식장에서 걸어나갔다.

번스 경감은 부러운 듯이 두 사람을 배웅했다. "저놈은 훌륭한 경찰이야."

"맞습니다." 윌리스가 대답했다.

"자, 가세." 경감이 말했다. "분서에는 어떤 일이 일어나고 있는지……."

두 사람은 같이 밖으로 나갔다.

"신문이나 사 볼까!" 경감이 신문 판매대 앞에 서서 새비지가 다니는 신문사의 신문 한 장을 집어들었다. 재판 기사는 1면에서 밀려나 버렸다. 더 중요한 뉴스가 있었던 것이다.

표제에는——

'무더위가 물러가다! 만세!'　　　　　　　　〈끝〉

작가와 작품에 대하여

이 「경찰혐오자」는 '87분서 시리즈'의 제1탄이다.

에드 맥베인은 1926년 맨해튼에서 태어났다. 12살 때 브롱크스로 이사해서 고등학교를 졸업하고 해군에 입대했다. 1946년 제대해서 헌터 칼리지에 입학, 재학중에 애니타라는 여자와 결혼했다. 졸업 후 상업학교 교사를 지낸 뒤에 여러 직업을 전전하다 출판대리점에서 일하던 중 창작욕에 사로잡혀 작가 생활에 들어갔다.

에번 헌터라는 이름으로 1952년부터 집필하기 시작했는데, 그 중 '블랙보드 정글'은 영화 '폭력 교실'의 원작으로서 그의 출세작이 되었다. 그 뒤 리처드 마스테인이라는 이름으로 서스펜스 소설을 쓰고, 헌트 콜린즈라는 이름으로 과학소설을 썼다.

1956년부터는 에드 맥베인이라는 필명으로 '87분서 시리즈'를 잇달아 발표하기 시작했다. 87분서 시리즈를 통하여 작가는 형사의 근성과 현대적 과학수사방법을 중심으로 리얼한 사회 묘사와 범죄를 파헤치는 솜씨를 보여주었다.

그 특징을 작품의 서두마다 이렇게 밝히고 있다.

　이 소설은 가공의 도시를 배경으로 하고 있습니다.
　　　등장인물과 장소도 가공입니다.
　그러나 경찰 활동은 실제의 수사방법에 기초했습니다.'

　그리하여 도시에서 벌어지는 범죄와 경찰 활동을 마치 다큐멘터리식으로 터치하여, 경찰 수사활동에 대립과 협력과 인정이 얽힌 인간관계를 그려 나갔다.
　87분서 시리즈에 등장하는 형사들은 팀워크가 단단하기로 유명하다.
　팀의 중심은 스티브 캐레라 2급 형사이다. 이탈리아계이지만 동양적인 풍모를 가지고 있으며, 침착한 행동으로 동료들의 신뢰를 얻고 있다. 「경찰 혐오자」에서는 캐레라와 테디 외에 버트 클링이 젊은 순경으로 활약하는데, 이 시리즈가 이어져 나가 캐레라와 테디가 결혼하여 쌍둥이를 낳을 무렵에는 클링도 형사로 진급하며, 그 뒤에 마이어 마이어, 커트 호스 등의 멤버들이 차례로 등장하여 팀을 이룬다. 물론 수사주임인 피터 번스와 동료인 헬 윌리스도 주요 등장인물이다.
　이 네 사람이 한 팀을 이루어 소란스럽고 고독한 대도시의 번화가에서 낮이나 밤이나 범죄와 전쟁을 벌이게 된다.
　그들은 서로의 개성을 살리고 결점을 보완하며, 사생활의 애환을 함께 나누면서 목숨을 건 수사에 골몰한다. 그

리하여 이들 팀워크는 견고할 뿐만 아니라 인정미가 넘
쳐 흐르고 감동적이다.

　이 '87분서 시리즈'는 경찰 소설의 최대 걸작으로 높이
평가되고 있으며, 추리소설 중에 경찰소설이라는 하나의
분야를 확립했다.

　'87분서 시리즈'로 나온 작품은 다음과 같다.

　1. 경찰혐오자
　2. 거리의 악마
　3. 우리들은 대장
　4. 하트 문신
　5. 마약밀매인
　6. 피해자의 얼굴
　7. 살인의 보수
　8. 레이디 킬러
　9. 살의가 있는 기둥
　10. 죽음이 두 사람을
　11. 왕의 인질금
　12. 커다란 단서
　13. 전화 살인
　14. 죽음을 본 사람
　15. 클레어는 죽었다
　16. 공백의 시간

17. 예를 들면 사랑
18. 10 플러스 1
19. 도끼
20. 생명을 얻을 때까지
21. 죽은 자의 꿈
22. 화색의 망설임
23. 인형과 캐레라
24. 8만 달러의 눈
25. 경찰
26. 숏건

■ 옮긴이/**최운권**

· 서울대학교 농대 졸업
· 주한 미국대사관 근무
· 「The English Weekly」 편집장
· 「월간 영어」 발행인
· 저서로 「영어의 속담과 명언」 「영자신문 읽는 법」 등이 있음.

경찰혐오자

1992년 5월 30일 초판 1쇄 발행

2003년 2월 25일 중쇄 발행

지은이 에드 맥베인
옮긴이 최 운 권
펴낸이 이 경 선
펴낸곳 해문출판사
주 소 서울시 마포구 합정동 388-28 합정빌딩 3층
전 화 325-4721,2
팩 스 325-4725
등 록 1978. 1. 28 제 3-82호

값 5,000원

ISBN 89-382-0304-2 04840

ISBN 89-382-0290-9 (세트)

E-mail : haemoon21@yahoo.co.kr

추리 문학의 여왕
"애거서 크리스티"

한 번 읽기 시작하면 도저히 눈을 뗄 수 없는 추리소설!!

애거서 크리스티는 추리문학에 대한 공로로
영국 엘리자베스 여왕으로부터 〈데임〉(남자 기사)
작위를 수여 받았습니다. 최고의 추리문학으로
평가되고 있는 그녀의 작품은 **전세계 인구 3분의 1**에
해당하는 사람들이 읽었으며, 지금도 변함 없이
온 세계인의 사랑을 받고 있습니다.

※추리문학에 20여년을 공들인 **해문출판사**에서는 크리스티의
전작품을 80권으로 완간, 인기리에 판매하고 있습니다.

인류 역사상 성경 다음으로 가장 많이 팔린 슈퍼베스트셀러!

1. 그리고 아무도 없었다
2. 오리엔트 특급살인
3. 0시를 향하여
4. 죽음과의 약속
5. 나일강의 죽음
6. ABC 살인사건
7. 스타일즈 저택의 죽음
8. 애크로이드 살인사건
9. 장례식을 마치고
10. 3막의 비극
11. 예고 살인
12. 주머니 속의 죽음
13. 커 튼
14. 백주의 악마
15. 움직이는 손가락
16. 엔드하우스의 비극
17. 푸른 열차의 죽음
18. 메소포타미아의 죽음
19. 애국 살인
20. 화요일 클럽의 살인
21. 누 명
22. 13인의 만찬
23. 회상 속의 살인
24. 위치우드 살인사건
25. 삼나무 관
26. 구름 속의 죽음
27. 부머랭 살인사건
28. 테이블 위의 카드
29. 비밀 결사
30. 끝없는 밤
31. 목사관 살인사건
32. 갈색 옷을 입은 사나이
33. 검찰측의 증언
34. 세 번째 여자
35. 명탐정 파커 파인
36. 침니스의 비밀
37. 죽음을 향한 발자국
38. 쥐 덫
39. 프랑크푸르트행 승객
40. N 또는 M
41. 골프장 살인사건
42. 세븐 다이얼스 미스터리
43. 깨어진 거울
44. 빅 포
45. 벙어리 목격자
46. 포와로 수사집
47. 서재의 시체
48. 크리스마스 살인
49. 마지막으로 죽음이 온다
50. 창백한 말
51. 할로 저택의 비극
52. 마술 살인
53. 잊을 수 없는 죽음
54. 부부 탐정
55. 수수께끼의 할리 퀸
56. 맥긴티 부인의 죽음
57. 버트램 호텔에서
58. 죽은 자의 어리석음
59. 비뚤어진 집
60. 죽은 자의 거울
61. 잠자는 살인
62. 코끼리는 기억한다
63. 패딩턴발 4시 50분
64. 헤이즐무어 살인사건
65. 파도를 타고
66. 바그다드의 비밀
67. 리스터데일 미스터리
68. 엄지손가락의 아픔
69. 핼로윈 파티
70. 히코리 디코리 살인
71. 4개의 시계
72. 복수의 여신
73. 크리스마스 푸딩의 모험
74. 패배한 개
75. 카리브해의 비밀
76. 리가타 미스터리
77. 죽음의 사냥개
78. 비둘기 속의 고양이
79. 헤라클레스의 모험
80. 운명의 문
● 애거서 크리스티의 비밀

나 혼자 떠나는

여행 일본어회화

동국대 일어일문학과 교수 신용태 감수

출국에서 귀국까지
일본 여행 완벽 가이드!

일본 여행자를 위한
기초 회화에서 여행지
곳곳에서 일어날 수 있는
모든 상황에 멋지게 대처할
수 있는 생활 회화와 각종
여행 정보까지……
언제 어디서나 간편하게
사용할 수 있는 이 책
한 권으로 여행의 즐거움을
만끽하십시오.
여행기간 내내 편안하고
든든한 동반자가 될
것입니다.

TRAVEL
JAPANESE
CONVERSATION